BASTEI
LÜBBE
TASCHENBUCH

Weitere Titel der Autorin:

Weihnachten am Siljansee
Sommerglück auf Reisen
Elche im Apfelbaum
Im Himmel ist der Herbst wie Sommer

Über die Autorin:

Linnea Holmström ist begeistert von der Weite und der Vielfalt Schwedens – einem Land im hohen Norden, das zu jeder Jahreszeit seinen ganz besonderen Reiz hat. Deshalb liebt sie es, durchs Land zu reisen und ihre Erlebnisse in Romanen festzuhalten, die vom Leben, Leiden und Lieben der Schweden erzählen. IRGENDWO IST IMMER FRÜHLING ist der fünfte Roman der Autorin.

Linnea Holmström

Irgendwo ist immer Frühling

Roman

BASTEI
LÜBBE
TASCHENBUCH

BASTEI LÜBBE TASCHENBUCH
Band 17 482

Dieser Titel ist auch als E-Book erschienen

MIX
Papier aus verantwortungsvollen Quellen
FSC® C014496

Originalausgabe

Titelillustration: © shutterstock/BigganVi; © shutterstock/Taiga; © shutterstock/sabyna75
Umschlaggestaltung: Tanja Østlyngen
Satz: Urban SatzKonzept, Düsseldorf
Gesetzt aus der Goudy
Druck und Verarbeitung: GGP Media GmbH, Pößneck
Printed in Germany
ISBN 978-3-404-17482-9

5 4 3 2 1

Sie finden uns im Internet unter www.luebbe.de
Bitte beachten Sie auch: www.lesejury.de

Prolog

Die Maschine startete pünktlich in Arlanda, Stockholm. Langsam rollte sie über den Flugplatz, dann stand sie wieder.

Dichter, mit Graupel und Schneeflocken vermischter Regen erschwerte die Sicht auf die Startbahn. Nur schemenhaft waren die Flugzeuge zu erkennen, die nacheinander langsam anrollten, an Geschwindigkeit zunahmen und sich schwerfällig in die Luft erhoben.

Die Maschine nach Barcelona stand immer noch. Sie rollte im Minutentakt ein Stück weiter, blieb erneut stehen, um nach einer endlos erscheinenden Zeit eine weite Kurve zu fahren, bis zum Beginn der Startbahn. Wieder blieb das Flugzeug stehen, kurz nur, dann rollte es los, mit zunehmender Geschwindigkeit, hob ab, wurde immer kleiner und verschwand in der grauen Regenwand.

— 1 —

Annika klickte die Webcam des Flughafens weg und startete den Flugradar, um den Weg der Maschine zu verfolgen. In dreieinhalb Stunden sollte sie auf dem Flughafen El Prat in Barcelona landen.

Entspannt lehnte sie sich zurück und schaute auf den Monitor. Ein winziges, stilisiertes Flugzeug schob sich millimeterweise über die Landkarte Richtung Süden. Sie schloss die Augen, reiste der Maschine in Gedanken voraus und sah sich über La Rambla spazieren. Sonne auf der Haut, Seeluft auf den Lippen …

»Alter Kacker!«

Annika riss die Augen auf und zog instinktiv die Hände vom Schreibtisch.

Keine Sekunde zu früh! Magnus' kräftiger Schnabel traf statt ihrer Finger die Schreibtischplatte.

»Hu!«, machte Magnus, als hätte ihn seine Beißattacke selbst überrascht.

Annika lachte, obwohl sie genau wusste, dass sie das schlechte Benehmen des Papageis damit weiter anstachelte.

»Böser Vogel!«, sagte sie tadelnd.

Das verstand Magnus. Er sträubte die Federn, ließ die Lider hängen und schien ganz genau zu wissen, dass er jetzt so verschlagen aussah, wie er es manchmal auch war.

Vorsichtshalber rutschte Annika auf ihrem Bürostuhl ein Stück zurück.

»Ist ja gut«, versuchte sie ihn zu besänftigen.

Er hob den Schwanz, schwenkte ihn kurz hin und her und ließ einen grün-weißen Klecks auf ihren Schreibtisch fallen.

»Du Ferkel!«

»Alter Kacker!«, bestätigte Magnus.

»Genau!« Annika stand auf, um die Küchenrolle zu holen.

Als sie zurück ins Wohnzimmer kam, war Magnus auf seine Voliere geflogen. Er kletterte gerne darauf herum, weigerte sich aber, sich darin einsperren zu lassen. Seit die Nachbarn sich über das durchdringende Geschrei beschwert hatten, das er jedes Mal anstimmte, wenn Annika die Käfigtür hinter ihm schloss, ließ sie es bleiben. Mit den Nachbarn hatte sie seither keine Probleme mehr, bis auf Herrn Hansson von nebenan. Vor ihm hatte Annika regelrecht Angst. Er war laut, ungepflegt und roch meistens nach Alkohol. Bevor sie ihre Wohnung verließ, lauschte sie immer erst kurz an der Tür, um möglichst jede Begegnung mit ihm zu vermeiden.

Magnus hockte jetzt auf dem Ast, den sie auf dem Volierendach befestigt hatte. Ein Bein hatte er unter das Gefieder gezogen. Er schien müde zu sein.

Annika betrachtete den Papagei mit einem Lächeln und dachte daran, wie Magnus ihr vor etwas mehr als einem Jahr zugeflogen war. Die ersten Schneeflocken waren vom Himmel geschwebt, als er plötzlich auf dem Balkongeländer gesessen hatte. Völlig erschöpft, durchgefroren und laut schreiend, weil ihn das weiße, umherwirbelnde Zeug in Panik versetzte.

Alarmiert durch das Gekreische hatte Annika die Balkontür geöffnet und selbst erschrocken aufgeschrien, als ein dunkler Schatten an ihr vorbeisegelte, schwerfällig auf dem Tisch landete und einen grün-weißen Klecks hinterließ.

»Magnus! Alter Kacker!«, hatte er sich vorgestellt und

gleich seinen weiteren Wortschatz vorgeführt: »Komm mal her! Guter, guter Junge! Komm, komm, komm!«

Mit diesen Worten war er über den Tisch gewatschelt und von da aus auf eine Stuhllehne gesprungen, während er die Umgebung – und vor allem Annika – aufmerksam musterte.

Plötzlich hatte er die Flügel wieder ausgebreitet. »Tschüss, mein Schatz, sei lieb!«

Annika war erleichtert gewesen, hatte die Balkontür weit aufgerissen und gehofft, dass der Vogel tatsächlich verschwand und zurück nach Hause flog.

Vielleicht war es der Schnee gewesen, der immer noch vom Himmel fiel. Vielleicht hatte der Vogel auch einfach keine Lust auf die Kälte da draußen gehabt. Jedenfalls hörte er auf zu flattern, machte es sich auf einem Bein gemütlich und zog das andere unter sein Gefieder.

»Lecker!«, hatte er gesagt. Es klang wie ein Befehl, und er hörte nicht mehr damit auf. »Lecker, lecker, lecker, lecker …«

Annika konnte kaum fassen, dass seit ihrer ersten Begegnung mit Magnus schon so viel Zeit vergangen war. Anfangs hatte sie noch versucht, die rechtmäßigen Besitzer zu finden, aber sie schienen ihren Papagei nicht zu vermissen. Es gab keine Suchmeldungen, und es meldete sich auch niemand auf ihre eigenen Aushänge.

»Lecker, lecker!«, rief Magnus. Seine fordernde Stimme riss Annika aus ihren Erinnerungen.

Sie gehorchte sofort, alles andere war zwecklos. Sie stand auf und holte ihm eine Walnuss. Damit war er erst einmal beschäftigt.

Sie selbst setzte sich wieder vor ihren Computer und beobachtete eine ganze Weile das stilisierte Flugzeug auf seinem Weg Richtung Süden. Dabei versuchte sie sich vorzustellen, wie so ein Flug ablief.

Annika war noch nie geflogen. Jedenfalls nicht real. Virtuell war sie Vielfliegerin, ihr Monitor war ihr Fenster in die weite Welt.

Irgendwann wurde es ihr zu langweilig, auf das stilisierte Flugzeug zu starren, das sich millimeterweise über die Landkarte schob, und sie konzentrierte sich wieder auf das Ziel der Reise.

Das ist das Gute an meinen virtuellen Reisen, redete sie sich ein. Ich muss nicht stundenlang im Flugzeug sitzen. Ich kann aussteigen, wann und wo ich will.

Meistens entschied sie sich für Barcelona, ihre Traumstadt, seit sie in einer Illustrierten darüber gelesen hatte. Annika erinnerte sich noch gut an den Tag, an dem sie in der Vårdcentral, dem Ärztezentrum in Älvdalen, auf ihre Mutter gewartet hatte. Das Wiedersehen mit ihren ehemaligen Kollegen war schmerzhaft gewesen, weil sie gerne in der Vårdcentral gearbeitet und nicht ganz freiwillig damit aufgehört hatte.

Annika hatte im Wartebereich gesessen, die Schuldgefühle lagen ihr schwer im Magen, und die Sehnsucht nach einem eigenständigen Leben schnürte ihr die Kehle zu.

Ihre Mutter hatte ihr die Schuld an ihren Herzbeschwerden gegeben, weil Annika kurz davor davon gesprochen hatte, ihr Heimatdorf zu verlassen. Tagelang hatte sie dieses Gespräch vor dem Spiegel geprobt und sich die richtigen Worte zurechtgelegt. Sie hatte ihren ganzen Mut dafür aufbringen müssen – und es sofort bereut, als sie das gequälte Gesicht ihrer Mutter gesehen hatte.

Auf der Fahrt zur Vårdcentral hatte ihre Mutter kein Wort

mit ihr gesprochen. Erst als sie zur Untersuchung aufgerufen wurde, hatte sie kurz und knapp befohlen: »Du wartest hier!«

Um sich abzulenken, hatte Annika eine der Illustrierten aufgeschlagen, die auf dem Tisch herumlagen. Einfach irgendwo mittendrin. Dabei war sie auf einer Doppelseite über Barcelona gelandet. Die Fotos fesselten sie, die Beschreibungen dazu weckten ihre Sehnsucht. Barcelona versprach alles, wonach sie sich sehnte: Reisen, Abenteuer, Freiheit ...

... Und dann war ihre Mutter zurückgekommen. Mit leidendem Gesichtsausdruck und vorwurfsvollen Worten.

Wie so oft, wenn sie an ihre Mutter dachte, seufzte Annika unwillkürlich auf. Sie schämte sich, weil sie unfähig war, echte Trauer zu empfinden. Die Schuldgefühle, die ihre Mutter ihr zeitlebens eingeimpft hatte, waren auch nach deren Tod nicht verschwunden. Und immer noch hatte sie die vorwurfsvolle Stimme im Ohr: *Ich habe immer alles für dich getan. Und du ...*

Annika schlug beide Hände vors Gesicht, als ihr bewusst wurde, dass sie nach dem Tod ihrer Mutter durchaus etwas empfunden hatte: Erleichterung! Ein Gefühl grenzenloser Freiheit! Endlich konnte sie das Dorf ihrer Kindheit verlassen.

Eigentlich war es nicht einmal ein richtiges Dorf mit einer Dorfgemeinschaft, in der sich die Menschen verbunden fühlen. Der Ort bestand nur aus einigen verstreuten Häusern und Höfen irgendwo im Wald hinter Älvdalen.

Barcelona blieb Annikas Traumstadt. Doch wie die meisten ihrer Träume war auch dieser unerreichbar.

Aber Stockholm war ja auch nicht schlecht. Vielleicht säße sie jetzt noch in diesem kleinen roten Haus bei Älvdalen, wenn sie nicht zufällig auf das Stellenangebot gestoßen wäre. Sie hatte es geschafft, nach Stockholm zu ziehen, und fühlte sich dabei unglaublich verwegen und abenteuerlustig.

Die Stelle in der Krankenhausverwaltung verdankte sie ihren ausgezeichneten Computerkenntnissen und ihrer Erfahrung aus der Vårdcentral in Älvdalen, in der sie bis zum Tod ihres Vaters als Sachbearbeiterin angestellt gewesen war. Auch dort war sie für die Patientenabrechnungen verantwortlich gewesen.

In der Vårdcentral hatte Annika sich wohlgefühlt, und sie hatte sich zum ersten Mal richtig verliebt. Alles war gut gewesen. Sie hatte an das Glück geglaubt, an die Liebe. Aber dann war alles anders gekommen. Das Schicksal hatte nicht zugelassen, dass sie glücklich wurde.

Vielmehr hat Mama es nicht zugelassen, dachte Annika. Sie schüttelte leicht den Kopf, um diesen Gedanken zu verdrängen. Es war vorbei, nie wieder konnte ihre Mutter sich in ihr Leben einmischen und ihr Schuldgefühle verursachen.

Ich habe alles für dich getan!, glaubte sie wieder ihre Stimme zu hören.

»Du hast mir die Luft zum Atmen genommen«, antwortete Annika.

Ich war immer für dich da!

Annika wollte nichts mehr hören, presste beide Hände gegen ihre Ohren, aber die Stimme in ihrem Kopf brachte sie damit nicht zum Verstummen.

Sie sah wieder auf den Bildschirm. Ihr Flugzeug verließ gerade den schwedischen Luftraum.

Warum willst du weg?

Die Stimme war heute besonders hartnäckig.

Ich habe alles für dich getan! Ich war immer für dich da!

Annikas Finger hackten wie wild auf die Tastatur ein. Sie musste etwas finden, was sie endlich auf andere Gedanken brachte. Was diese Stimme und vor allem die Schuldgefühle vertrieb.

Sie spielte kurz mit dem Gedanken, nach draußen zu gehen. Einfach ein bisschen herumlaufen, um einen klaren Kopf zu bekommen. Sie schaute aus dem Fenster und verwarf die Idee. Da draußen erwarteten sie nur Kälte und vor allem Dunkelheit. Dabei brauchte sie Licht, Wärme ... Frühling!

Sie seufzte tief, tippte gedankenverloren das Wort *Frühling* in die Suchmaschine und stieß dabei unversehens auf einen Blog.

Irgendwo ist immer Frühling

30. 11.

Hej Leute,
seit gestern bin ich wieder in Barcelona! Ich habe es tatsächlich rechtzeitig geschafft, und Pacos Gig war fantastisch. Weiter unten könnt ihr euch ein kurzes Video ansehen. Die Qualität ist nicht berauschend, ich habe es mit dem Smartphone aufgenommen, aber ihr könnt trotzdem erkennen, dass Pacos neuer Song genial ist.
Aber eigentlich wollte ich euch von Barcelona erzählen. Ihr wisst, wie sehr ich diese Stadt liebe. Leider habe ich es fast zwei Jahre nicht mehr hierher geschafft, und ohne Paco wäre ich wahrscheinlich immer noch nicht hier. Ich schwöre, nie wieder werde ich so viel Zeit vergehen lassen, und wenn ich einmal alt und grau bin, ziehe ich ganz hierher.

Sven M.: Alt und grau? Haha, daran glaube ich nicht. Du wechselst doch ständig die Haarfarbe, Milla.

Milla: Stimmt! Bin gerade keine schwedische Blondine mehr. Der Kellner gestern hat mich sogar für eine Einheimische gehalten und auf Spanisch angesprochen.

Ewa B.: Du sprichst Spanisch?

Milla: Sí! No! Buenas tardes! Damit erschöpft sich mein spanischer Wortschatz auch schon. Ach nein, Cerveza kann ich auch bestellen. Das heißt Bier. Davon hatte ich heute schon genug, deshalb muss ich ins Bett. Gute Nacht, Leute!

PS: Morgen besuche ich den Park Güell von Gaudí. Googelt mal, der ist wirklich traumhaft.

— 2 —

Tschüss, mein Schatz, sei lieb!«, rief Magnus ihr nach, als Annika am nächsten Morgen das Haus verließ.

Er rief ihr diese Worte jedes Mal hinterher. Annika war davon überzeugt, dass er eigentlich sagen wollte: *Bleib hier, lass mich nicht allein!*

Magnus duckte sich mit leicht abgestellten, zitternden Flügeln und stieß leise, fiepende Geräusche aus.

»Ich muss zur Arbeit, mein Kleiner.«

»Kumm ma her!«, lockte Magnus. »Kumm ma zu Papa!« Auch das musste er von seinem Vorbesitzer übernommen haben.

Annika lachte und ging zu ihm. Prompt senkte er den Kopf. Ein Zeichen, dass er gekrault werden wollte. Sie streckte den Zeigefinger aus, strich ihm zart übers Köpfchen. Dabei ließ sie ihn nicht aus den Augen, weil Magnus zwar ein sehr hübscher und kluger, aber auch ein ziemlich hinterhältiger Vogel war. Er ließ sich die Streicheleinheiten gerne gefallen, konnte aber blitzschnell zubeißen, wenn er genug hatte. So auch jetzt.

Annika zog den Finger hastig zurück. »Böser Vogel! Dabei habe ich alles für dich ...«

Sie brach ab, erschrocken über diese Wortwahl. Dann atmete sie tief durch.

»Schon gut«, sagte sie beruhigend und wusste selbst nicht, ob sie damit den Papagei oder eher sich selbst meinte. »Ich will nicht so sein wie sie!«

Bei diesen Worten sah sie ihre Mutter vor sich. Groß, mit leicht gebeugten Schultern, die Lippen zusammengepresst und vorgeschoben. Das war der Ausdruck gewesen, der Annika immer wieder gezeigt hatte, dass sie etwas getan oder gesagt hatte, was ihrer Mutter nicht gefiel.

Hin und wieder hatte sie allen Mut zusammengenommen und gefragt: »Mama, was habe ich gemacht? Worüber ärgerst du dich so?«

»Schon gut«, hatte ihre Mutter daraufhin stets geantwortet, sich abgewandt und gemurmelt: »Dabei habe ich alles für dich getan.«

Wie oft hatte Annika sich schuldig gefühlt, ohne zu wissen, warum? Auch wenn sie im Laufe der Jahre ein instinktives Gespür dafür entwickelt hatte, womit sie ihre Mutter verärgerte. Das waren vor allem alle Kontakte, die sie nach außen knüpfte. Treffen mit Kollegen oder früheren Schulfreundinnen, sogar Meetings, die über die normale Arbeitszeit hinausgingen. Und besonders übel nahm ihre Mutter ihr die Dates mit Mikael.

Annikas Versuche, sich abzunabeln, waren an ihrer Mutter gescheitert. Und an deren Herzattacken, die sich häuften. Sie verlor Mikael, ihren Freundeskreis, und zu guter Letzt blieb ihr nur noch ihre Mutter, die alles daransetzte, jeden Kontakt nach außen zu verhindern.

Sie lebten von der Pacht für das Land, das ihr Vater ihnen hinterlassen hatte. Es waren keine Reichtümer, aber es war immerhin so viel, dass ihre Mutter die Ansicht vertrat, Annika müsse nicht arbeiten gehen. Zu diesem Zeitpunkt steckte sie bereits so tief in einem Teufelskreis aus Pflicht- und Schuldgefühlen, dass sie es nicht schaffte, sich dagegen zu wehren. Es war ein einsames, trauriges Leben gewesen, zusammen mit ihrer Mutter in dem kleinen roten Holzhaus.

Annika fuhr sich mit beiden Händen durchs Haar. Warum gelang es ihr nicht, die Vergangenheit loszulassen und von vorne zu beginnen?

»Kumm ma her!«, lockte Magnus erneut und riss sie so aus ihrer Trübsal.

Annika ließ die Hände sinken. »Tschüss, mein Schatz, sei lieb!«, wiederholte sie seinen Abschiedsgruß und steckte ihm noch einen Leckerbissen zu, bevor sie das Haus verließ.

Schneidend kalte Luft schlug ihr entgegen. Der Schnee von gestern hatte sich in grauen Matsch verwandelt. Überhaupt schien die ganze Stadt ein eintöniges Grau zu tragen, und das spiegelte sich in den Gesichtern der Menschen wider.

Berufsverkehr, Berufsalltag. Menschen, die an ihr vorbeihasteten, sich an der Station Östermalmstorg mit ihr in die U-Bahn zwängten. Trübe, müde Gesichter, die entweder auf ihre Smartphones oder ins Leere starrten.

Annika war nach Stockholm gezogen, um der Einsamkeit von Älvdalen zu entfliehen, und fühlte sich inmitten der vielen Menschen einsamer denn je. Endlich hätte sie sich wieder verlieben können, ohne dass es ihr jemand übel nahm. Sie hätte sich mit Kollegen treffen und neue Freundschaften schließen können. Aber sie hatte einfach verlernt, wie das ging.

Annika fand einen freien Platz in der Nähe der Tür. Knapp zwanzig Minuten dauerte die Fahrt aus der Stadt hinaus nach Danderyd, wo die U-Bahn direkt am Krankenhaus hielt.

Sie sah Kollegen, die sich angeregt miteinander unterhielten und in Gruppen auf den Eingang zustrebten. Niemand achtete auf sie, und sie machte sich nicht bemerkbar. Sie war es gewohnt, nur eine stille Beobachterin zu sein, aber es tat trotzdem weh.

Manchmal fragte sie sich, warum sie überhaupt nach Stockholm gezogen war. Geändert hatte sich nichts. Sie war und blieb einsam. Das einzige Lebewesen, das ihr Gesellschaft leistete, war ein gestrandeter Papagei. Und das Einzige, was ein bisschen Freude in ihren tristen Alltag brachte, waren ihre virtuellen Reisen.

Inzwischen hatte Annika resigniert. Sie glaubte nicht daran, dass ihr Leben jemals eine Wendung nehmen würde.

Irgendwo ist immer Frühling

04. 12.

Erster Schnee in Stockholm, Sonnenschein in Barcelona. Wirklich, Leute, ich möchte nicht mit euch tauschen!
Ich sitze gerade in einem zauberhaften Café auf La Rambla, trinke eine Cola und freue mich darüber, hier zu sein.
Liebe Grüße, Milla

Sven M.: Du bist gemein!

Milla: Ich weiß ☺

Sven M.: Stockholm macht gerade überhaupt keinen Spaß. Schneeregen, schlecht gelaunte Menschen und beginnender Weihnachtstrubel.

Milla: Alles Dinge, die ich nicht vermisse.

Ewa B.: Ich finde Stockholm toll! Immer und zu jeder Jahreszeit. Und ich mag die Weihnachtszeit.

Milla: Wenn du auf diesen Konsumterror stehst, sei es dir gegönnt.

Sven M.: Bleibst du über Weihnachten in Barcelona? Was sagt denn deine Familie dazu?

Milla: Ich komme bestimmt nicht nach Hause, und meine Familie ist es gewohnt, Weihnachten ohne mich feiern zu müssen.

Karin S.: Hallo Milla, ich bin auch mal wieder da.

Milla: Wir haben uns schon lange nicht mehr gelesen. Was war los?

Karin S.: Ich war ziemlich krank. Krebs ...

Milla: Scheiße, Krebs?! Aber jetzt geht es dir hoffentlich wieder gut???

Karin S.: Ich bin gerade mitten in der Chemo, habe keine Haare mehr und mindestens zwanzig Kilo abgenommen, aber sonst geht es mir gut. Und ich bin froh, dass ich Weihnachten zu Hause sein kann.

Milla: Wie bekommt dir die Chemo? Und wo wirst du behandelt?

Karin S.: Bei der Chemo kann ich mich mal so richtig auskotzen.

Sorry, Galgenhumor.

Alles wird gut, ich habe keinen Grund zur Klage. Einigen meiner Mitpatienten geht es deutlich schlechter. Metastasen und dieser ganze Mist. Ich bekomme die Chemo nur vorbeugend, damit auch versteckte Krebszellen vollständig ausgerottet werden.

Ich bin im Danderyds Sjukhus, ein Stück außerhalb von Stockholm.

Milla: Tut mir so leid für dich. Sind sie da nett zu dir?

Karin S.: Sehr nett, und die Therapie wirkt. Das ist die Hauptsache.

Milla: Ich wünsche dir alles Gute! Melde dich mal wieder und schreibe mir, wie es dir geht. Jetzt tut es mir doch leid, dass ich nicht in Stockholm bin. Ich würde dich gerne besuchen.

Karin S.: Darüber hätte ich mich sehr gefreut, aber vielleicht können wir uns ja mal treffen, wenn du wieder hier bist. Ich bin die mit der Glatze. ☺

Milla: Lass dich nicht unterkriegen! Alles Gute!

Sven M.: Wünsch dir auch alles Gute!

Ewa B.: Ich dir auch!

Karin S.: Danke euch allen, das berührt mich sehr.

— 3 —

Als Annika Schritte auf der Treppe vor ihrem Büro hörte, klickte sie den Blog schnell weg. Auf dem Monitor erschien der Abrechnungsbogen, an dem sie eben noch gearbeitet hatte.

Sie war wie elektrisiert. Diese Patientin, mit der Milla gechattet hatte, lag hier im Krankenhaus.

Als Inger aus der Patientenaufnahme ihr Büro betrat, tat Annika sehr beschäftigt.

»Hej!« Inger legte zwei Ordner auf den Schreibtisch und ließ sich seufzend auf den Stuhl daneben fallen.

»Hej!« Annika wies auf die Akten. »Arbeit für mich?«

»Arbeit für mich«, erwiderte Inger grinsend. »Kann ich die bis morgen bei dir bunkern? Ewonne ist nicht da, und Hellen spielt mal wieder die Chefin. Die verlangt glatt Überstunden von mir, aber dazu habe ich keine Lust. Ich will nachher mit Anne was essen gehen.«

Anne war neben Inger und Hellen die dritte Mitarbeiterin in der Patientenaufnahme.

Annika spürte einen leichten Stich, ließ sich aber nichts anmerken. »Toll«, sagte sie hoffnungsvoll.

Inger schien nicht zu bemerken, dass Annika insgeheim darauf hoffte, zum Mitgehen aufgefordert zu werden. Warum fragte sie nicht einfach selbst, ob sie mitdurfte? Annika öffnete den Mund, schloss ihn aber wieder. Sie brachte diese Frage einfach nicht über die Lippen.

»Ich hole die Akten morgen wieder ab.« Inger stand auf. »Ich wünsche dir einen schönen Feierabend!«

Das war doch eigentlich die Antwort auf die Frage, die sie nicht zu stellen wagte. Inger und Anne wollten sie bestimmt nicht dabeihaben.

Annika bemitleidete sich einen Moment selbst, dann stellte sie Ingers Ordner in das Regal neben ihrem Schreibtisch und versuchte, sich wieder auf ihre Arbeit zu konzentrieren.

Der Versuch missglückte. Immer wieder wanderten ihre Gedanken zu dem, was sie eben in Millas Blog gelesen hatte.

Karin S. war Patientin hier im Krankenhaus. Annika kannte nicht mehr als den Vornamen und den Anfangsbuchstaben des Nachnamens. Beides gab sie in die Suchmaske der Patientenliste ein und wurde schnell fündig.

Es gab in der onkologischen Abteilung drei Patientinnen mit dem Vornamen Karin. Eine von ihnen hieß Karin Sund, war an Brustkrebs erkrankt und nach einer Operation inzwischen in der Chemotherapie. Es war ein seltsames Gefühl, dass eine Frau ganz in Annikas Nähe mit Milla in Barcelona chattete.

Annika öffnete den Blog wieder, aber es gab keine neuen Einträge. Immer wieder las sie den letzten Eintrag durch. Und dann tippten ihre Finger wie von selbst:

Ich wünsche dir auch alles Gute, Karin! Im Danderyds Sjukhus bist du sehr gut aufgehoben. Ach ja, ich bin übrigens neu hier.

Sie schickte die Nachricht ab, doch als sie ihre Zeilen als letzten Eintrag auf Millas Blog sah, hätte sie sie am liebsten wieder zurückgenommen.

Es war zu spät. Jetzt standen ihre Worte da und konnten nicht mehr gelöscht werden.

Was kann mir schon passieren?, fragte sie sich. Schlimmstenfalls wird mein Eintrag ignoriert. Aber war es nicht genau das, wovor sie Angst hatte? Nicht wahrgenommen zu werden? Keine Antwort zu erhalten?

Annika wartete gespannt, aber niemand meldete sich. Eigentlich hatte sie nichts anderes erwartet, aber es tat trotzdem weh. Außerdem ärgerte sie sich über sich selbst. Sie hätte diesen Eintrag einfach nicht schreiben sollen, dann wäre ihr jetzt eine weitere Enttäuschung erspart geblieben.

Sie klickte den Blog weg, fest entschlossen, ihn nie wieder zu öffnen, und auf ihrem Monitor erschien erneut das Fenster mit dem Abrechnungsbogen. Sie starrte sekundenlang darauf, dann schüttelte sie den Kopf.

Normalerweise machte es ihr nichts aus, länger im Büro zu bleiben, und wenn sie einmal mit einer Abrechnung begonnen hatte, beendete sie die auch nach Feierabend. Aber nicht heute.

Annika nutzte die letzten Minuten bis zum Feierabend, um ein wenig Ordnung auf ihrem Schreibtisch zu schaffen. Und obwohl sie eben erst beschlossen hatte, nie wieder auf Millas Blog zu gehen, öffnete sie ihn schon wieder, um nachzusehen, ob nicht doch jemand auf ihren Eintrag geantwortet hatte.

Nichts!

Pünktlich um fünf fuhr sie den PC herunter, zog ihren Wintermantel an und verließ das Büro. Als sie auf den Gang trat, sah sie Inger und Anne, die eingehakt und lachend das Krankenhaus verließen. Die beiden freuten sich offensichtlich auf den Feierabend und hatten jetzt schon Spaß.

Dick eingemummelt in ihren unförmigen Wintermantel, die Mütze tief ins Gesicht gezogen, trat Annika ihren Heimweg an. In der überfüllten U-Bahn stand sie eingekeilt zwischen den anderen Fahrgästen. So viele Menschen um sie herum, und sie spürte nichts als tiefe Einsamkeit.

Magnus begrüßte sie mit schrillen Schreien. Sie hatte keine Ahnung, ob er damit seine Wiedersehensfreude zum Ausdruck brachte oder seinen Protest, weil sie ihn den ganzen Tag allein gelassen hatte.

»Ist ja schon gut!«, sagte Annika hastig, denn Herr Hansson von nebenan klopfte bereits gegen die Wand. »Sei still, Magnus!«

Der Papagei musterte sie aus halb geschlossenen Augen, duckte sich leicht und stieß erneut einen lauten Schrei aus.

»Ruhe!«, brüllte der Nachbar.

Annika nahm hastig die Kekstüte aus dem Schrank. Wohl wissend, dass das keine geeignete Papageiennahrung war. Aber Magnus liebte diese Kekse. Er riss sofort die Augen weit auf und gab leise fiepende Geräusche von sich.

Annika brach einen Keks durch, steckte sich die eine Hälfte selbst in den Mund und hielt Magnus die andere hin. Er nahm sie zuerst vorsichtig mit dem Schnabel, ergriff sie dann mit den Krallen und knabberte daran.

Endlich kam Annika dazu, ihren Mantel auszuziehen. Sie schnippelte eine Möhre und einen Apfel für Magnus, servierte ihm beides und machte sich selbst ein Käsebrot. Zwischendurch schaltete sie den PC ein, damit er schon mal hochfahren konnte.

Mit dem Brot und einer Tasse Tee setzte sie sich kurz darauf an den Schreibtisch. Im Hintergrund hörte sie Magnus an seinem Keks knabbern, während sie überlegte, ob sie ihre Fantasiereise durch Barcelona fortsetzen sollte.

Sie hatte noch immer nicht den Park Güell besucht, in den Milla heute gehen wollte. Oder sollte sie lieber die Webcam am Strand von Sant Sebastià einschalten?

Das Meer konnte sie in der Dunkelheit zwar nicht sehen, dafür aber die Promenade mit den vielen Lichtern. Die Menschen, die dort spazieren gingen. Glückliche Menschen in einer glücklichen Welt.

Eine Weile schwebten ihre Finger bewegungslos über der Tastatur, doch dann, fast wie von selbst, tippten sie den Namen der Seite ein, den sie inzwischen auswendig kannte.

Annika scrollte auf dem Blog nach unten, und dann breitete sich ein strahlendes Lächeln auf ihrem Gesicht aus ...

Irgendwo ist immer Frühling

04. 12.

Milla: Hallo Annika, herzlich willkommen auf meiner Seite!

Annika D.: Danke!

Milla: Wofür bedankst du dich?

Annika D.: Dafür, dass du antwortest. Ich habe nicht wirklich damit gerechnet.

Milla: Aha ... Und warum schreibst du, wenn du nicht mit einer Antwort rechnest? ☺

Annika D.: Keine Ahnung! Ich habe auf eine Antwort gehofft, weil du gerade in meiner Traumstadt bist.

Milla: Du kennst Barcelona?

Annika D.: Nein, ich war noch nie da.

Sven M.: Ist doch logisch, Milla. Man träumt immer von dem, was man nicht kennt oder nicht hat. Ich träume übrigens von dir.
Hallo, Annika, herzlich willkommen!

Milla: Und ich träume von dir, Sven. ☺
@Annika: Nur träumen ist doof. Setz dich ins nächste Flugzeug, wir machen gemeinsam Barcelona unsicher.

Annika D.: Ich würde so gerne, aber ich kann nicht.

Milla: Du kannst alles, wenn du es nur willst!

Sven M.: Ich weiß, es ist für dich nur schwer vorstellbar, Milla, aber es gibt Leute, die gehen einer regelmäßigen Arbeit nach. Stimmt's, Annika?

Annika D.: Stimmt, ich habe einen Job hier in Stockholm.

Milla: Ihr seid sooo langweilig. Dann ziehe ich eben weiter mit Paco los.

Sven M.: Muss ich auf diesen Paco eifersüchtig sein? Auf dem Video von gestern sieht er ja ziemlich gut aus.

Milla: Ich sage ihm, dass er dir gefällt. Das wird ihn freuen, er ist nämlich schwul. Und damit ist deine Frage auch gleich beantwortet: Nein, es gibt keinen Grund zur Eifersucht. Jedenfalls nicht auf Paco!
Und jetzt muss ich los, Leute. Ich wünsche euch noch einen schönen Abend. Hej då!

Sven M.: Hej då! Viel Spaß, Milla!

Annika D.: Ich kann nicht nur wegen meines Jobs nicht weg. Ich habe einen Papagei und wüsste nicht, wohin mit Magnus. Aber ich will dich nicht länger aufhalten. Hej då, Milla!

Milla: Cool, mein Bruder hat auch Papageien. Aber wenn du es wirklich wolltest, würde sich schon eine Lösung für deinen

Magnus finden. Träum nicht so viel, Annika, mach deine Träume wahr! Und jetzt bin ich wirklich weg.

— 4 —

Mach deine Träume wahr«, flüsterte Annika vor sich hin. »Als ob das so einfach wäre.«

»Tschüss, mein Schatz, sei lieb!«, antwortete Magnus prompt.

Annika drehte sich zu ihm um. »Willst du mir damit sagen, dass ich nach Barcelona fliegen soll?«

Magnus spreizte leicht die Flügel und wippte mit seinem ganzen Körper auf und ab. Wenn sie wollte, könnte sie das durchaus als zustimmendes Nicken deuten.

»Was weißt du denn schon?«, sagte Annika leise. »Du verstehst ja nicht einmal, worüber ich rede. Und überhaupt, was soll aus dir werden, wenn ich einfach so nach Barcelona abhaue?«

»Lecker!«, verlangte Magnus. Für ihn war das wahrscheinlich die Lösung aller Probleme. Oder doch nicht?

Annika betrachtete den Vogel nachdenklich. »Wenn du reden könntest, so richtig mit Sinn und nicht nur nachplappern, würdest du mir wahrscheinlich sagen, dass ich von deinen Wünschen und Sehnsüchten auch nichts weiß. Der Sinn deines Lebens kann nicht darin bestehen, auf einer Stuhllehne zu sitzen und ständig alleine zu sein.«

Annika hatte viel über Papageien gelesen, seit Magnus ihr zugeflogen war. Sie wusste, dass Einzelhaltung das Schlimmste war, was man einem Schwarmvogel antun konnte. Trotzdem konnte sie sich nicht dazu durchringen, einen Partnervogel für

Magnus anzuschaffen. Schon dieser eine Vogel schränkte ihr Leben ziemlich ein.

Eigentlich ist es nicht der Vogel, der mich einschränkt, schoss es ihr unmittelbar darauf in den Sinn. Was mich einschränkt, bin ich selbst.

Annika wollte solche Gedanken nicht zulassen und wandte sich wieder dem Monitor zu. Sie fragte sich, wo Milla und Paco gerade waren. Was würde sie selbst machen, wenn sie jetzt in Barcelona wäre?

Sie sah nach draußen in die Dunkelheit und gab *Barcelona* und *Nacht* in die Suchmaschine ein. Die Stadt war für ihr pulsierendes Nachtleben bekannt, und Annika fand jede Menge Tipps zum Ausgehen. Sie klickte einige davon an, aber was sie normalerweise mit Aufregung erfüllte, langweilte sie heute Abend. Es war nicht so wie sonst. Überhaupt schien alles anders zu sein, seit ...

Sie hielt inne, nahm die Finger von der Tastatur.

»So ein Quatsch!« Annika schüttelte den Kopf. »Ein kurzer Austausch von Chatnachrichten verändert nicht gleich mein ganzes Leben. Wahrscheinlich bin ich einfach nur müde.« Sie schwieg einen Moment, bevor sie sich selbst laut ermahnte: »Und hör endlich auf, ständig Selbstgespräche zu führen!«

Magnus schien zu glauben, dass sie mit ihm schimpfte. Er sträubte alle Federn und stieß einen lauten Schrei aus.

»Ruhe!«, brüllte Herr Hansson von nebenan.

»Halt doch selbst die Klappe!«, schrie Annika zurück und schlug sich gleich darauf erschrocken die Hand vor den Mund. So etwas hatte sie noch nie gemacht.

Was, wenn der Nachbar jetzt rüberkam? Wenn er an ihre Tür klopfte und sie zur Rede stellte? Dieser Mann war zwei Köpfe größer als sie, roch nach Bier und trug meistens eine schmuddelige Jogginghose und ein fleckiges Unterhemd, aus dem sich die grauschwarzen Brusthaare kräuselten. Er war unappetitlich, laut, und Annika hatte Angst vor ihm.

Doch nebenan blieb es ruhig. Annika wagte ein erstes zaghaftes Lächeln. Sie hatte es geschafft, ihrem Nachbarn die Stirn zu bieten. Das war fast so, wie nach Barcelona zu fliegen. Wenn sie nicht ihren Job hätte und Magnus versorgen müsste, dann würde sie heute noch ins Flugzeug steigen.

»Nein, würdest du nicht«, sagte sie laut. Sie wusste genau, dass sie sich gerade selbst etwas vormachte.

Es würde sich nie etwas ändern! Sie hätte genauso gut in Älvdalen bleiben können, und dort wäre sie wohl auch immer noch, wenn ihre Mutter nicht gestorben wäre.

Und schon wieder sah Annika ihre Mutter vor sich. Hochgewachsen, das dunkle, von grauen Strähnen durchzogene Haar zu einem festen Dutt zusammengebunden. Der strenge Mund und die zusammengekniffenen Augen verursachten ihr selbst in der Erinnerung noch Unbehagen.

»Warum warst du eigentlich so verbittert, Mama?«, stellte sie die Frage, die sie nie ausgesprochen hatte. Eine Antwort hätte sie ohnehin nicht erhalten.

Ihr Vater war das genaue Gegenteil gewesen, herzlich und liebenswert. Er hatte Annika immer wieder gezeigt, wie sehr er sie, sein einziges Kind, liebte. Annika war davon überzeugt, dass er nur wegen ihr bei ihrer Mutter geblieben war. Jahrelang hatte sie ihn eingeengt mit ihren Forderungen, hatte ihm keinen Freiraum gelassen. Wie schlimm er darunter gelitten hatte, war Annika erst nach seinem Tod klar geworden. Kälte und Einsamkeit waren damals in das kleine rote Haus eingezogen. Ihre Mutter erwartete, dass Annika nur für sie da war und sich um sie kümmerte.

Magnus wiegte bedächtig den Kopf hin und her und senkte ihn, als Annika sich ihm näherte. Oft hatte sie das Gefühl, dass er spürte, wenn sie traurig war. In solchen Momenten konnte sie ihn streicheln, ohne eine Beißattacke befürchten zu müssen.

»Du bist so lieb!«, sagte Annika leise.

»Guter Magnus«, bestätigte der Vogel, um gleich darauf seine Forderung zu wiederholen: »Lecker, lecker!«

Annika lachte. »Du bist vor allem ein berechnender Magnus. Du weißt genau, dass ich dir keinen Wunsch abschlagen kann, du Biest.«

Magnus bekam noch einen halben Keks und beschloss danach, dass er müde war.

»Gute Nacht!«

Das war ein Befehl, und dem kam Annika schnell nach, weil Magnus sonst garantiert wieder sein Geschrei angestimmt hätte. Sie löschte das Licht und ging ins Schlafzimmer. Auf eine weitere Konfrontation mit dem Nachbarn wollte sie es nicht ankommen lassen.

Annika stand morgens auf wie immer, arbeitete, kümmerte sich um Magnus und erlebte die Höhepunkte ihres Lebens ausschließlich virtuell. Trotzdem kam ihr das Leben erfüllter und bunter vor, seit sie täglich mit Milla und deren Internetfreunden chattete.

Die neuen Freundschaften bereicherten sie und vertrieben ihre Einsamkeit. Aber waren die Leute, mit denen sie sich austauschte, wirklich Freunde?

Eine Woche, nachdem sie Millas Blog entdeckt hatte, saß Annika wie üblich an ihrem Schreibtisch. Das Hochgefühl wich einer depressiven Stimmung, je länger sie darüber nachdachte. Diese Menschen waren nicht einmal Bekannte, sondern Fremde, mit denen sie online ein paar Worte gewechselt hatte. Keinen von ihnen kannte sie persönlich, nicht einmal Milla.

Mutlos schaltete sie den PC aus und ging ins Bett. An diesem Abend hatte sie die Freude an ihrem virtuellen Leben verloren – und ein anderes Leben hatte sie nicht.

Irgendwo ist immer Frühling

07.12.

Pläne, Träume, Hoffnungen ...
Das Schicksal kann so ein Arschloch sein!

Sven M.: Milla, was ist passiert?

Karin S.: ???

Annika D.: Kann ich etwas für dich tun?

— 5 —

Jeden Morgen schaute Annika zuerst auf Millas Blog, und es war auch ihre letzte Handlung vor dem Schlafengehen. Selbst während der Arbeit überprüfte sie immer wieder, ob Milla sich gemeldet hatte.

Doch Milla schwieg, während ihre Internetfreunde immer besorgter und zunehmend ungeduldig nachfragten. Nur Annika hielt sich zurück. Sie wollte Milla nicht unter Druck setzen. Sie hatte keine Ahnung, was mit ihr los war, ahnte aber, dass etwas Schlimmes passiert sein musste. Dieses lange Schweigen war so gar nicht typisch für Milla. Allerdings zeigte ihr Verstummen Annika einmal mehr, dass sie nur flüchtige Bekannte waren, keine Freunde. In schwierigen Zeiten vertraute sich Milla wohl eher ihren echten Freunden an.

Die Zeit verging, und Weihnachten kam näher. Eine Zeit, in der Annika ihre Einsamkeit besonders deutlich spürte.

Am Heiligen Abend fiel Schnee. Annika hielt es in ihrer Wohnung nicht mehr aus. Sie zog ihren Mantel an und flüchtete nach draußen. Sie ging durch die stillen Straßen Stockholms und sah durch hell erleuchtete Fenster in weihnachtliche Zimmer, in denen Menschen fröhlich miteinander feierten. Ihre Kehle zog sich zusammen, als sie an ihr letztes schönes Weihnachtsfest dachte. Damals, als ihr Vater noch gelebt hatte. Seither hatte sie Angst vor den Weihnachtstagen und war froh, wenn sie endlich vorbei waren.

Auch zu Beginn des neuen Jahres hatte der Winter Stockholm fest im Griff. Die Nachfragen auf Millas Blog waren inzwischen verstummt. Immer noch schaute Annika regelmäßig nach, ob ihre Internetfreundin sich gemeldet hatte. Sie fragte sich, ob sich außer ihr überhaupt noch jemand für Milla und deren Verbleib interessierte.

Was war mit Milla passiert? Hatte sie einen Unfall gehabt? War ihrer Familie etwas zugestoßen? War sie noch in Barcelona oder zurück in Schweden?

Fragen über Fragen, die Annika niemand beantworten konnte. Vielleicht war auch überhaupt nichts passiert, und sie machte sich völlig umsonst Sorgen. Vielleicht hatte Milla einfach die Lust an ihrem Blog verloren oder keine Zeit mehr dafür.

»Das wäre so gemein!«, murmelte Annika an einem besonders kalten Januarabend vor sich hin. Mit gerunzelter Stirn starrte sie auf den Monitor. »Du feierst irgendwo das Leben, Milla, während ich allein hier sitze, warte und …«

Annika brach ab und schüttelte entschieden den Kopf. »Annika Dahlström, du spinnst!«, sagte sie zu sich selbst. »Jetzt sprichst du schon fast wie deine Mutter. Und so wie sie wolltest du nie werden!«

Milla war nur eine Internetbekanntschaft. Sie schuldete ihr, Annika, keine Rechenschaft.

»Ab sofort schaue ich nicht mehr in den Blog!«, sagte Annika bestimmt.

Keine zehn Minuten später starrte sie schon wieder auf die Seite mit der Überschrift *Irgendwo ist immer Frühling*, auf der sich seit Wochen nichts getan hatte.

»Lecker!«, krächzte Magnus.

Annika stand auf und ging zu ihm. Er senkte das Köpfchen

und ließ sich kraulen. Dabei schielte er zu dem Schrank, in dem sie die Keksdose aufbewahrte.

Annika lachte. »Schleimer!«

Blitzschnell drehte Magnus den Kopf und hackte nach ihrem Finger.

»Schon gut, ich habe es nicht so gemeint.«

Sobald sie Magnus mit einem Keks versorgt hatte, setzte sich Annika wieder an den Schreibtisch. Millas Blog war noch geöffnet, und zu ihrem Erstaunen erschienen sekündlich neue Beiträge. Annika kam mit dem Lesen kaum hinterher.

Irgendwo ist immer Frühling

20.01.

Was würdet ihr tun, wenn euch nur noch wenig Zeit bliebe?

Sven M.: Da bist du ja endlich wieder, Milla! Bist du immer noch in Barcelona? Und was ist das für eine komische Frage?

Karin S.: Klingt überhaupt nicht gut, Milla! Was ist los?

Ewa B.: Was genau meinst du mit wenig Zeit? Lebenszeit? Wenn ja, dann würde ich die verbleibende Zeit vor allem mit den Menschen verbringen wollen, die ich liebe. Aber wenn ich ehrlich bin, möchte ich mir über eine solche Frage nie den Kopf zerbrechen müssen.

Karin S.: Ich habe mir zu Beginn meiner Krebserkrankung diese Frage immer wieder gestellt. Zum Glück geht es mir inzwischen aber wieder richtig gut, sogar meine Haare wachsen nach.

Milla: Ich freue mich, dass es dir wieder besser geht, Karin! Wo hast du dich behandeln lassen?

Karin S.: Danderyds Sjukhus, aber das habe ich euch damals schon erzählt. Fragst du aus einem bestimmten Grund?

Milla: Es interessiert mich einfach. Ja, stimmt, du hast über das Danderyds Sjukhus geschrieben. Sind die Ärzte da gut? Warst du zufrieden?

Karin S.: Die onkologische Abteilung war für mich genau richtig. Und ja, die Ärzte sind sehr gut. Das Personal überhaupt. Die Schwestern und Pfleger sind sehr nett.

Milla: Ich bin neugierig, Karin. Welche Antwort hast du denn auf die eingangs gestellte Frage gefunden?

Karin S.: Da waren tausend Ideen, die mir durch den Kopf gegangen sind. Eine Weltreise, ein Fallschirmsprung, ins Weltall fliegen. Und all das hätte ich mit einem Kredit finanziert und mich in der restlichen Zeit über das dumme Gesicht gefreut, das mein Banksachbearbeiter machen würde, sobald er von meinem Ableben erfährt.

Milla: Hahaha, das würde mir auch gefallen.

Sven D.: Du hast uns immer noch nicht verraten, warum du so eine komische Frage stellst.

Milla: Weil ich neugierig bin, Sven. Und weil ich möglicherweise gerade in das Alter gekommen bin, in dem man sich solche Fragen stellt.

Sven D.: Jetzt sag nicht, du bist eine Oma, während ich dich immer für ein junges, reizendes Mädchen gehalten habe! Du weißt schon, dass du oft in meinen Träumen auftauchst?

Milla: Tja, Sven, Enttäuschungen gehören nun einmal zum Leben dazu. Und da ich eine gewisse Vorstellung von der Art deiner »Träume« habe, will ich darin eigentlich auch nicht auftauchen.☺

Sven B.: Du weißt ja gar nicht, was du verpasst!

Karin S.: Musst du eigentlich immer alles ins Lächerliche ziehen, Sven?

Milla: Nicht streiten, Leute! Ich habe gerade zum ersten Mal seit Wochen wieder gelacht. Danke dafür und erst mal tschüss. Ich muss jetzt weg.
Bis bald!

— 6 —

Wir brauchen dich in den nächsten Tagen in der Patientenaufnahme.«

Annika schaute ihre Vorgesetzte, die Verwaltungsleiterin Ewonne Johanssen, entsetzt an. »Das kann ich nicht!«

»Das schaffst du schon«, versicherte Ewonne. »Anne hat Urlaub, und Inger ist ausgerechnet jetzt krank geworden. Sie wird die ganze Woche ausfallen. Aber Hellen ist noch da und wird dir alles zeigen.«

Ewonne schien zu glauben, dass Annika Angst vor der ungewohnten Arbeit hatte, aber das war es nicht. Gerade in der Patientenaufnahme würde sie ständig mit Menschen zu tun haben. Fremden Menschen! Und genau das war ihr Problem.

Und dann sollte sie auch noch ausgerechnet von Hellen eingearbeitet werden. Hellen arbeitete bereits seit mehr als zwanzig Jahren in der Patientenaufnahme und glaubte offenbar, dass sie allein deswegen den jüngeren Kolleginnen gegenüber weisungsbefugt war. Annika hatte Inger und Anne oft darüber klagen hören, wie gemein Hellen sein konnte. Außerdem war sie äußerst unkollegial und meldete jeden noch so kleinen Fehler der Kolleginnen sofort bei Ewonne.

»Und wer macht die Abrechnungen?« Annika wies auf den Aktenstapel neben ihrem PC.

»Die müssen wohl liegen bleiben, bis wir wieder voll besetzt sind.«

Annika war verzweifelt. Ihr fiel kein Argument mehr ein,

um ihre Versetzung in die Patientenaufnahme zu verhindern. Womöglich erwartete Ewonne sogar, dass sie sich geschmeichelt fühlte, weil die Verwaltungsleiterin ihr diese Aufgabe zutraute.

Wahrscheinlich war Annika deutlich anzusehen, wie wenig ihr die neue Aufgabe passte, denn Ewonnes Stimme klang ein kleines bisschen beleidigt. »Du solltest froh und dankbar sein, dass du hier mal rauskommst und andere Menschen siehst.«

Annika mochte ihr kleines Büro, das alle anderen so schrecklich fanden. Es lag abseits der anderen Verwaltungsbüros, war nur über eine schmale Stiege zu erreichen und so winzig, dass gerade mal ihr Schreibtisch, ein schmales Regal, ihr Bürostuhl und ein weiterer Stuhl hineinpassten. Vor dem Büro gab es einen kleinen Vorraum, wo sie ihren Mantel aufhängen konnte. Ihr Schreibtisch stand direkt unter dem Fenster. Sie konnte nach unten auf die Straße schauen, aber dazu musste sie aufstehen. Im Sitzen konnte sie den Blick über Wiesen und Bäume hinweg bis zum Wasser gleiten lassen. Aus dieser Perspektive wirkte es ländlich, obwohl sie mitten in der Stadt waren.

Nein, Annika wollte auf keinen Fall hier weg, aber sie traute sich nicht, das laut zu sagen.

»Packst du dann bitte deine Sachen und kommst mit?«, forderte Ewonne sie auf.

»Jetzt? Sofort?«, stieß Annika entsetzt hervor.

»Ja, natürlich sofort. Worauf willst du denn noch warten?«

Darauf, dass sie aufwachte und sich das Ganze als Albtraum erwies!

Es war okay für Annika, mit Kollegen zusammenzuarbeiten, die ihr im Laufe der Zeit vertraut geworden waren. Na gut, nicht okay, aber sie hätte sich daran gewöhnen können. Aber

Publikumsverkehr, täglich Horden von wildfremden Menschen, das war nichts für sie. Und Hellen war noch weniger ihr Fall.

Annika spürte, dass Ewonne zunehmend ungeduldig wurde. Also schaltete sie den PC aus, nahm ihre Handtasche, holte ihren Mantel aus dem Vorraum und hob den Aktenstapel neben dem Schreibtisch auf.

»Darum kümmere ich mich.« Ewonne nahm ihr den Stapel aus der Hand und ging vor ihr die Treppe hinunter.

Annika folgte ihr resignierend und versuchte, sich selbst Mut zuzusprechen. Sie musste einfach nur durchhalten, bis Anne oder Inger wieder zurückkamen. Anne hatte nicht ewig Urlaub, und Inger wurde hoffentlich ganz schnell wieder gesund.

Ihre Zuversicht schwand, als sie durch den voll besetzten Wartebereich vor dem Aufnahmebüro gingen. Dort warteten so viele Patienten, dass die Stühle nicht ausreichten. Einige mussten stehen. Unzufriedenes Stimmengemurmel wegen der langen Wartezeit war zu hören. Einige der Wartenden starrten mit stumpfen Mienen ins Leere oder auf den Boden. In vielen Gesichtern erkannte Annika die Angst vor dem bevorstehenden Krankenhausaufenthalt.

Ich habe auch Angst, dachte Annika, genauso wie ihr alle. Sie atmete tief durch und senkte den Blick, als sie Ewonne an den Reihen der Wartenden vorbei ins Aufnahmebüro folgte.

Die Aussicht aus dem Büro war so trostlos wie die Stimmung im Wartebereich. Ein schmaler Streifen dunkler Erde, hinter dem sich ein weiterer Krankenhaustrakt erhob. Allerdings saß Hellen sowieso mit dem Rücken zum Fenster. Seufzend setzte sich Annika hinter Ingers Schreibtisch, der direkt neben Hellens stand.

»Du arbeitest sie ein«, sagte Ewonne zu Hellen.

Hellen nickte nur knapp, bevor sie sich wieder der älteren Dame zuwandte, die ihr gegenübersaß.

»Seit zwei Wochen habe ich diese Schmerzen«, sagte die Patientin.

»Der Arzt wird sich gleich um Sie kümmern«, erwiderte Hellen gleichgültig und tippte etwas in den PC.

»Und jetzt habe ich Angst, dass es was Schlimmes ist. Meine Freundin Augusta hatte die gleichen Schmerzen, und zwei Monate später war sie tot.« Die Stimme der Frau zitterte leicht.

»Hm«, machte Hellen. Sie hatte offensichtlich überhaupt nicht zugehört und starrte konzentriert auf den Monitor.

Annika hatte Mitleid mit der alten Dame, aber Hellen gab sich völlig ungerührt. Vielleicht war sie das auch. Ewonne schien Hellens Verhalten jedoch ganz normal zu finden und beachtete sie nicht weiter. Sie schaltete Ingers PC ein und gab Annika eine kurze Einweisung. Dann winkte sie den nächsten Patienten heran, um zusammen mit ihr die Aufnahmeformalitäten durchzugehen.

»Hej!« Der schlaksige junge Mann in der verschlissenen Jeans ließ sich auf den Stuhl vor dem Schreibtisch fallen.

»Hej!« Annika lächelte ihn schüchtern an.

»Ich soll mich hier melden, bevor ich auf der Station aufgenommen werden kann.«

Annika spürte, dass der junge Mann sich nur so forsch gab, um seine Nervosität zu überspielen. Er versuchte, cool zu wirken, aber sie ließ sich nicht täuschen. Als er ihr seine Krankenakte gab, bemerkte sie seine zitternden Hände.

»Alles wird gut«, sagte sie mit einem freundlichen Lächeln.

Ewonne räusperte sich, ihr Blick drückte Unmut aus. Sie

sagte nichts, bis sie mit den Aufnahmeformalitäten fertig waren und der Patient das Büro verlassen hatte.

»Wie kannst du so etwas sagen?«, fuhr Ewonne sie an.

»Was meinst du?«, fragte Annika verunsichert.

»Dass alles gut wird. Du weißt doch überhaupt nicht, was er hat.«

»Ich wollte nur nett sein und ihm die Angst nehmen«, rechtfertigte sich Annika.

»Lass es!« Auch Hellen schaute jetzt zu ihr, und ihr Blick war ebenso unfreundlich wie ihre Stimme. »Es ist nicht unsere Aufgabe, die Patienten zu betreuen. Wir nehmen nur die Formalitäten auf. Für alles andere ist das Personal auf den Stationen zuständig.«

Annika nickte eingeschüchtert, obwohl sie gerne widersprochen hätte. Es konnte doch nicht falsch sein, zu einem ängstlichen Patienten freundlich zu sein.

»Ich habe heute Nachmittag frei«, verkündete Hellen. Sie erhob sich von ihrem Bürostuhl und schaute Annika streng an. »Wenn du Fragen hast, wendest du dich bitte an Ewonne.«

Annika nickte, obwohl sie diesen Hinweis als unnötig empfand. Sie arbeitete seit drei Tagen in der Patientenaufnahme und hatte inzwischen bewiesen, dass sie mit den Aufnahmeformalitäten zurechtkam.

Hellen ging, ohne sich zu verabschieden. Seit sie zusammenarbeiteten, hatte sie kein privates Wort mit Annika gewechselt und ihr deutlich gezeigt, dass sie daran nicht interessiert war.

Annika atmete hörbar auf, als ihre Kollegin die Tür hinter sich schloss. Schade, dass Inger und nicht Hellen erkrankt war. Mit Inger hätte sie sich weitaus besser verstanden.

Glücklicherweise war es heute sehr ruhig. Nur zwei Patienten musste Annika noch aufnehmen, dann war der Wartebereich leer. Annika nutzte die Gelegenheit, um sich am Kaffeeautomaten zwei Gänge weiter einen Kaffee zu holen.

»Wie komme ich in die Chirurgie?« Die junge, hochschwangere Frau atmete schwer und trug eine Reisetasche, die viel zu schwer für sie war.

Annika beschrieb ihr kurz den Weg, dann zeigte sie auf die Tasche. »Du solltest in deinem Zustand nicht so schwer tragen!«

»Was bleibt mir denn übrig?« Die Augen der Frau füllten sich mit Tränen. »Ich habe eben den Anruf bekommen, dass mein Mann auf der Baustelle verunglückt ist und ich ihm ein paar Sachen bringen soll.«

»Ich bringe dich zur Station.« Annika nahm ihr die Tasche aus der Hand. »Und die trage ich!«

Als Annika wieder nach unten kam, tigerte eine Frau vor der geschlossenen Tür des Aufnahmebüros auf und ab. Sie war ungefähr in Annikas Alter, trug schwarze Shorts über einer knallroten Strumpfhose, ein flatterndes Oberteil und einen schwarzen Hut auf ihren dunklen Haaren.

»Endlich!«, fuhr sie Annika gereizt an. »Ich warte hier schon seit Ewigkeiten.«

«Ich war höchstens zehn Minuten weg«, erwiderte Annika höflich.

Ein funkelnder Blick aus bernsteinfarbenen Augen traf sie. »Unterstellst du mir, dass ich lüge?«

»Ich unterstelle überhaupt nichts, ich sage lediglich, dass ich nicht länger als zehn Minuten weg war.«

»Ich finde es unverschämt, Patienten warten zu lassen. Es ist schon nervig genug, ins Krankenhaus zu müssen.«

»Gibt es ein Problem?« Ewonne kam mit gerunzelter Stirn in den Wartebereich, einen Stapel Akten auf dem Arm.

»Nein!« Annika schüttelte den Kopf.

»Doch!«, widersprach die Patientin. »Ich habe einen Termin auf der onkologischen Station, aber man will meine Daten wohl nicht aufnehmen.« Sie wies auf die geschlossene Tür des Büros.

»Es tut mir leid«, entschuldigte Ewonne sich sofort. »Wir sind zurzeit ein wenig unterbesetzt.«

»Ich war nur ein paar Minuten weg«, wandte Annika schüchtern ein.

Die Patientin mit den bernsteinfarbenen Augen wandte sich ihr zu. »Ich würde dir die Anschaffung einer neuen Uhr empfehlen. Das waren eindeutig mehr als zehn Minuten, die ich hier warten musste.« Sie drehte sich zu Ewonne um. »Werde ich jetzt hier aufgenommen, oder muss ich mir ein anderes Krankenhaus suchen?«

Ewonne bedachte Annika mit einem strafenden Blick. »Das erledige ich jetzt«, sagte sie und drückte Annika den Aktenstapel in die Hände. »Und du bringst die Unterlagen ins Sekretariat.«

Annika kochte innerlich, als sie sich mit dem Aktenstapel auf den Weg machte. Sie hatte auf die Uhr gesehen und wusste, dass sie nicht lange weg gewesen war. Wahrscheinlich hatte die Patientin einfach Angst, so wie die meisten, die am Aufnahmetag hier ankamen. Vielleicht war diese Aggression ihr Weg, mit der Angst fertigzuwerden.

Annika war es egal, dass die Patientin wütend auf sie war, aber sie ärgerte sich immer noch darüber, dass Ewonne, ihre direkte Vorgesetzte, die Auseinandersetzung mitbekommen hatte.

Das Sekretariat befand sich in einem anderen Trakt des Krankenhauses, und Annika brauchte eine ganze Weile, bis sie zurück zum Aufnahmebüro kam. Dort saß Ewonne immer noch hinter Ingers Schreibtisch. Sie machte Annika keinen Vorwurf, und die unverschämte Patientin war zum Glück nicht mehr da.

Inzwischen war der Wartebereich vor dem Aufnahmebüro recht voll, und Annika hatte ziemlich viel zu tun. Bis zum Abend hatte sie den Vorfall mit der unverschämten Patientin vergessen. Sie freute sich auf den Feierabend, auf Magnus, ein leckeres Abendessen und ihren PC.

Irgendwo ist immer Frühling

31.01.

Hallo Leute,
da bin ich mal wieder. Sorry, dass ich mich so lange nicht gemeldet habe! Ich finde es rührend, dass ihr euch um mich gesorgt habt.
Ich habe mich in letzter Zeit ziemlich rargemacht, weil ich krank geworden bin. Aber das ist es nicht, worüber ich schreiben will. Vielmehr will ich von den unangenehmen Begleiterscheinungen berichten, die so eine Krankheit mit sich bringt.
Zum einen konnte ich nicht in Barcelona bleiben, sondern musste zurück ins kalte, nasse Stockholm fliegen. Zum anderen muss ich mich mit einigen unangenehmen Zeitgenossen herumschlagen. Die Ärzte haben ja so ihre Eigenheiten, doch am schlimmsten ist die Dame in der Aufnahme. Aber der Reihe nach:
Nachdem Karin so begeistert vom Danderyds Sjukhus berichtet hat, habe ich mich ebenfalls für dieses Krankenhaus entschieden. Eigentlich ist es auch okay, jedenfalls hier auf der Station. Aber die bescheuerte Ziege in der Aufnahme hätte mich fast dazu gebracht, meine Entscheidung zu überdenken.
Stundenlang habe ich vor dem Aufnahmebüro gewartet, bis die Gute sich endlich mal blicken ließ. Ich frage mich, was sie die ganze Zeit gemacht hat. Und dann hat sie auch noch behauptet, sie wäre nur ein paar Minuten weg gewesen. Ich glaube, wenn ihre Vorgesetzte nicht aufgetaucht wäre, säße ich jetzt noch unten im Wartebereich. Da musst du als Patient echt Angst haben, das Zeitliche zu segnen, bevor die Ärzte überhaupt die Gelegenheit bekommen, dich wieder gesund zu machen!
Aber jetzt bin ich in meinem Zimmer. Ein Einzelzimmer zum Glück. Im Moment könnte ich die Gegenwart eines weiteren kranken

Menschen nicht gut ertragen. Und so sitze ich hier am Fenster und versuche, diese doofe Ziege aus der Aufnahme zu vergessen und mich auf das vorzubereiten, was vor mir liegt.

Sven M.: Diese Tussi aus der Aufnahme hat sich vielleicht irgendwo im Krankenhaus mit einem netten Pfleger oder so getroffen. Aber wieso bist du im Krankenhaus? Du bist hoffentlich nicht schwer krank!

Milla: Du meinst, die Anmeldetussi hatte Sex in der Medikamentenkammer oder so?

Sven M.: Ja, so was in der Art.

Milla: Auf die Idee würdest du nicht kommen, wenn du sie gesehen hättest! Wenn es so wäre, dann hätte ich dafür sogar noch Verständnis. Aber die ist garantiert viel zu verklemmt, um überhaupt an Sex zu denken. Trotzdem danke, wenigstens du hast mich jetzt zum Lachen gebracht.

Karin S.: Du hast Svens Frage noch nicht beantwortet, Milla. Warum bist du im Krankenhaus? Soll ich dich besuchen?

Milla: Nett von dir, aber im Moment lieber nicht. Ich muss erst einmal selbst mit allem klarkommen.

Karin S.: Das verstehe ich. Jeder ist da anders. Ich war damals froh, dass ich meine Freunde und meine Familie um mich hatte. Melde dich, wenn du etwas brauchst oder wenn du es dir anders überlegst.

Milla: Ich danke euch beiden, aber ich bin jetzt erst mal wieder weg. Werde mich auch in den nächsten Tagen nicht melden.
Seid mir bitte nicht böse,
Milla

— 7 —

Fassungslos las Annika immer wieder den letzten Blogeintrag. Ihr Verstand weigerte sich, das zu begreifen, was offensichtlich war: Die unangenehme Patientin heute vor dem Aufnahmebüro war Milla gewesen. Die Milla, mit der sie so gerne befreundet gewesen wäre – auch in der realen Welt, nicht nur virtuell!

»Niemals!«, sagte Annika laut. »Mit so einem Menschen will ich nicht befreundet sein!«

Sie zuckte zusammen, als Magnus neben ihr auf dem Schreibtisch landete. Offenbar glaubte er, dass sie mit ihm gesprochen hatte. Aufmerksam schaute er sie an.

»Sie hat behauptet, ich würde lügen!«, fuhr Annika fort. »Dabei hat sie gelogen, ich war nur zehn Minuten weg.«

Magnus legte das Köpfchen schief.

»Wirklich!«, versicherte Annika. »Es waren höchstens zehn Minuten.« Sie machte eine kurze Pause. »Na gut, vielleicht auch fünfzehn, aber auf keinen Fall länger.«

»Alter Kacker«, sagte Magnus zärtlich und begann mit einer ausgiebigen Gefiederpflege.

Annika schüttelte nachdenklich den Kopf. »Ich kann es immer noch nicht fassen. Ich habe Milla wirklich gemocht, und jetzt habe ich gesehen, dass sie in der Realität kein bisschen sympathisch ist. So eine blöde Kuh!«

Magnus hielt einen Augenblick inne. »Guter Magnus, guter Junge!«, sagte er, bevor er damit fortfuhr, jede einzelne Feder durch den Schnabel zu ziehen.

»Was mache ich eigentlich hier?«, fragte Annika leise. »Ich rede mit mir selbst oder mit einem Papagei. Ich verbringe meine ganze Freizeit vor dem PC, obwohl ich da schon während meiner Arbeit sitze, und mein ganzes Leben ist so ...« Ihr fiel kein passender Ausdruck ein.

»Alter Kacker!«, kam Magnus ihr zu Hilfe.

»Ja«, bestätigte Annika. »Mein Leben ist ein alter Kacker.«

Was für eine blöde Formulierung! Sie musste lachen und brach gleich darauf in Tränen aus.

Magnus reagierte verunsichert auf ihren Gefühlsausbruch und flog zurück auf seine Voliere. Von dort aus beäugte er sie misstrauisch.

»Ist schon gut, mein Süßer! Ich weiß selbst, dass ich gerade ziemlich spinne.«

Magnus wippte mit dem Kopf, als würde er ihr zustimmen, und stieß seinen schrillen Schrei aus.

»Pst!«, zischte Annika. Immer noch liefen ihr Tränen über die Wangen, während sie auf eine Reaktion aus der Nachbarwohnung wartete.

Alles blieb still. Hatte es gewirkt, dass sie sich einmal zur Wehr gesetzt hatte? Oder war ihr Nachbar nur nicht zu Hause? Und spielte es überhaupt eine Rolle, was er von ihr und Magnus hielt?

»Ach, die können mich doch alle mal! Der Typ nebenan, Ewonne, Hellen, Milla ...« Annika wischte sich die Tränen aus dem Gesicht, wandte sich entschlossen ihrem PC zu und schloss Millas Blog. Nie wieder würde sie die Seite aufrufen.

Nie wieder *Irgendwo ist immer Frühling*.

Nie wieder Milla.

Niemals Barcelona.

Übrigens fiel dort zwar nur selten Schnee, aber trotzdem war es im Winter kühl und verregnet, wie Annika gelesen hatte. Und eigentlich war jede Stadt grau und dunkel, solange es in einem selbst so düster aussah.

Annikas Traumwelt zerbrach an der Realität.

Genau vierundzwanzig Stunden hielt sie ihren Vorsatz durch. Als sie Millas Blog wieder aufrief, gab es keine neuen Einträge.

Annika schloss die Seite. »Such dir Freunde in der realen Welt!«, ermahnte sie sich selbst. »Ändere endlich dein Leben!«

An diesem Abend verließ sie tatsächlich ihre Wohnung. Einfach nur, um irgendwo einen Kaffee zu trinken. Vielleicht kam sie ja mit anderen Menschen ins Gespräch. Das wäre zumindest ein Anfang.

Magnus war nicht damit einverstanden, dass sie die Wohnung noch einmal verließ. Er hatte sich daran gewöhnt, dass sie tagsüber zur Arbeit ging, aber das hier war neu für ihn. Sein Protestgeschrei war sogar auf der Straße zu hören, als Annika die Haustür hinter sich zuzog. Sie zögerte und spielte mit dem Gedanken, umzukehren. Magnus tat ihr leid. Dazu kam die Angst, dass sich auch die anderen Mieter des Hauses durch das Papageiengeschrei gestört fühlten.

Annika wappnete sich mit Gelassenheit und ging entschlossen weiter. Sie ignorierte Magnus' Geschrei ebenso wie den Nieselregen und die Kälte, die sich innerhalb von Minuten durch ihren dicken Wintermantel fraßen.

Ihr Ziel lag nicht weit von ihrer Wohnung entfernt. Jeden Morgen auf dem Weg zur U-Bahn und abends auf dem Heimweg kam sie daran vorbei. Der Neonschriftzug *Café Östermalm* über dem Eingang flackerte. Annika öffnete die Tür.

Ein Mann saß am Tresen und starrte stumpfsinnig in sein Glas. Er wandte nicht einmal den Kopf, als sie eintrat. Ein Paar saß an einem der Bistrotische. Die beiden unterbrachen ihr Gespräch, schauten kurz zu ihr, bevor sie ihre gemurmelte Unterhaltung wieder aufnahmen.

Eine Kellnerin mittleren Alters stand mit lustloser Miene hinter der Theke. Sie wartete, bis Annika an einem der vielen freien Bistrotische Platz genommen hatte. Dann schlurfte sie langsam heran, wischte mit einem unappetitlich grauen Lappen über die Tischplatte und erkundigte sich nach Annikas Wünschen.

»Einen Kaffee bitte«, sagte Annika.

Was mache ich hier eigentlich?, fragte sie sich gleichzeitig. Das ist doch nicht das, was ich mir gewünscht habe. Dieser schmuddelige Laden, Menschen, die sich ebenso wenig für mich interessierten wie umgekehrt. Wie schaffen es andere Menschen bloß, ein buntes, erfülltes Leben zu führen. Wie hat Milla das geschafft?

Und schon wieder war sie in Gedanken bei Milla. Milla, die die Welt bereiste und so anders war als Annika selbst. Milla, die jetzt gerade ...

... im Danderyds Sjukhus lag! Wieso nur?

Annika war so mit sich selbst beschäftigt gewesen, dass sie sich darüber noch gar keine Gedanken gemacht hatte. Milla hatte ein Zimmer auf der onkologischen Station bekommen, doch anstatt sich darüber Gedanken zu machen, bedauerte Annika sich lieber selbst. Wie herzlos war sie eigentlich?

Die Bedienung kam mit dem Kaffee. Annika bezahlte sofort und verließ das Café, ohne einen Schluck zu trinken. Jetzt wollte sie nur noch nach Hause und Milla ein paar nette Worte hinterlassen. Sollte sie ihre Identität preisgeben?

Nein, das nicht. Jedenfalls heute noch nicht.

Magnus war beleidigt. Er drehte ihr den Rücken zu, als sie ihn begrüßte, und knabberte an seinen Krallen. Dabei ließ er die Augenlider hängen und gab ihr damit deutlich zu verstehen, dass er jetzt nicht angefasst werden wollte.

Annika setzte sich an ihren PC und öffnete Millas Seite. Sie hatte sich auf dem Heimweg sorgfältig zurechtgelegt, was sie schreiben wollte, um ihr Mitgefühl auszudrücken und Milla das Gefühl zu geben, dass sie nicht allein war.

Sie tippte hastig, um die Worte nicht zu vergessen, doch als sie anschließend las, was sie geschrieben hatte, erschien ihr die Nachricht steif und nichtssagend. Sie löschte alles wieder, begann von vorn, schaffte es aber nicht, das in Worte zu fassen, was sie empfand.

Schließlich saß sie reglos vor dem Bildschirm und starrte auf den blinkenden Cursor, bis Magnus »Gute Nacht!«, rief.

Inger sah blass aus, als sie nach einer Woche wieder zur Arbeit kam.

»Tut mir leid.« Sie lächelte Annika entschuldigend an. »War es sehr schlimm mit Hellen?«, fragte sie flüsternd, obwohl sie mit Annika allein im Büro war.

Annika zuckte mit den Schultern, dann schüttelte sie den Kopf. »Wir hatten nicht viel miteinander zu tun. Sie hat eigentlich nur dann mit mir gesprochen, wenn ich ihrer Meinung nach etwas falsch gemacht habe.«

»Ja, so ist Hellen.« Inger grinste. »Übrigens soll ich dir von Ewonne ausrichten, dass du wieder in dein Büro kannst. Da warten die ganzen Abrechnungen der letzten Woche auf dich.«

Annika nickte und wollte das Aufnahmebüro verlassen.

»Kommst du heute Mittag mit in die Cafeteria?«

Langsam drehte Annika sich wieder um. »Iiich?«, fragte sie gedehnt.

»Anne ist noch nicht da, und alleine ...« Inger brach ab, ein verunglücktes Lächeln auf den Lippen. »Sorry, das klingt jetzt so, als solltest du nur ein Ersatz für Anne sein.«

»Ja.« Annika nickte. »Genau so klingt es.«

»So meine ich es aber nicht«, versicherte Inger. »Ich würde mich wirklich freuen, wenn du mitkommst!«

Annika wusste nicht, was sie sagen sollte. Sie wusste auch nicht, ob sie Inger glauben konnte.

»Sorry!«, entschuldigte Inger sich noch einmal. »Ich hätte dich nicht fragen sollen. Ich weiß ja, dass du dich lieber von den Kollegen fernhältst.«

Annika war einen Moment sprachlos vor Überraschung. Dann wollte sie wissen: »Wie kommst du denn darauf?«

Inger schien eine ganze Weile nachzudenken, bevor sie mit den Schultern zuckte und verlegen lächelte. »Ich weiß auch nicht genau. Du machst halt so den Eindruck, als wolltest du nichts von uns wissen.«

»Ich bin doch nicht wie Hellen«, erwiderte Annika bestürzt. »Ich habe immer gedacht, ihr wollt mich nicht dabeihaben.«

»Quatsch!«, sagte Inger sofort. »Ich würde dich gerne ...«

Sie wurde von Hellen unterbrochen, die zurück ins Büro kam und missbilligend zwischen ihnen hin und her schaute. »Habt ihr nichts zu tun?«

Annika blieb unschlüssig stehen, weil sie gerne gewusst hätte, was Inger sagen wollte, aber die beugte sich über die Unterlagen auf ihrem Schreibtisch.

Annika holte tief Luft. »Treffen wir uns in der Mittagspause in der Cafeteria?«

Inger schaute auf und nickte lächelnd.

Irgendwo ist immer Frühling

05. 02.

Karin S.: Hallo Milla, bist du noch da?

Sven M.: Sie hat sich schon seit Tagen nicht mehr gemeldet, wie angekündigt.

Karin S.: Ich mache mir Sorgen und wüsste gerne, wie es ihr geht.

Ewa B.: Und ich möchte wissen, was mit ihr los ist. Ich finde es ziemlich doof, nur so Andeutungen zu machen und dann zu verschwinden. Ganz so, als würde sie es darauf anlegen, dass wir uns Sorgen um sie machen.

Karin S.: Ich finde es ziemlich frech, was du da schreibst, Ewa. Und gefühllos.

Ewa B.: Es ist mir ziemlich egal, wie du das findest. Ich lasse mir von dir doch nicht den Mund verbieten.

Milla: Mädels, fangt jetzt bloß keinen Streit an! Eigentlich hat Ewa recht. Es ist doof, Andeutungen zu machen und dann nicht weiterzuschreiben. Ich habe das nicht gemacht, weil ich wollte, dass ihr euch um mich sorgt. Ganz bestimmt nicht. Es ist nur so, dass ich seit meiner Diagnose selbst ziemlich verwirrt bin.
Und wütend!
Ja, vor allem wütend, weil es niemanden gibt, dem ich für diesen Scheiß in den Hintern treten kann. Dann würde es mir nämlich gleich besser gehen. Zumindest bilde ich mir das ein.

Also gut, Leute: Ich habe Leukämie. Myeloische Leukämie, um genau zu sein. Am Anfang konnte ich den Namen dieser Krankheit nicht aussprechen. Und jetzt bedroht sie mein Leben.

Karin S.: Du lieber Himmel, Milla, das tut mir so leid! Ich weiß genau, wie du dich fühlst. Ich kenne den Schock nach der Diagnose, die erste Zeit voller Wut und Verzweiflung. Aber du bist so ein positiver Mensch, du schaffst das.

Milla: Ja, verdammt, natürlich schaffe ich das! Daran habe ich keinen Moment gezweifelt.
Okay, vielleicht doch. Hin und wieder. Dann versuche ich mir vorzustellen, wie es ist, wenn gar nichts mehr da ist. Morgen probiere ich es aus. Auf einem kleinen Friedhof hier in der Nähe.

Sven M.: Was willst du da ausprobieren?

Milla: Probeliegen! Ich will wissen, wie es ist, auf einem Friedhof zu liegen. Ich will wissen, ob ich das aushalte.

Sven M.: Verrückte Idee! Was willst du denn machen, wenn du es nicht aushältst?

Milla: Dann werde ich nicht sterben, ist doch klar!

Sven M.: Guter Plan! Warum nimmst du dir das nicht einfach ohne Probeliegen vor?

Milla: Du wirst es mir nicht ausreden können, Sven. ☺
Mal etwas anderes: Hat einer von euch etwas von Annika gehört? Ich vermisse sie hier.

— 8 —

Du vermisst mich nur, weil du nicht weißt, dass ich diese dumme Ziege bin, über die du dich so geärgert hast«, sagte Annika und fügte gleich darauf hinzu: »Ich muss endlich aufhören, Selbstgespräche zu führen!«

Sie überlegte, ob sie eine kurze Nachricht auf dem Blog hinterlassen sollte, entschied sich aber dagegen. Es kam ihr unehrlich vor, etwas auf dem Blog zu posten, ohne dass Milla wusste, dass sie sich bereits persönlich begegnet waren. Aber sie konnte auch unmöglich verraten, wer sie war.

Ich könnte zu ihr gehen und es ihr sagen!

Annika verwarf diesen Gedanken sofort wieder. Milla hatte Karin S. sehr deutlich mitgeteilt, dass sie zurzeit keinen Besuch wollte.

Und wenn ich trotzdem zu ihr gehe? Ihr einen Blumenstrauß mitbringe und mich für mein Verhalten entschuldige?

Alles in ihr sträubte sich gegen diese Idee. Sie war nicht mehr sauer auf Milla, aber sie war auch nicht schuld an der Auseinandersetzung gewesen. Sie konnte verstehen, dass Milla am Aufnahmetag nervös gewesen war, wahrscheinlich sogar große Angst gehabt und deshalb so reagiert hatte. Aber sie selbst hatte keinen Grund, sich zu entschuldigen.

Zum ersten Mal seit Wochen waren die Erinnerungen an ihre Mutter wieder da. Wie oft hatte sie sich grundlos für irgendetwas entschuldigen müssen?

Ich war den ganzen Tag allein, dabei geht es mir so schlecht. Wieso kommst du so spät? Annika hatte diesen Vorwurf viel zu oft gehört.

Tut mir leid, Mama, ich musste Überstunden machen.

Darauf war mindestens eine Woche beleidigtes Schweigen und vorwurfsvolle Blicke gefolgt, bis Annika es irgendwann nicht mehr ausgehalten und ihre Stelle in der Vårdcentral aufgegeben hatte.

»Nicht daran denken! Nicht daran denken! Nicht daran denken!«, flüsterte sie unablässig vor sich hin, was dazu führte, dass sie erst recht an diese Zeit denken musste.

Sie hatte ihre Kündigung bereits in der Minute bereut, in der sie sie ausgesprochen hatte. Danach fühlte sie sich in dem kleinen roten Haus wie eingesperrt, ohne Perspektiven. Nur ihre Träume waren ihr geblieben. Die einzige Möglichkeit, diesem Leben wenigstens in ihrer Fantasie zu entfliehen.

Auch als sie dem Leben in Älvdalen tatsächlich entflohen war, hatte sich nichts geändert, bis auf ihren Wohnort. Annika hatte ihr Gefängnis in dem kleinen roten Haus gegen die Wohnung in Stockholm eingetauscht – und fühlte sich genauso einsam wie zuvor.

»Lecker, lecker!«

Sie hörte den Flügelschlag, nahm den Schatten wahr, und dann saß Magnus auch schon auf ihrer Schulter. Das erste Mal, seit er bei ihr war.

Annika schielte vorsichtig nach rechts. Der riesige Schnabel war gefährlich nahe an ihrem Gesicht, aber Magnus wirkte kein bisschen angriffslustig.

»Hallo Magnus! Da bist du ja.«

Annikas Stimme animierte ihn offensichtlich zum Weiterfliegen. Er landete auf dem Schreibtisch und schaute erwartungsvoll zum Schrank, in dem die Kekse waren.

»Lecker, lecker!«

Ihr wurde bewusst, wie sehr sie diesen lärmenden Vogel liebte, der alles anknabberte und in ihre Wohnung kackte. Und gerade weil sie ihn so liebte, musste sie dafür sorgen, dass er irgendwann ein besseres Leben führen konnte. Soweit das für einen Vogel in Gefangenschaft überhaupt möglich war.

In diesem kleinen Körper steckte eine so starke Sehnsucht nach Leben. Annika spürte das – nein, sie wusste es, weil sie genauso empfand. Einfach die Flügel ausbreiten und davonfliegen …

Eine schöne Vorstellung, aber trotzdem hatte sie keine Ahnung, was sie mit dieser Erkenntnis anfangen sollte.

Annika richtete sich auf ihrem Bürostuhl auf und rieb sich den schmerzenden Nacken. Sie hatte zu lange in gebeugter Haltung gesessen. Obwohl sie arbeitete, so schnell sie konnte, stapelten sich auf ihrem Schreibtisch noch immer die Abrechnungen.

Ein bisschen Bewegung wäre nicht schlecht. Kurz entschlossen verließ Annika ihr Büro, um sich einen Kaffee aus der Cafeteria zu holen. Als sie durch die Eingangshalle ging, kam ihr Milla entgegen. Ihre Miene wirkte bedrückt, und sie schien Annika nicht zu bemerken. Sie trug einen roten Poncho und ging zielstrebig auf den Ausgang zu.

Plötzlich hob Milla den Kopf, als hätte sie Annikas Blick gespürt. Es dauerte ein paar Sekunden, dann schien sie sich zu erinnern. Ein abfälliges Lächeln umspielte ihre Lippen. Hoch erhobenen Hauptes ging sie an Annika vorbei. Kein Wort kam über ihre Lippen, nicht einmal ein knapper Gruß.

Annika sah ihr nach, aber Milla wandte sich nicht mehr um. Annika wartete, bis sie das Krankenhaus verlassen hatte, und ging weiter zur Cafeteria. Kurz vor dem Eingang überlegte sie es sich jedoch anders. Sie wandte sich um, verließ im Laufschritt das Krankenhaus und sah sich suchend um. Milla war nicht mehr zu sehen.

Sie wolle *Probeliegen auf dem Friedhof*, hatte Milla gestern in ihrem Blog angekündigt. Hatte sie dafür einen bestimmten Friedhof ausgewählt? War sie mit öffentlichen Verkehrsmitteln dorthin unterwegs? Oder hatte sie sich für den Friedhof in Danderyd entschieden, der etwa eine halbe Stunde zu Fuß vom Krankenhaus entfernt lag? War Milla überhaupt dazu in der Lage, diese Strecke zu bewältigen?

Annika hörte auf, darüber nachzudenken. Sie überlegte auch nicht, welche Konsequenzen es für sie haben konnte, wenn sie sich unerlaubt von ihrem Arbeitsplatz entfernte, sondern setzte sich in Bewegung.

Sie wusste nicht genau, wo der Friedhof war. Irgendwo in nördlicher Richtung an der Schnellstraße. Also ging sie zügig in diese Richtung, aber von Milla war weit und breit nichts zu sehen.

Nach zweiunddreißig Minuten erreichte Annika den Friedhof mit der kleinen Kirche. Es war, als würde sie eine andere Welt betreten. Alles, was außerhalb der Friedhofsmauern lag, schien weit weg. Sogar das Rauschen der Schnellstraße war seltsam gedämpft.

Suchend ging Annika zwischen den Grabsteinen umher. Birken streckten ihre kahlen Zweige in den bleigrauen Himmel. Kein Mensch war zu sehen, und Annika glaubte schon, ganz alleine hier zu sein. Doch dann nahm sie eine Bewegung wahr. Zwanzig Meter weiter leuchtete hinter den blattlosen Ästen eines Strauchs etwas Rotes auf.

Annika zögerte einen Moment, bevor sie zu dem Grab ging.

Sigfrid Eglund, 1870–1960, stand auf dem Grabstein. Milla lag auf dem Grab, die Hände vor der Brust gefaltet, die Augen geschlossen.

Annika fühlte sich unbehaglich, wie sie so dastand und die ahnungslose Milla beobachtete. Es war ein Fehler gewesen, überhaupt hierherzukommen. Sie wollte sich leise davonstehlen, doch es war zu spät.

»Du verdeckst die Sonne«, sagte Milla.

»Die Sonne scheint überhaupt nicht.«

Milla öffnete die Augen und blinzelte in den Himmel. »Stimmt! Du machst aber trotzdem eine Menge Schatten.«

»Ich wollte gerade wieder gehen.«

»Warum bist du überhaupt hier? Bist du mir gefolgt?«

»Ich wollte dir sagen, dass ich ...« Annika zögerte.

Milla setzte sich auf. Ihr Gesicht war weiß, sie zitterte. Vor Kälte?

»Du solltest aufstehen, bevor du dir den Tod holst«, sagte Annika und hätte sich selbst am liebsten geohrfeigt wegen dieser unbedachten Worte.

Milla lachte. »Deine Warnung kommt zu spät. Ich trage den Tod bereits in mir, und das hat überhaupt nichts mit der Kälte zu tun.«

Annika registrierte erstaunt, dass Millas Stimme kein bisschen verbittert klang, sondern amüsiert.

»Trägt nicht jeder von uns den Tod von Geburt an in sich?«

»Weise Worte«, erwiderte Milla spöttisch. »Du bist aber bestimmt nicht hier, um mir das zu sagen.«

»Ich bin hier, um dir zu sagen ... dass ich Annika bin.«

Milla schaute sie schweigend an.

»Die Annika, nach der du gestern in deinem Blog gefragt hast.«

Milla sagte immer noch nichts.

Annika streckte ihr die Hand entgegen. »Steh endlich auf, sonst wirst du wirklich noch krank.«

Wieder die falschen Worte! Annika bemerkte es, noch bevor Milla zu grinsen begann.

»Du hast echt das Talent, zur richtigen Zeit das Falsche zu sagen.« Sie ergriff Annikas Hand und ließ sich von ihr hochziehen.

»Ja«, sagte Annika zerknirscht. »Tut mir leid!«

»Muss es nicht.« Milla musterte sie von Kopf bis Fuß. »Ich finde dich witzig.«

»Ich bin die bescheuerte Ziege aus der Aufnahme«, erwiderte Annika trocken.

»Ja, aber eine witzige bescheuerte Ziege.« Milla stand schwer atmend neben ihr.

»Wir sollten zurück ins Krankenhaus«, sagte Annika besorgt.

»Ja, aber ich glaube, ich schaffe den Rückweg nicht mehr.«

Ewonne schaute auf, und eine steile Falte grub sich in ihre Stirn. »Wo warst du?«, fragte sie scharf.

Annika versuchte, sich ihren Schreck nicht anmerken zu lassen. Sie hatte befürchtet, dass ihr Fehlen auffallen würde, aber nicht damit gerechnet, Ewonne an ihrem Schreibtisch vorzufinden.

Ewonne wartete nicht auf ihre Antwort. »Diese Abrechnungen sind überfällig, und du verschwindest einfach während der Arbeitszeit.«

»Es tut mir leid«, murmelte Annika.

»Das reicht nicht!« Ewonne schüttelte den Kopf. »Wenn das

noch einmal vorkommt, bekommst du eine offizielle Abmahnung.«

»Es kommt nicht wieder vor«, sagte Annika.

Ich würde es jederzeit wieder tun, dachte sie gleich darauf. Niemals würde ich Milla im Stich lassen.

Milla hatte es nicht mehr zu Fuß zum Krankenhaus geschafft. Annika war bei ihr geblieben und hatte mit ihrem Handy ein Taxi gerufen, auf das sie fast eine halbe Stunde warten mussten.

Annika hätte sich damit rechtfertigen können, dass sie einer Patientin in Not geholfen hatte, aber dann hätte sie melden müssen, dass Milla das Krankenhaus verlassen hatte. Das wiederum war den Patienten aus versicherungstechnischen Gründen nicht erlaubt, und Annika wollte Milla keine Schwierigkeiten bereiten. Also schwieg sie.

Ewonne erhob sich. »Ich war bisher immer sehr zufrieden mit dir, Annika«, sagte sie ernst. »Ich hoffe, dass das so bleibt. Deine Fehlzeit wirst du heute natürlich nacharbeiten, und ich erwarte, dass die Abrechnungen bis morgen fertig sind.«

»Das schaffe ich nicht!«, sagte Annika entschieden.

Noch nie hatte sie es gewagt, ihrer Vorgesetzten zu widersprechen, und sie teilte die Überraschung, die sie in Ewonnes Augen erkannte.

»Es stimmt, ich war anderthalb Stunden weg«, bestätigte Annika und hoffte, dass Ewonne das leichte Zittern ihrer Stimme nicht bemerkte. »Eine Stunde davon war meine Mittagspause. Ich habe sie lediglich um eine halbe Stunde überzogen. Aus Gründen, die ich dir nicht erklären kann. Diese halbe Stunde hole ich heute selbstverständlich nach, aber danach gehe ich nach Hause.«

Ewonne öffnete den Mund, schloss ihn jedoch wieder, ohne

etwas zu sagen. Wahrscheinlich war sie viel zu überrascht, dass ausgerechnet die stille, zurückhaltende Annika es gewagt hatte, ihr zu widersprechen, anstatt ihre Anweisung zu befolgen.

Und Annika war noch nicht fertig. »Es war deine Entscheidung, dass ich letzte Woche in der Aufnahme arbeiten sollte.« Ihre Stimme zitterte nicht mehr. »Deshalb wurden die Abrechnungen nicht fertig. Nicht, weil ich meine Pause einmal eine halbe Stunde überzogen habe. Was ich übrigens bisher noch nie gemacht habe. Du weißt, dass ich immer pünktlich bin, und du weißt auch, dass ich meine Arbeit stets gewissenhaft erledige.«

»Schon gut.« Ewonne hob abwehrend beide Hände und verließ das Büro.

Annika stand noch immer an derselben Stelle, als Ewonnes Schritte auf der Treppe längst nicht mehr zu hören waren. Sie konnte selbst nicht fassen, was da eben passiert war. Sie hatte sich durchgesetzt, zum ersten Mal in ihrem Leben. Sie hatte sich keine Schuldgefühle einreden lassen und nicht das gemacht, was ihre Vorgesetzte von ihr verlangte. Sie fühlte sich unbesiegbar und stark. Und sie hatte Milla persönlich kennengelernt.

Annikas Hochgefühl verflog, als sie an Milla dachte. Milla hatte nicht über ihre Krankheit reden wollen, und Annika hatte das respektiert. Aber es war offensichtlich, dass es ihr sehr schlecht ging.

Annika arbeitete die halbe Stunde nach und hängte noch weitere zehn Minuten dran. Als sie anschließend die Treppe hinunterging und auf dem Weg zum Ausgang an Ewonnes Büro vorbeimusste, sah sie, dass die Tür offen stand. Kontrollierte Ewonne etwa, ob sie die Zeit wirklich nachholte?

Annika war es egal. Sie winkte ihrer Vorgesetzten kurz zu

und ging weiter. Vor dem Ausgang zögerte sie kurz, dann ging sie daran vorbei zu den Aufzügen.

Es waren nur ein paar Klicks in ihrem Computer nötig gewesen, um Millas Zimmernummer herauszufinden. Annika fuhr bis in die achte Etage und ging den breiten Gang entlang. Personal hastete vorbei, Patienten kamen ihr entgegen. Besucher mit Blumensträußen oder anderen Präsenten in den Händen klopften an Zimmertüren.

Ich hätte am Kiosk Blumen kaufen können, dachte Annika. Sie überlegte sogar kurz, ob sie umkehren sollte, ließ es dann aber. Sie wusste ja nicht einmal, ob Milla sie überhaupt sehen wollte.

Einen Augenblick lang machte sich die Ängstlichkeit wieder in ihr breit, und sie spielte erneut mit dem Gedanken umzukehren. Dann dachte sie an den Tag, der hinter ihr lag. Daran, dass sie Milla gefolgt war und sich gegen Ewonne durchgesetzt hatte.

Annika straffte die Schultern und ging weiter bis zu Millas Zimmertür. Sie klopfte leise an.

Keine Antwort.

Annika klopfte noch einmal, diesmal lauter.

Von drinnen war immer noch nichts zu hören.

Vorsichtig drückte Annika die Klinke herunter und öffnete die Tür so weit, dass sie ins Zimmer schauen konnte. Milla lag mit geschlossenen Augen im Bett. Ihr Gesicht war fast so weiß wie das Kopfkissen. Sie schien tief und fest zu schlafen.

Annika schloss die Tür wieder und ging den Gang entlang zum Aufzug. Sie war enttäuscht und erleichtert zugleich. Vielleicht morgen, dachte sie, war sich aber nicht sicher, ob sie morgen noch einmal so viel Mut aufbringen würde wie heute.

Irgendwo ist immer Frühling

07.02.

In Barcelona waren es heute Morgen 22 Grad. Leute, könnt ihr euch das vorstellen?
Und hier? 8 Grad, ständiger Nieselregen, grauer Himmel ...
... graue Stimmung!
Ich mag diese Tage nicht. Im Moment mag ich eigentlich überhaupt nichts, und manchmal spiele ich ernsthaft mit dem Gedanken, auf diesen ganzen Chemomist einfach zu pfeifen, hier auszubrechen und mich ins nächste Flugzeug zu setzen. Egal wohin!
Nein, nicht ganz egal. Irgendwo ist ganz bestimmt Frühling, und da will ich hin. Ich glaube, wenn ich heute nicht eine ganz besondere Begegnung gehabt hätte, als ich zum Probeliegen auf dem Friedhof war, säße ich längst im Flugzeug.
Wisst ihr, wen ich getroffen habe?
Annika! Ja, unsere Annika hier aus dem Blog. Sie ist sehr nett und hat mich zurück ins Krankenhaus gebracht.
Liebe Annika, ich weiß nicht, ob ich dir dafür danken soll. Müsste ich wohl, aber ich will nicht wirklich hier sein. Von Tag zu Tag weniger. Aber trotzdem danke, dass du heute für mich da warst!

Annika D.: Keine Ursache! War nett, dich mal persönlich kennenzulernen. Obwohl wir uns ja eigentlich schon kannten ... ☺

Milla: Nein, eigentlich kannten wir uns nicht. Wir sind uns schon einmal begegnet, das ist alles.

Karin S.: Mann, Mann, Mann, Milla! Du kannst das Krankenhaus doch nicht einfach verlassen. Und dann auch noch mitten in der Chemo. Die haben dir doch bestimmt gesagt, wie gefährlich das ist.

Milla: No risk, no fun!

Karin S.: Was soll das heißen? Es bringt niemandem Fun, wenn du wegen deines unverantwortlichen Handelns kollabierst. Dem Personal im Krankenhaus nicht und dir ganz bestimmt auch nicht!

Milla: Schon gut, Karin, komm mal wieder runter! War nur ein blöder Spruch.

Karin S.: Ein ziemlich blöder Spruch! Und wieso war Annika eigentlich bei dir? Du hast doch geschrieben, du willst keinen Besuch.

Milla: Sag bloß, du bist jetzt beleidigt? Annika hat mich nicht besucht, sie arbeitet im Danderyds Sjukhus.

Karin S.: Ach?

Annika D.: Ich bin die bescheuerte Ziege aus der Aufnahme.

Sven M.: Haha, ich lache mich hier gerade schlapp. Echt, Annika, bist du die, über die sich Milla so geärgert hat?

Annika D.: Ja, das bin ich. Und eigentlich war nicht ich die bescheuerte Ziege, sondern Milla.

Milla: He!

Annika D.: Es! Waren! Nur! Zehn! Minuten! Gib es endlich zu!

Sven M.: Ich finde dich überhaupt nicht bescheuert, Annika, sondern ziemlich lustig. Wollen wir uns nicht mal treffen?

Milla: Lass sie in Ruhe, Sven!
@Karin: Bist du immer noch beleidigt?
@Annika: Na gut, einigen wir uns auf fünfzehn Minuten.

Annika D.: Höchstens elf, und keine einzige Minute mehr.
@Sven: Schönen Gruß an deine Frau!

Sven M.: Ich bin nicht verheiratet. Milla setzt dieses Gerücht nur in die Welt, weil sie nicht will, dass ich mich mit anderen Frauen treffe.

Milla: Karin???

Karin S.: Ich rede nicht mehr mit dir! ☹

— 9 —

Mittlerweile war es weit nach Mitternacht. Magnus schlief bereits seit Stunden, und auch für Annika wurde es höchste Zeit, ins Bett zu gehen. Doch sie blieb vor ihrem PC sitzen. Sollte sie Milla schreiben, dass sie vor dem Heimweg aus dem Krankenhaus noch einmal nach ihr hatte sehen wollen?

»Lieber nicht«, flüsterte sie. »Dann ist Karin richtig eingeschnappt.«

»Gute Nacht!«

Magnus' Stimme klang schrill. Er zeigte ihr deutlich, dass er sich gestört fühlte. Also schaltete Annika den PC aus und ging ins Bett.

Sie lag noch lange wach in dieser Nacht. Eigentlich war nicht viel passiert, aber für Annika war es ein aufregender Tag gewesen. Und irgendwie passierte gerade doch eine Menge in ihrem Leben. Sie war mehrfach mit Inger in der Cafeteria gewesen, hatte sich gegen ihre Vorgesetzte durchgesetzt und Milla kennengelernt. Die Veränderungen machten Annika Angst, aber sie war auch neugierig auf das, was in nächster Zeit passieren würde.

Jemand pfiff den Radetzky-Marsch. Er brach ab, und das Pfeifkonzert wurde jenseits der Wand fortgesetzt. Nach kurzer Stille begann das Spielchen von vorn, und Annika begriff allmählich, dass das Pfeifkonzert, das sie ganz in ihrer Nähe hörte, von

Magnus stammte. Und sobald er abbrach, erhielt er Antwort von jenseits der Wand.

Sie riss die Augen weit auf. Ausgerechnet Herr Hansson, der Nachbar, der gegen die Wand polterte, sobald Magnus schrie, pfiff ein Liedchen mit ihm? Animierte ihn sogar regelrecht zum Pfeifen?

Magnus schien es zu gefallen. Er wechselte jetzt zu einem Popsong, den Annika zum ersten Mal von ihm hörte. Sie lächelte, streckte sich und drehte sich auf die Seite. Dabei fiel ihr Blick auf den Wecker.

»Verdammt!« Mit einem Satz sprang sie aus dem Bett. Sie hatte verschlafen, müsste eigentlich schon seit einer halben Stunde hinter ihrem Schreibtisch im Danderyds Sjukhus sitzen und Abrechnungen eingeben.

»Ewonne dreht mir den Hals um«, fluchte sie, während ihr Nachbar jetzt die Melodie des Abba-Songs *The Winner Takes It All* pfiff.

»Ich bin eher der Loser, der alles verliert, wenn Ewonne mich erwischt.«

Eine Katzenwäsche musste genügen, und auf das Frühstück verzichtete Annika gleich ganz. Magnus konnte sie aber nicht vernachlässigen, er musste versorgt werden, bevor sie das Haus verließ.

»Tschüss!«, sagte sie an der Tür.

»Tschüss, mein Schatz, sei lieb!«, kreischte er ihr nach.

Heute konnte Annika darüber nicht lachen. Sie hatte Angst, hoffte, dass sie unbemerkt ins Krankenhaus kam und in ihr Büro huschen konnte.

Ewonne saß auch heute wieder auf Annikas Bürostuhl, die Arme vor der Brust verschränkt. »Schön, dass du es einrichten konntest!«

»Tut mir leid!«, entschuldigte Annika sich hastig. »Ich habe verschlafen.«

Ewonne sah mit einem bezeichnenden Blick auf ihre Armbanduhr. »Wieder anderthalb Stunden. Das scheint zur Gewohnheit zu werden.«

»Nein, ganz bestimmt nicht!«, versicherte Annika. »Es ist nur ... Ich meine, ich habe gestern ...« Sie hob beide Hände, ließ sie wieder fallen. »Im Moment ist alles so anders«, schloss sie.

Ewonne wirkte immer noch verärgert, aber jetzt kam Neugierde dazu. »Wie meinst du das? Was ist alles anders?«

»Ich kann es nicht erklären.« Annika schüttelte den Kopf. »Aber es hat nichts mit meiner Arbeit zu tun.«

Ewonne erhob sich. »Offenbar hat es sehr viel mit deiner Arbeit zu tun, die bleibt nämlich liegen. Es tut mir leid, Annika, aber ich habe dich gestern schon gewarnt. Du wirst hiermit offiziell abgemahnt, aber das bekommst du auch noch schriftlich.«

»Ich arbeite die Zeit nach«, erwiderte Annika hilflos.

Ewonne nickte leicht. »Das habe ich sowieso vorausgesetzt!«

Als Ewonne gegangen war, ließ Annika sich erst einmal auf ihren Bürostuhl fallen. »Eine Abmahnung«, flüsterte sie vor sich hin. Eigentlich war sie doch viel zu ängstlich, um unzuverlässig zu sein. »Ausgerechnet ich!«

Sie starrte vor sich hin. Langsam verzog sich ihr Gesicht zu einem breiten Grinsen. »Ja«, sagte sie laut. »Ausgerechnet ich!«

Ewonne kam später noch einmal zu ihr ins Büro und legte ihr wortlos einen verschlossenen Briefumschlag auf den Schreibtisch. Annika öffnete ihn, obwohl sie genau wusste, dass sich darin die Abmahnung befand. Es jetzt schwarz auf weiß zu lesen hatte dann doch eine andere Qualität als die mündliche Abmahnung, und jetzt konnte sie nicht mehr darüber lachen.

Annika stopfte den Brief in ihre Handtasche. In nächster Zeit musste sie vorsichtig sein. Sie konnte es sich nicht leisten, ihren Job zu verlieren.

Am Abend arbeitete sie die anderthalb Stunden nach. Damit war auch die Frage beantwortet, ob sie Milla heute besuchen sollte. Auch wenn Magnus sich offenbar tagsüber mit dem Nachbarn amüsierte, länger wollte sie ihn nicht allein lassen.

Schon im Hausflur hörte sie ihn pfeifen. Als sie nach oben kam, stand die Tür zur Nachbarwohnung offen. Ein junger Mann schleppte Kartons in die Wohnung, zwischendurch gab er Magnus pfeifend Antwort.

»Hej«, sagte er, als er Annika erblickte, die gerade ihre Wohnungstür aufschließen wollte.

»Hej«, erwiderte Annika.

»Ist das dein Vogel?« Er wies auf ihre Tür.

Annika nickte. »Ein Graupapagei.« Seit ein paar Monaten erwähnte sie nicht mehr, dass Magnus ihr zugeflogen war, weil sie inzwischen Angst davor hatte, dass sich sein rechtmäßiger Besitzer doch noch meldete. »Er heißt Magnus.«

»Ich bin Rasmus.« Der junge Mann streckte ihr die Hand entgegen.

»Annika«, stellte sie sich vor, während Magnus hinter der Tür damit begann, seine schrillen Urwaldschreie auszustoßen. Er hatte ihre Stimme gehört und wunderte sich bestimmt darüber, dass sie nicht zu ihm kam.

Trotzdem ließ Annika sich noch Zeit. »Du ziehst wohl gerade

ein.« Sie zeigte auf die Kartons, die im Hausflur herumstanden. »Ich freue mich, dass du mit Magnus kein Problem hast. Im Gegensatz zu dem alten Griesgram, der vorher da gewohnt hat.«

Rasmus lachte laut auf und schüttelte den Kopf. »Da muss ich dich leider enttäuschen, der alte Griesgram wohnt immer noch hier. Er ist übrigens mein Onkel.«

»Oh!« Annika schlug sich erschrocken eine Hand vor den Mund. »Wie peinlich!«

»Das muss dir nicht peinlich sein. Onkel Gunnar ist wirklich ein alter Griesgram«, gab Rasmus zu. »Manchmal jedenfalls.«

Magnus' Kreischen wurde immer lauter.

»Ich sollte reingehen«, sagte Annika hastig, obwohl sie das Gespräch mit diesem Rasmus genoss. »Ich will nicht, dass dein Onkel sich wieder über Magnus aufregt.«

»Keine Sorge, der ist nicht da. Und nimm es nicht so ernst, wenn er schimpft. Wenn man ihn kennt, ist er eigentlich ein ganz netter Kerl.«

Annika war Herrn Hansson nur wenige Male begegnet, hatte ihn aber kein bisschen nett gefunden. Er hatte jedes Mal fürchterlich nach Bier und Schweiß gerochen und ihren Gruß lediglich mit einem knappen Nicken beantwortet. Seit Magnus bei ihr war, erwiderte er ihren Gruß überhaupt nicht mehr.

»Äh ... ja ... wenn du meinst«, erwiderte sie ausweichend.

Rasmus' Miene veränderte sich zuerst nicht. Dann begannen seine blauen Augen zu leuchten, und er lachte erneut laut auf. »Ich weiß, man erkennt es nicht so auf den ersten Blick.«

»Ich habe es auch auf den zweiten Blick nicht erkannt«, erwiderte Annika trocken. »Du wärst mir bedeutend lieber als Nachbar.«

»Für die nächsten vier Wochen bin ich das auch«, sagte Rasmus. »Mein Onkel ist verreist, und ich kann so lange in seiner Wohnung bleiben. Ich habe kurzfristig einen Studienplatz hier in Stockholm bekommen und habe noch keine Wohnung.«

»Schön!«, sprach Annika genau das aus, was sie gerade dachte. »Ich würde dich gerne dauerhaft gegen deinen Onkel eintauschen.« Sie wies auf ihre Wohnungstür, hinter der Magnus' Kreischen immer lauter wurde. »Ich muss jetzt aber mal rein, bevor ich auch noch mit anderen Nachbarn seinetwegen Streit bekomme.«

»Lust auf Pizza?«, fragte Rasmus.

Annika wusste nicht, was sie darauf antworten sollte. Wollte er sich mit ihr verabreden?

»Ich habe mir eine Riesenpizza bestellt, die schaffe ich nie allein. Sobald sie da ist, komme ich vorbei, und wir können zusammen essen und uns noch ein bisschen unterhalten. In der Zwischenzeit kann ich die restlichen Kartons in die Wohnung bringen, und du beruhigst deinen Vogel.«

Die alte Schüchternheit breitete sich wieder in Annika aus. Sie wusste nicht, was sie von seinem Vorschlag zu halten hatte, und gleichzeitig wollte sie die Unterhaltung mit ihm gerne fortsetzen. Einen netten Abend verbringen, ihn besser kennenlernen.

»Du kannst es ruhig sagen, wenn du keine Lust hast«, sagte Rasmus. Er lächelte dabei und sah leider so aus, als würde ihm eine Absage tatsächlich nichts ausmachen. »Vielleicht magst du ja auch keine Pizza.«

Annika atmete tief durch. »Doch, ich mag Pizza«, versicherte sie. »Und ich würde mich freuen, wenn du später vorbeikommst. Und Magnus bestimmt auch.«

»Dann bis gleich«, verabschiedete Rasmus sich und trug einen der Kartons in die Wohnung nebenan.

Annika ging in ihre Wohnung, Magnus verstummte augenblicklich. Er musterte sie unter halb geschlossenen Lidern und drückte seine schlechte Laune zusätzlich dadurch aus, dass er alle Federn sträubte.

Sie besänftigte ihn mit einem Keks, gab ihm danach sein Papageienfutter und schnippelte Möhrenstücke in seinen Napf. Dabei überlegte sie, ob sie sich etwas Hübsches anziehen sollte. Und was konnte sie Rasmus zu trinken anbieten, wenn er schon die Pizza mitbrachte? Leider hatte ihr Kühlschrank nur Milch oder Mineralwasser zu bieten.

»Reicht ja auch, wir haben schließlich kein Date«, sagte sie zu Magnus. Sie hielt inne und überlegte. Oder war das doch so etwas wie ein Date?

»Quatsch!« Sie schüttelte entschieden den Kopf.

Es war ein Treffen zwischen zwei Nachbarn, die sich kennenlernen wollten. Nur weil sie den Umgang mit anderen Menschen, ganz besonders mit Männern, nicht gewohnt war, durfte sie jetzt nichts Falsches hineininterpretieren.

Sie zog sich dann doch noch um, wählte aber statt eines verführerischen Kleides – so etwas besaß sie sowieso nicht – ihre alte Jogginghose und ein bequemes Shirt. Vor allem um sich selbst zu beweisen, dass dieses Treffen nichts Besonderes war.

»Zumindest soll er nicht bemerken, dass dieses Treffen sehr wohl etwas Besonderes für mich ist«, sagte sie zu sich selbst.

Sie hatte noch nie Besuch in ihrer Wohnung empfangen! Bevor sie weiter darüber nachdenken konnte, ob es auch ordentlich genug war, klopfte es bereits an der Tür.

»Ich bin es, Rasmus!«

Wer auch sonst?

Annika öffnete die Tür, ganz so, als wäre es selbstverständlich für sie, Besuch zu bekommen.

»Das riecht köstlich!« Sie schnupperte, und Rasmus hielt die riesige Pappschachtel in seiner Rechten ein bisschen höher.

Dann hob er die linke Hand. »Ich habe Rotwein mitgebracht, der passt perfekt dazu.«

War es doch so etwas wie ein Date?

Annika versuchte, sich ihre Verunsicherung nicht anmerken zu lassen, und führte Rasmus ins Wohnzimmer, wo er erst einmal Magnus begrüßte.

Rasmus pfiff den Popsong, den Magnus offenbar von ihm gelernt hatte. Magnus schien sich allerdings kein bisschen darüber zu freuen, den Pfeifer von jenseits der Wand kennenzulernen. Er ließ die Augenlider hängen, sträubte die Federn und gab klackende Geräusche von sich.

»Vorsicht, er kann beißen!«, mahnte Annika.

»Von dem Schnabel halte ich mich auf jeden Fall fern.« Rasmus grinste und trat einen Schritt zurück.

»Komisch, er müsste dich doch an der Stimme erkennen. Ich dachte, er freut sich.« Annika betrachtete den Vogel nachdenklich.

Magnus wippte mit dem Kopf auf und ab, ein deutliches Zeichen, dass man besser Abstand von ihm hielt.

»Wahrscheinlich hat er gedacht, ich wäre ein Artgenosse«, vermutete Rasmus. »Und jetzt ist er enttäuscht. Papageien sind doch eigentlich Schwarmtiere und sollten nicht allein gehalten werden.«

Annika erzählte ihm, dass Magnus ihr zugeflogen war, und Rasmus stellte interessierte Fragen. Sie aßen die Pizzastücke mit der Hand direkt aus der Schachtel und tranken Wein aus Wassergläsern. Dabei unterhielten sie sich angeregt. Selbst Magnus taute allmählich auf und ließ sich dazu herab, auf Rasmus' Schulter zu landen. Im Gegenzug erhielt er ein Stück vom Rand der Pizza.

Es war ein wunderschöner Abend, und Annika, die Alkohol nicht gewohnt war, fühlte sich leicht, frei und ziemlich beschwipst.

»Hast du am Wochenende Zeit?«, fragte Rasmus, als sie ihn gegen Mitternacht zur Tür brachte.

»Ja«, erwiderte sie ein wenig atemlos.

»Zeigst du mir Stockholm?«

Annika zögerte.

»Sag es ruhig, wenn du keine Zeit oder keine Lust hast«, forderte er sie auch diesmal auf.

»Das ist es nicht, nur ...« Sie zögerte wieder, gab dann aber zu: »Ich kenne Stockholm selbst nicht, obwohl ich schon zwei Jahre hier lebe.«

»Okay, dann entdecken wir die Stadt eben gemeinsam. Hast du Lust?«

Und ob sie Lust hatte!

Annika nickte eifrig, und dann war er weg, und sie lehnte sich von innen gegen die geschlossene Tür. Das war ja dann wohl ein Date. Oder immer noch nicht?

»Egal«, flüsterte sie. »Ich mag ihn, und ich freue mich darauf, mit ihm gemeinsam etwas zu unternehmen.«

Erst als Annika im Bett lag, fiel ihr ein, dass sie den ganzen Abend ihren PC nicht eingeschaltet hatte.

Ewonne saß wieder einmal hinter ihrem Schreibtisch, als sie am nächsten Morgen ins Büro kam, und Annika fragte sich, ob ihre Vorgesetzte jetzt jeden Morgen prüfen wollte, ob sie wieder zu spät kam.

»Ich bin pünktlich!«, entfuhr es Annika. Sie schaute aber trotzdem prüfend auf ihre Armbanduhr.

Ewonne zeigte die Andeutung eines Lächelns, mehr nicht. Ihr Verhältnis war angespannt und würde es wahrscheinlich auch eine Weile bleiben.

»Ich weiß«, sagte Ewonne. »Wir brauchen dich heute wieder in der Patientenaufnahme.«

Annika nickte und dachte daran, wie sehr sie diese Ankündigung beim ersten Mal erschreckt hatte. Jetzt war es okay. Abgesehen davon, dass sie nicht wirklich Lust hatte, wieder mit Hellen zusammenzuarbeiten.

»Diesmal ist Hellen ausgefallen«, sagte Ewonne in diesem Moment.

Annika fiel es schwer, sich ihre Freude nicht anmerken zu lassen. Sie freute sich nicht darüber, dass Hellen krank war, sondern darauf, zusammen mit Inger und Anne zu arbeiten.

»Was ist mit den Abrechnungen?«, wandte sie ein.

»Darum musst du dich nicht kümmern«, sagte Ewonne, ohne eine Erklärung abzugeben.

Eigentlich war es Annika egal. Verwundert stellte sie fest, dass sie heute ihr kleines Büro, ihren sicheren Hort, mit Freude verließ.

Irgendwo ist immer Frühling

10. 02.

Ich habe keine Lust mehr!
Entweder kotze ich mir die Seele aus dem Leib, oder ich langweile mich ohne Ende. Krebs ist schlimm. Krankenhaus ist schlimm. Beides zusammen ist unerträglich. Kein Wunder, dass das hier Krankenhaus heißt, weil hier einfach kein Mensch gesund werden kann. Ich muss hier raus, dann geht es mir bestimmt schnell wieder besser. Ich weiß das, aber ich kann meinen Arzt nicht davon überzeugen.

Karin S.: Ich kenne diese Krankenhausdepression, die hört irgendwann auf.

Milla: Ich kann schon fast nicht mehr daran glauben, und ich kann mein eigenes Gejammer nicht mehr ertragen. Ehrlich, Leute, es tut mir leid! Ihr kennt mich, ihr wisst, dass ich eigentlich nicht so bin. Das liegt an diesem verdammten Gift, das sie mir in die Adern spritzen.

Karin S.: DAS! IST! KEIN! GIFT! DAS! IST! MEDIZIN!

Sven M.: So ganz unrecht hat Milla aber nicht.

Karin S.: @Sven: Du solltest sie darin nicht bestärken.
@Milla: Vielleicht brauchst du einfach nur jemanden, mit dem du darüber reden kannst. Mein Angebot steht immer noch. Ich bin nächste Woche zur Kontrolluntersuchung im Danderyds Sjukhus. Ich besuche dich mal kurz, okay? Vielleicht hilft es dir ja, mit einer anderen Betroffenen zu reden.

Karin S.: Huhu, Milla, bist du noch da?

Milla: Sorry, ich wollte dich nicht so lange auf eine Antwort warten lassen. Der Arzt war gerade da.

Karin S.: Aber meine Frage hast du immer noch nicht beantwortet.

Milla: Nein, eigentlich will ich nicht mit anderen Betroffenen reden. Ich will überhaupt nicht über die Krankheit reden. Ich will mit Menschen zusammen sein, die mich zum Lachen bringen. Ich will Dinge tun, die Spaß machen. Und ich denke darüber nach, was ich in diesem Leben alles noch machen will, bevor es zu Ende geht.

Karin S.: Dann eben nicht! Ich klinke mich hier mal aus.

Sven M.: Jetzt sei doch nicht so, Karin! Du musst doch nun wirklich verstehen, dass Milla sich gerade in einer Ausnahmesituation befindet.
@Milla: Das Leben ist immer zu kurz für alles, was man sich vornimmt. Aber dass du Pläne schmiedest, zeigt deine positive Lebenseinstellung. Alles wird gut!

Milla: Ja, alles wird gut! ☺
Seid nicht böse, aber ich bin ziemlich erschöpft und gehe jetzt schlafen.
@Karin: Es tut mir leid! Wenn ich diesen Giftcocktail nicht mehr bekomme und nicht mehr ständig kotzen muss, würde ich mich über deinen Besuch freuen.

Milla: Karin? Bist du noch da?

Karin S.: Ist ja schon gut, ich bin nicht wirklich sauer, nur ein bisschen verletzt. Das hat aber nichts mit dir zu tun. Seit dieser verdammten Krankheit bin ich ziemlich dünnhäutig geworden.

Milla: Ich weiß genau, was du meinst. Bis bald!

— 10 —

Drei Tage lang war Annika nicht mehr online gewesen. Sie erschrak, als sie las, wie schlecht es Milla ging. Sie hätte ihr gerne ein paar aufmunternde Worte geschrieben, aber alles, was sie tippte, wirkte hohl und unecht. Ihre Worte transportierten nicht das Mitgefühl, das sie empfand. Und so löschte sie alles wieder.

Danach saß sie vor dem Monitor, las immer wieder, was Milla und die anderen geschrieben hatten, und beschloss, Milla am nächsten Tag zu besuchen. Nur ganz kurz, nur mal Hallo sagen, danach würde sie sich sofort wieder verabschieden.

Annika atmete tief durch. »Ja«, sagte sie leise zu sich selbst. »Genau so mache ich es.«

Der kleine Kiosk bot Süßigkeiten und Verlegenheitsblumen an für Besucher, die ihr Geschenk vergessen hatten. Genau so sahen die Sträuße auch aus. Mickrig, nicht mehr ganz frisch und völlig überteuert. Annika betrachtete sie unzufrieden. So ein Strauß war ja noch deprimierender als überhaupt kein Geschenk.

Vielleicht doch lieber etwas Süßes? Oder eine Zeitung?

Suchend glitt Annikas Blick über das Regal, und dann entdeckte sie genau das richtige Mitbringsel für Milla. Es war eigentlich nichts Besonderes, es kostete auch nicht viel, aber sie war sich sicher, dass Milla sich darüber freuen würde.

Ein kleiner Notizblock mit buntem Deckblatt. Ein Frühlingsbild mit blühendem Flieder im Vordergrund. Dahinter war ein rotes Holzhaus auf einer grünen Wiese zu sehen, umgeben von Frühlingsblumen. Es sah aus, als würde die Sonne gerade durch die Wolken brechen.

Ein hübsches Frühlingsmotiv, das Annika an Millas Blog erinnerte. Sie kaufte den Notizblock und schrieb in ihrem Büro in geschwungenen Buchstaben *Irgendwo ist immer Frühling* über das Bild auf dem Deckblatt.

Das war genau das richtige Geschenk für Milla, da war Annika sich sicher. Und gleichzeitig war sie sich sehr unsicher, ob sie Milla überhaupt willkommen war. Erst gestern hatte sie Karin S. wieder deutlich mitgeteilt, dass sie keinen Besuch wollte.

Kurz darauf stand Annika vor Millas Tür, konnte sich aber nicht dazu durchringen, anzuklopfen. Milla hatte Karins Besuch abgelehnt, weil sie nicht über die Krankheit reden wollte. Sie wollte mit Menschen zusammen sein, die sie zum Lachen brachten.

Also gut, nicht über die Krankheit reden und Milla zum Lachen bringen!

Annika holte tief Luft und klopfte an.

»Ja?«

Erstaunlich, wie viel Ablehnung ein Wort, das eigentlich Zustimmung bedeutete, ausdrücken konnte. *Lass mich in Ruhe, bleib draußen!*, glaubte Annika herauszuhören. Trotzdem drückte sie die Klinke hinunter und betrat das Zimmer.

Milla saß im Schneidersitz auf ihrem Bett. Sie war sehr blass, trug ein Shirt mit dem Aufdruck *Fuck you* und schaute Annika unfreundlich an.

»Was willst du?«

»Uh«, machte Annika. »Nur nicht zu freundlich werden! Ich könnte sonst auf die Idee kommen, dich öfter zu besuchen.«

Milla wirkte im ersten Moment verblüfft, dann verzog sich ihr Gesicht zu einem Grinsen.

»Tolle Frisur übrigens!« Annika wies auf Millas Kopf.

So ganz schlecht konnte es ihr nicht gehen, wenn sie dazu in der Lage war, sich die Haare färben zu lassen. Bei ihren ersten beiden Begegnungen waren Millas Haare sehr dunkel gewesen, jetzt waren sie rotblond.

Milla griff in ihr Haar, zog es vom Kopf und warf es Annika zu. »Du kannst sie haben, wenn sie dir gefällt.«

Die Perücke fiel vor ihr auf den Boden, aber Annika beachtete sie gar nicht. Sie starrte unverwandt Milla an, die jetzt mit kahlem Schädel auf dem Bett saß und zurückstarrte. Mit einem Funkeln in den Augen, das Annika davor warnte, das Falsche zu sagen. Aber was war falsch, was war richtig?

»Offensichtlich liebst du dramatische Auftritte!«, war das Einzige, was ihr einfiel.

Milla lachte laut auf. »Ich glaube, ich fange gerade an, mich über deinen Besuch zu freuen. Du solltest es dir trotzdem nicht zur Gewohnheit machen.«

Annika hob die Perücke auf, trat näher ans Bett und legte sie darauf. »Du solltest dir diese Farbe zulegen, wenn du deine eigenen Haare wiederhast. Sie steht dir!«

»Bist du hier, um mit mir Schönheitstipps auszutauschen?« Schon wieder zuckte es um Millas Mundwinkel.

»Nein, ich wollte dir das hier bringen.« Annika reichte ihr das Notizbuch.

Milla nahm es in die Hand, schaute darauf und strich mit dem Finger über das Titelbild. Annika hatte das Gefühl, dass sie gerührt war, aber ihre Stimme klang bissig, als sie fragte: »Was soll ich damit? Meine letzten Gedanken notieren? Tagebuch einer Sterbenden?«

»Das kannst du natürlich auch, wenn du der Nachwelt so einen Quatsch hinterlassen willst. Ich dachte aber eher daran, dass du dieses Notizbuch mit Leben füllst und alles aufschreibst, was du nach deiner Krankheit machen willst.«

»Du meinst, so eine Art Bucket List? Tausend Dinge, die ich vor meinem Tod erledigen will?«

»Nein, ich meine Dinge, die dir in deinem Leben wichtig sind.«

»Die ich tun will, bevor ich sterbe ...«

Annika zog die Brauen zusammen. »Klingt fast so, als hättest du mit deinem Leben abgeschlossen. Das passt gar nicht zu dir.«

Milla schien über diese Worte nachzudenken. Sie nickte. »Das liegt wohl an der Chemo, oder vielmehr an ihren Folgen. Manchmal geht es mir so schlecht, dass ich wirklich ...« Sie brach ab und hob das Notizbuch hoch. »Vielen Dank dafür! Ich freue mich wirklich, auch wenn ich es gerade nicht so zeigen kann.« Sie grinste.

Annika grinste zurück. »Dann lasse ich dich mal wieder allein. Ich weiß ja, dass du keinen Besuch willst.«

Milla nickte.

Annika wandte sich um und ging zur Tür.

»Annika ...«

Sie blieb in der Tür stehen und drehte sich zu Milla um.

»Ich würde mich freuen, wenn du mich mal wieder besuchst.«

»Mach ich«, versprach Annika leichthin, obwohl diese Bitte für sie ein Geschenk war.

Irgendwo ist immer Frühling

11.02.

Ich habe ein wundervolles Geschenk erhalten: ein schönes Notizbuch. Da soll ich reinschreiben, was ich machen will, sobald ich wieder gesund bin. In den letzten Tagen habe ich so oft gedacht, wie gerne würde ich jetzt ...
Es ist verrückt, Leute, aber nichts davon fällt mir mehr ein, und jetzt frage ich mich, ob ich überhaupt konkrete Ideen hatte oder einfach nur das Gefühl, dass ich hier wegwill.
Sagt mal, was ist euch denn wichtig im Leben? Was würdet ihr machen, wenn euch nicht mehr viel Zeit bliebe? Was sind eure Wünsche, Pläne, Hoffnungen?

Sven M.: Nicht schon wieder diese Frage, Milla! Ich will mich damit nicht beschäftigen.

Karin S.: Warum stellst du solche Fragen? Haben die Ärzte dir etwas gesagt, was dich dazu bringt, darüber nachzudenken?

Milla: Nein.

Karin S.: Warum schreibst du dann so was? Macht es dir Spaß, uns zu beunruhigen?

Milla: Wie sollte ich auf die Idee kommen, dass euch so etwas beunruhigt? Keiner von euch kennt mich persönlich. Na gut, fast keiner.

Karin S.: Wie gesagt, ich bin ziemlich dünnhäutig geworden. Vielleicht sollte ich deinen Blog nicht länger verfolgen. Ich wünsche dir alles Gute, Milla, und den anderen auch.

Sven M.: Was soll das denn jetzt, Karin? Gerade du müsstest Milla doch verstehen.

Milla: Ist schon gut, Sven. Dir auch alles Gute, Karin!
Gute Nacht, Leute, ich muss mich jetzt hinlegen.
Danke, Annika, falls du hier mitliest.

— 11 —

Annika fühlte sich ertappt, als sie Millas letzten Satz las. Wie eine heimliche Beobachterin, die sich nicht zu erkennen geben wollte. Doch sie wusste nicht, was sie schreiben sollte. Alles war anders geworden, seit sie Milla persönlich kannte.

Magnus pfiff den Radetzky-Marsch, und Rasmus antwortete auf der anderen Seite der Wand.

Annika lächelte, schloss den Blog und öffnete die Speisekarte eines Pizzalieferdienstes. Sie bestellte eine Riesenpizza, dann ging sie nach nebenan und lud Rasmus ein. Einfach so, als wäre es selbstverständlich.

Für Rasmus war es das wahrscheinlich auch. Ebenso für Milla, für Karin S. oder diesen Sven, aber für sie, Annika, war es eine ganz neue Erfahrung.

Rasmus entpuppte sich immer mehr als angenehmer Nachbar, und inzwischen fürchtete Annika den Tag, an dem er ausziehen und sein Onkel wieder nebenan wohnen würde. Seit dem Wochenende, an dem sie gemeinsam Stockholm erkundet hatten, waren sie sich mehrmals begegnet und hatten jedes Mal ein paar Worte gewechselt. Auch bei ihrem zweiten gemeinsamen Pizzaessen unterhielten sie sich angeregt, als würden sie sich schon ewig kennen, und der Abend war wie im Flug vorbei.

Nicht nur für Annika, auch für Magnus war Rasmus eine Bereicherung. Er versprach, sich am nächsten Abend um den

Papagei zu kümmern, ihn zu füttern und ihm Gesellschaft zu leisten, während Annika ihren Besuch bei Milla wiederholen wollte.

Sie hatte lange überlegt, was sie ihr mitbringen sollte, und sich schließlich wieder für einen Hauch von Frühling entschieden: eine Schale mit Gänseblümchen und Schokolade.

Milla war nicht in ihrem Zimmer, als Annika sie nach Feierabend besuchen wollte. Annika stellte die Geschenke auf dem kleinen Tisch neben dem Bett ab und machte sich auf die Suche nach einer der Krankenschwestern.

Auf dem Gang kam ihr ein Pfleger entgegen. Er schob einen Rollstuhl vor sich her, in dem Milla mehr hing als saß. Sie sah sehr elend aus, blickte Annika aus trüben Augen an.

»Soll ich wieder gehen und ein anderes Mal wiederkommen?«, fragte Annika. Sie versuchte, sich ihren Schreck nicht anmerken zu lassen.

Milla winkte ab. Selbst diese Handbewegung schien sie all ihre Kraft zu kosten. »Ich freue mich über deinen Besuch«, sagte sie mit brüchiger Stimme.

Annika folgte den beiden ins Krankenzimmer.

Der Pfleger wollte Milla aus dem Rollstuhl helfen, aber sie wehrte ihn wütend ab. »Ich kann das alleine!«

»Wenn du meinst.« Der Pfleger verschränkte die Arme vor der Brust und sah zu, wie Milla sich aus dem Rollstuhl ins Bett quälte.

Schwer atmend lag sie da, schaffte es nicht mehr, sich zuzudecken. Trotzdem blitzte es in ihren Augen, als sie den Pfleger anblaffte: »Siehst du! Du kannst jetzt gehen.«

Der junge Mann zwinkerte Annika zu, als er den leeren Rollstuhl an ihr vorbei nach draußen schob. Millas Verhalten schien ihm nichts auszumachen.

Annika schwankte zwischen Verständnis und Empörung. Milla ging es sichtlich schlecht, aber Annika arbeitete lange genug im Krankenhaus, um zu wissen, dass Pfleger und Krankenschwestern oft an ihrer Belastungsgrenze anlangten. Es war nicht richtig, dass Milla die Menschen, die ihr helfen wollten, so behandelte.

»Niklas kann das ab.«

Annika bemerkte erst jetzt, dass Milla sie beobachtete. Offenbar erriet sie, was in ihr vorging. Annika zuckte mit den Schultern, wusste nicht, was sie sagen sollte.

»Warum sagst du nicht einfach, was du denkst?« Milla lächelte spöttisch.

»Der Pfleger kann nichts dafür, dass es dir so schlecht geht.«

»Ich aber auch nicht.«

Millas Antwort kam so prompt, dass es Annika die Sprache verschlug. Eine ganze Weile war es still, bis Milla leise auflachte.

»Warum sagst du nicht, dass du mich unmöglich findest?«, fragte sie.

»Ich finde dich unmöglich«, erwiderte Annika prompt.

»Braves Mädchen!«

Annika begriff, dass Milla sich über sie lustig machte. Sie hatte das Gefühl, dass Milla sehr viel mehr über sie wusste, als sie je von sich preisgegeben hatte, während Milla immer noch eine Fremde für sie war.

Eine vertraute Fremde.

Verrückt! Annika schüttelte leicht den Kopf.

»Nein? Du bist kein braves Mädchen? Ich wette, du hattest während deiner Schulzeit nie einen Eintrag im Klassenbuch.

Du warst die Streberin in der Klasse und der ganze Stolz deiner Eltern.«

Nein, Milla wusste überhaupt nichts über sie. War es eine erleichternde oder eine enttäuschende Erkenntnis?

»Und natürlich ist jeder Arbeitgeber froh, eine Mitarbeiterin wie dich zu haben«, fuhr Milla fort. »Ich wette, in deiner Personalakte stehen ganz viele Belobigungssternchen.«

»Klar«, erwiderte Annika trocken, »gleich neben meiner Abmahnung.«

Sie erwartete, dass Milla sich überrascht zeigte, aber sie ging nicht weiter darauf ein.

»Ich kenne Niklas von früher, und das eben war unser normaler Umgangston miteinander. Wir wissen, was wir voneinander zu halten haben, und mögen uns. Mit dem übrigen Pflegepersonal gehe ich sehr freundlich um.« Es schien Milla wichtig zu sein, das klarzustellen.

Annika konnte nicht anders, als darauf grinsend zu kontern: »Das habe ich am Tag deiner Aufnahme bemerkt.«

»Du bist ja nur die Aufnahmetante und gehörst nicht zum Pflegepersonal«, gab Milla sofort zurück. »Für Aufnahmetanten gilt das nicht.«

»Du hast wohl auf alles eine Antwort!«

»Nein.« Milla schüttelte den Kopf und wirkte mit einem Mal ganz ernst. »Manchmal bin ich sprachlos, vor allem mutlos, und dann habe ich nur noch Fragen und keine Antworten.«

Annika erblickte das Notizbuch. Es lag aufgeschlagen auf dem Nachtisch, das Deckblatt nach oben. Daneben lag ein Kugelschreiber.

Als Milla ihrem Blick folgte, fragte Annika: »Hast du mit deiner Wunschliste angefangen?«

Milla nahm das Buch in die Hand und streckte es ihr entgegen.

»Ich weiß nicht.« Annika schüttelte den Kopf. »Es sind deine Gedanken, deine Wünsche. Es wäre unangebracht, wenn ich darin herumschnüffeln würde.«

»Lies!«, sagte Milla bestimmend.

Annika nahm das Notizbuch an sich.

»Braves Mädchen!«, lobte Milla.

Sekundenlang grinsten sie sich an, dann schlug Annika das Buch auf. Nur ein einziger Satz stand da:

1. Bevor ich sterbe, will ich einmal nackt bei Vollmond in einem See baden.

Annika sah auf. »Mehr Wünsche hast du nicht?«

»Massenhaft!« Milla nickte, schüttelte gleich darauf den Kopf. »Wahrscheinlich sind es so viele, dass sie sich in meinem Kopf zu einem Knäuel verheddern, das ich nicht mehr entwirren kann. Sobald ich etwas aufschreiben will, fällt mir nichts mehr ein.«

»Bis auf das Nacktbaden im See.«

»Bei Vollmond«, ergänzte Milla. »Das ist ganz wichtig.«

»Warum?«

Milla runzelte nachdenklich die Stirn, bevor sie erwiderte: »Keine Ahnung, aber ohne Vollmond gilt es nicht.«

Annika nickte. »Verstehe.«

»Nein, tust du nicht.«

»Muss ich ja auch nicht. Es ist deine Wunschliste, und wenn dir der Vollmond wichtig ist, dann ist das eben so.«

Milla lächelte. »Und was würdest du auf so eine Liste schreiben? Verrate mir nur einen Punkt, ohne lange darüber nachzudenken.«

»Nach Barcelona fliegen«, erwiderte Annika spontan.

»Warum machst du das nicht einfach?«

»Ich kann nicht«, sagte Annika.

»Warum nicht?«

»Ich habe meine Arbeit und außerdem Magnus, meinen Papagei, um den ich mich kümmern muss.«

»Du kannst Urlaub nehmen und jemand bitten, sich um den Vogel zu kümmern«, wandte Milla ein.

Annika gab Milla das Notizbuch zurück. »Es geht um deine Wünsche, nicht um meine.« Sie schob den Stuhl, der neben dem kleinen Tisch an der Wand stand, neben Millas Bett und setzte sich.

Milla saß im Schneidersitz auf dem Bett, das Notizbuch lag offen vor ihr. Sie starrte darauf, hielt in der rechten Hand den Kugelschreiber und rieb sich mit der linken den kahlen Schädel.

»Ich habe keine Wünsche mehr«, klagte sie und verbesserte sich gleich darauf selbst: »Oder doch, einen ganz großen Wunsch habe ich. Ich will endlich aus diesem verdammten Krankenhaus raus.«

»Schreib es auf!«, sagte Annika.

Milla begann zu schreiben, dann sah sie auf. Ihre Augen glänzten. »Ich möchte eine Nacht auf dem Friedhof schlafen. Und ich möchte einmal schwarz mit dem Zug fahren.«

»Okaaay«, erwiderte Annika gedehnt. »Das ist aber nicht legal.«

»Es geht doch nur darum, meine Wünsche zu notieren, und nicht darum, sie auch in die Tat umzusetzen.«

»Da kannst du ja gleich ins Restaurant gehen, fürstlich speisen und hinterher behaupten, du hättest kein Geld«, schlug Annika vor. »Am besten nach der Nacht auf dem Friedhof, das passt richtig gut zusammen.«

Es war Milla nicht anzusehen, ob sie die Ironie in Annikas Stimme registrierte. »Coole Idee!« Ihr Kugelschreiber flog über die Zeilen.

»Das ist nicht dein Ernst!« Annika schüttelte fassungslos den Kopf. »Du hast nur Wünsche, die sich jenseits der Legalität bewegen?«

»Quatsch!« Milla hatte aufgehört zu schreiben. Ihre Stimme klang empört, aber ihr Grinsen verriet, dass sie sich insgeheim über Annikas Einwand amüsierte. »Mein erster Wunsch war das Nacktbaden im See.« Ihr Blick wurde nachdenklich. »Oder ist das auch verboten?«

Annika ging nicht darauf ein. »Hast du sonst noch nichtkriminelle Wünsche?«

Milla sagte nichts, schrieb feixend weiter. Es war, als hätte sich etwas in ihr gelöst. Sie schrieb und schrieb und schien völlig vergessen zu haben, dass Annika neben ihr saß.

Annika wartete gespannt, doch als Milla aufhörte zu schreiben, klappte sie das Notizbuch einfach zu und legte es beiseite.

»Du willst mir deine Wünsche also nicht verraten«, stellte Annika fest. »Willst du etwa eine Bank überfallen? Oder jemanden kidnappen?«

»Du kannst dich ja mal wieder auf meinem Blog blicken lassen«, erwiderte Milla. »Vielleicht schreibe ich da, was ich mir wünsche.«

»Vielleicht?«

»Ich denke noch darüber nach.«

Annika versuchte erst gar nicht, ihre Neugier zu verbergen. »Bitte nicht nur illegale oder nichtssagende Wünsche! Gibt es nicht etwas ganz Besonderes, was du machen würdest, wenn du ...«

Annika brach erschrocken ab. Doch es war zu spät. Das Grinsen auf Millas Gesicht schien einzufrieren.

»... wenn ich wüsste, dass ich nicht mehr lange lebe?«, ergänzte sie trocken.

Annika wollte den Kopf schütteln, wollte versichern, dass sie daran nicht gedacht hatte. Aber Milla würde ihr nicht glauben. Also nickte sie.

»Tut mir leid.« Sie senkte verlegen den Kopf und schaute erst wieder auf, als sie Milla lachen hörte.

»Wieso lässt du dich immer so leicht einschüchtern?«, wollte Milla wissen. »Ich muss nichts sagen, ein Blick reicht, und du fühlst dich schuldig.«

Bei Millas Worten hatte Annika deutlich das vorwurfsvolle Gesicht ihrer Mutter vor Augen, das für tagelange Schuldgefühle sorgen konnte. In den letzten Tagen hatte sich ihr dieses Bild kaum noch aufgedrängt, aber jetzt wurde sie davon überrollt.

»Was hast du?« Millas Stimme riss sie aus den Bildern der Vergangenheit.

Annika schüttelte den Kopf. »Nichts«, log sie. »Es ist alles in Ordnung.«

»Du hast richtig erschrocken ausgesehen.«

»Es ist alles in Ordnung«, wiederholte Annika ungehalten.

»Na gut, wenn du nicht darüber reden willst.« Millas Blick heftete sich auf ihr Gesicht. Forschend. Unangenehm.

Annika sah an ihr vorbei aus dem Fenster. »Du willst doch auch nicht über deine Wunschliste reden.«

»Es ist nichts Spektakuläres dabei«, sagte Milla. »Der einzig wirklich wicht...«

Sie brach ab, als hätte sie bereits zu viel gesagt.

»Ja?«, hakte Annika sofort nach.

Diesmal war es Milla, die ihrem Blick auswich. »Vergiss es!«, sagte sie.

»Okay.« Annika stand auf. »Ich muss jetzt nach Hause. Ich komme aber in den nächsten Tagen mal wieder vorbei.«

»Bist du jetzt sauer?«, wollte Milla wissen.

»Weil es Dinge gibt, über die du nicht reden willst?« Annika schüttelte lächelnd den Kopf. »Ich kann das gut verstehen. Manches bleibt besser ungesagt.«

»Ja.« Auch Milla lächelte jetzt. »Vielen Dank!«

»Wofür?«, fragte Annika erstaunt.

»Einfach dafür, dass du da bist.« Millas Augen glänzten plötzlich verdächtig feucht.

Annika beugte sich zu ihr hinab und schloss sie in die Arme. »Bis bald!«, sagte sie und verließ danach ganz schnell das Zimmer. Weil sie sonst selbst in Tränen ausgebrochen wäre und nicht wusste, warum.

Irgendwo ist immer Frühling

14.02.

Irgendwann stehst du auf und weißt, dir bleibt keine Zeit mehr, all das zu erleben, was du unbedingt noch erleben willst. Hier ein paar Dinge, die ich gerne tun würde:

1. Nackt bei Vollmond in einem See baden
2. Auf einem Friedhof übernachten
3. Schwarz mit dem Zug fahren
4. In der Öffentlichkeit laut singen
5. In ein Taxi steigen und dem Fahrer sagen, er solle dem Wagen vor ihm folgen
6. Verzeihen können
7. Allen Menschen, die mir wichtig sind, sagen, dass ich sie liebe
8. Ein Tattoo stechen lassen
9. Im Regen tanzen
10. Mich nachts im Kaufhaus einschließen lassen
11. Da gibt es noch etwas, aber das verrate ich nicht ☺

Annika D.: Das ist alles? Daraus hast du so ein Geheimnis gemacht?

Sven M.: Finde ich jetzt auch nicht wirklich spektakulär. Auf meiner To-do-Liste würden so Sachen wie Weltreise, gigantischer Sex mit zwei Frauen gleichzeitig und ein teurer Sportwagen stehen.

Milla: Eine Weltreise ist gerade nicht drin, dazu geht es mir zu schlecht. Außerdem könnte ich mir das nicht leisten. Ebenso

wenig den Sportwagen. Und Sex mit zwei Frauen wäre jetzt nicht so meins, selbst wenn er gigantisch wäre.
Gute Nacht, Leute, ich muss jetzt schlafen.

Sven M.: Gute Nacht, Milla!

Annika D.: Gute Nacht!

— 12 —

Rasmus trat hinter sie. Annika spürte, dass er ihr über die Schulter schaute. Offenbar war er neugierig, warum sie so spät noch unbedingt den PC hatte anmachen wollen.

Langsam drehte sie sich um.

Er lächelte sie freundlich an. »Ich wollte dich nicht stören.«

»Es tut mir leid. Du bist hier, und ich sitze vor dem PC«, sagte Annika. »Es ist nur ...«

Sie brach ab, wollte nicht über Milla reden. Weil es schwierig war, das, was zwischen ihr und Milla war, in Worte zu fassen. War es Freundschaft?

Dafür kannten sie sich nicht gut genug. Aber irgendwie war Milla schon zu einer Freundin geworden – und dann auch wieder nicht. Es gab eine Verbindung zwischen ihnen, die Milla wahrscheinlich ebenfalls spürte. Aber Annika wusste nicht, was sie miteinander verband. Sie war sich nicht einmal sicher, ob sie Milla wirklich mochte.

»Milla liegt im Krankenhaus, und ich hatte das Gefühl, ihr noch etwas schreiben zu müssen«, machte sie den Versuch einer Erklärung.

Rasmus schien das zu genügen. Er hakte nicht weiter nach, nickte nur. »Ich gehe dann mal rüber.«

»Vielen Dank, dass du Magnus heute Abend Gesellschaft geleistet hast!«

»Vielen Dank für das leckere Essen!«, erwiderte er. Annika

hatte auf dem Heimweg etwas vom Chinesen mitgebracht. »Es war übrigens nett mit Magnus, er hat nur zweimal versucht, mich zu beißen.«

»Dann hat er heute wirklich einen guten Tag.« Annika lachte und ging zu ihrem Papagei, der unruhig auf und ab wippte. Er neigte den Kopf und ließ sich von ihr kraulen.

»Was hast du eigentlich mit ihm vor?«, wollte Rasmus wissen. »Also langfristig.«

»Keine Ahnung.« Annika zuckte mit den Schultern. »Ich weiß selbst, dass es so nicht richtig ist. Magnus kann nicht immer allein bleiben. Und ich weiß nicht, wie ich einen zweiten Papagei halten soll. Es ist mit dem einen schon kompliziert genug. Ich kann mich aber auch nicht dazu entschließen, ihn wegzugeben.«

Magnus hob den Kopf, sah Rasmus an, als hätte er jedes Wort verstanden, und ließ missmutig die Augenlider hängen. »Alter Kacker!«, sagte er strafend.

Rasmus tippte gegen seinen Schnabel und zog den Finger schnell zurück, als Magnus nach ihm hackte. »Was anderes als alter Kacker kannst du wohl nicht«, neckte er den Vogel.

»Tschüss, mein Schatz, sei lieb!«, sagte Magnus daraufhin.

»Will er mir damit sagen, dass ich gehen soll?«, fragte Rasmus amüsiert.

»Keine Ahnung, was Magnus dir damit sagen will. Aber du solltest auf jeden Fall langsam gehen. Ich will nämlich ins Bett«, erwiderte Annika.

»Na gut, wenn ihr beide keinen Wert mehr auf meine Anwesenheit legt.« Rasmus tippte Magnus erneut gegen den Schnabel. Der hackte erneut danach und kreischte empört auf, weil er Rasmus nicht erwischte.

Rasmus drückte Annika kurz an sich, als sie ihn zur Tür

brachte. Er war ihr inzwischen ein guter Freund geworden. Mit ihm war alles so einfach und unkompliziert. Ganz anders als mit Milla …

»Schade«, raunte Inger ihr zu, als Annika am nächsten Morgen ihre Sachen packte. »Hellen hätte ruhig noch ein bisschen fehlen können. Noch besser wäre es, wenn Ewonne sie ab sofort in dein Büro verbannt und du bei uns bleibst.«

Auch Annika fühlte sich mit ihren beiden gleichaltrigen Kolleginnen inzwischen so wohl, dass sie gerne in der Aufnahme geblieben wäre. Noch vor ein paar Monaten hätte sie sich das nicht vorstellen können. Aber Hellen war wieder da, und Annika musste zurück in ihr kleines Büro. Auf dem Schreibtisch lag ein Stapel Abrechnungen, die sie bearbeiten sollte.

Es war still hier oben. Sie war allein. Und einsam. Schrecklich einsam!

Irgendwo ist immer Frühling

19. 02.

Hallo Annika, gibt es dich noch irgendwo?

— 13 —

Zuerst musste Annika lachen, dann dachte sie an den Moment, als sie in ihr kleines Büro hatte zurückkehren müssen. An das Gefühl der Einsamkeit. So ähnlich musste Milla sich auch fühlen. Sie durfte das Krankenhaus nicht verlassen, war gefangen in ihrem Krankenzimmer, auch wenn das zugegebenermaßen größer war als Annikas Büro.

Ich komme morgen vorbei, wollte sie antworten, doch als sie Rasmus nebenan pfeifen hörte und Magnus ihm antwortete, überlegte sie es sich anders.

Rasmus erklärte sich sofort bereit, sich noch einmal um Magnus zu kümmern.

»Kann sein, dass es spät wird«, sagte Annika und erklärte ihm, was er machen musste, sobald Magnus »Gute Nacht«, sagte.

Sie war noch nie so spät am Abend ins Krankenhaus gefahren. Die U-Bahn war fast leer. Nur ein junger Mann saß zwei Sitze vor ihr, die Kapuze seines Pullovers tief ins Gesicht gezogen. Er stieg eine Station vor ihr aus.

Auch das Krankenhaus war ganz anders, als Annika es gewohnt war. Keine Besucher auf den Gängen, keine Ärzte und Schwestern, die von einem Patienten zum nächsten eilten. Natürlich war längst keine Besuchszeit mehr, aber niemand hielt Annika auf.

Auf der onkologischen Station schob die Nachtschwester ihren Wagen über den Gang und verschwand in einem der Zimmer. Sie hatte Annika nicht einmal bemerkt.

Annika ging weiter bis zu Millas Tür und klopfte an.

»Ja?« Millas Stimme war kaum zu hören.

Annika erschrak, als sie eintrat. Es war drei Tage her, dass sie Milla das letzte Mal besucht hatte. Drei Tage, in denen sie sich erschreckend verändert hatte. Sie lag zusammengekrümmt auf dem Bett. Bis auf die dunklen Schatten unter ihren Augen war ihr Gesicht schneeweiß.

»Was ist mit dir los?«, fragte Annika entsetzt.

»Scheiß Chemo!«, flüsterte Milla. »Aber schön, dass du da bist.«

Wie beim letzten Mal zog Annika den Stuhl neben Millas Bett und setzte sich. Sie schwieg, weil Milla die Augen geschlossen hatte.

»Warum sagst du nichts?«, fragte Milla, ohne die Augen zu öffnen.

»Weil ich nicht weiß, was ich sagen soll.«

Milla lachte leise, verzog aber gleich darauf das Gesicht und stöhnte auf.

»Kann ich etwas für dich tun?«, fragte Annika unsicher.

»Eigentlich braucht sie jetzt Ruhe!«

Annikas Kopf fuhr herum. Sie hatte nicht gehört, dass der junge Pfleger ins Zimmer gekommen war.

Er erwiderte ihren Blick stirnrunzelnd. »Du arbeitest doch auch hier. Ich habe dich letzte Woche in der Aufnahme gesehen.«

Annika nickte, schüttelte gleich darauf den Kopf. »Ich war nur aushilfsweise in der Aufnahme. Eigentlich bin ich für die Abrechnungen zuständig.«

Es schien ihn nicht sonderlich zu interessieren. »Wenn du hier arbeitest, solltest du eigentlich wissen, dass wir jetzt keine Besuchszeiten mehr haben.«

»Halt doch die Klappe, Niklas! Ich habe Annika gebeten, mich zu besuchen.« Milla war offensichtlich zu schwach, um laut zu sprechen.

Als sie versuchte, den Kopf zu heben, winkte Niklas ab. »Schon gut«, sagte er. »Ich habe nichts gesehen.« Er wandte sich an Annika. »Nicht länger als eine Viertelstunde!«

Annika nickte eingeschüchtert, woraufhin Milla spöttisch auflachte. »Braves Mädchen!«

Niklas verließ das Zimmer, und Annika verschränkte die Arme vor der Brust. Sie sagte nichts. Milla ging es augenscheinlich zu schlecht, um mit ihr zu streiten.

»Bist du jetzt sauer?« Milla fiel sichtlich jedes Wort schwer, und trotzdem hörte sie nicht auf, Annika zu provozieren.

»Warum machst du das?« Annika schüttelte verständnislos den Kopf.

Milla blieb ihr die Antwort schuldig. Sie schloss die Augen und schien kurz darauf tatsächlich eingeschlafen zu sein.

Als Annika eine Berührung an ihrer Schulter spürte, sah sie auf. Niklas stand neben ihr, legte einen Zeigefinger an die Lippen und forderte sie mit einer Handbewegung auf, ihm nach draußen zu folgen.

»Sie schläft«, sagte er, als sie beide auf dem Gang standen. »Endlich. Morgen geht es ihr wieder besser.«

»Ich habe sie noch nie so gesehen.« Annika zog die Augenbrauen zusammen. »Was rede ich dann da?«, sagte sie mehr zu sich selbst als zu Niklas. »Ich habe sie überhaupt erst wenige Male gesehen.«

»Ich kenne Milla schon lange«, sagte Niklas. »Wir sind zusammen zur Schule gegangen.«

»Tatsächlich?« Annikas Interesse war geweckt. »Wo kommt ihr her? Was …«

»Das fragst du sie besser selbst«, fiel Niklas ihr ins Wort. Er verabschiedete sich und ging.

»Geht es dir besser?« Annika nutzte die Mittagspause, um nach Milla zu sehen.

»Ich war gestern Abend wohl ziemlich schräg drauf.«

»Du bist immer schräg drauf.« Annika lächelte.

Milla sah nicht mehr ganz so elend aus wie gestern Abend. Sie erwiderte ihr Lächeln. »Die ersten Stunden nach der Chemo sind die Hölle. Wenn ich das vorher gewusst hätte ...« Sie verstummte.

»Was dann?«

Milla schüttelte den Kopf. »Vergiss es! War nur so dahingesagt.«

»Ich wüsste trotzdem gerne, was du sagen wolltest.«

Milla lachte laut auf. »Manchmal rede ich und fange dann erst an zu denken. Da bin ich wohl ganz anders als du.«

»Woher willst du wissen, wie ich bin? Im Grunde kennen wir uns doch überhaupt nicht.«

Milla fixierte sie, wirkte überrascht. Langsam nickte sie. »Du hast recht«, sagte sie. »Wir sind uns erst vor Kurzem begegnet. Verrückt, aber ich habe das Gefühl, als würden wir uns schon ewig kennen.«

»Du fandst mich anfangs richtig doof«, erinnerte Annika sie. »Ich dich übrigens auch.«

Jetzt lachte Milla laut auf. »Du findest mich auch jetzt noch ganz oft richtig doof. Komm, gib es ruhig zu!«

Annika spürte, wie sie rot anlief. Sie druckste ein wenig herum, räumte dann aber ein: »Jedes Mal, wenn du mich ein braves Mädchen nennst, würde ich dir am liebsten eine kleben.«

»Aber du bist doch ein braves Mädchen.« Milla schmunzelte. »Wahrscheinlich warst du es immer schon.«

»Ja ... vielleicht ...« Annika drohte sich wieder in düsteren Erinnerungen zu verlieren. »Ich weiß es nicht.« Sie kämpfte erfolgreich gegen die trüben Gedanken an und biss sich auf die Unterlippe. »Vielleicht auch nicht.«

Immerhin brachte sie jetzt ein Lächeln zustande, auch wenn sie das Gefühl hatte, dass es ihr nicht besonders gut glückte.

Millas Gesicht war ganz ernst geworden. »Erzählst du mir, was dich bedrückt?«

»Warum sollte ich?« Annika wunderte sich selbst über ihre harten Worte. In ihrer Stimme lag so viel Gereiztheit, dass Milla überrascht wirkte.

Annika musste plötzlich lachen. »Wie du siehst, bin ich nicht immer ein braves Mädchen.«

»Hast du schon immer in Stockholm gelebt?«, wollte Milla wissen.

Annika schüttelte den Kopf. »Ich komme aus der Nähe von Älvdalen. Aus einem winzigen Dorf. Nicht mehr als ein paar Häuser, Bauernhöfe und ganz viel Landschaft.«

»Ich war mal in Älvdalen«, sagte Milla. »Also eigentlich bin ich nur durchgefahren.« Sie schüttelte sich leicht. »Und ich wäre nie auf die Idee gekommen, da anzuhalten. Ich kann verstehen, dass du abgehauen bist.«

Obwohl genau das ihr Wunsch gewesen war, in den vielen Jahren in dem kleinen roten Haus, hatte Annika jetzt das Gefühl, ihre Heimat verteidigen zu müssen. »Eigentlich ist es ganz schön dort. Es gibt sogar Menschen, die da hinfahren, um Urlaub zu machen.«

Milla verzog den Mund zu einem ironischen Lächeln. »Und weil du es in Älvdalen so toll findest, weil das so eine schöne

Urlaubsgegend ist, sehnst du dich nach einer pulsierenden Großstadt wie Barcelona. Aber leider hast du es bisher nur bis Stockholm geschafft.«

»Irgendwann komme ich auch nach Barcelona.« Annika bemerkte, dass ihre Stimme nicht sehr überzeugend klang. Weil sie selbst nicht mehr daran glaubte?

Milla jedoch schien davon überzeugt zu sein. »Irgendwann bestimmt.« Sie nickte. »Wenn du die Nabelschnur durchgeschnitten hast, die dich immer noch mit Älvdalen verbindet.«

»Da gibt es überhaupt keine Bindung mehr!« Annika schüttelte entschieden den Kopf. »Ich hasse alles, was mit meiner Vergangenheit zusammenhängt!«

»Hass kann ebenso stark verbinden wie Liebe.« Millas Stimme war ernst, doch als sie aufschaute, grinste sie schon wieder.

»Niklas hat gestern erzählt, dass ihr euch schon seit der Schulzeit kennt«, sagte Annika.

Millas Blick wurde wachsam. Oder bildete sie sich das nur ein? »Und was hat er sonst noch gesagt?«

»Nichts. Als ich mehr wissen wollte, meinte er nur, ich solle dich fragen.«

Milla nickte knapp, ohne darauf einzugehen, und wechselte das Thema. »Leben deine Eltern noch? Und hast du Geschwister?«

»Meine Eltern sind gestorben«, sagte Annika und spürte tief in sich wieder die Erinnerungen aufsteigen. »Geschwister habe ich nicht.«

Annika hatte nicht das Gefühl, dass Milla sich wirklich dafür interessierte. Sie wollte mit ihren Fragen wohl eher von sich selbst ablenken. Dennoch fragte Annika: »Und du? Leben deine Eltern noch, und hast du Geschwister?«

»Mein Vater ...« Milla brach ab. »Meine Mutter lebt noch. Und ich habe einen Bruder.«

»Wieso sind sie nie bei dir?«, fragte Annika verwundert. »Deine Krankheit ...«

Milla unterbrach sie mit finsterer Miene. »Sie wissen nichts von meiner Krankheit.«

»Aber ...«

Auch diesmal ließ Milla sie nicht ausreden. »Selbst wenn sie es wüssten, würde es nichts ändern. Meine Familie lebt auf Torsö.«

Annika war noch nie dort gewesen, aber sie wusste, dass Torsö eine Insel im Vänernsee war. Etwa dreihundert Kilometer von Stockholm entfernt. Zu weit, um eine schwer kranke Tochter oder Schwester zu besuchen? Offenbar gab Milla ihrer Familie nicht einmal die Chance, das zu entscheiden.

»Warum ...«

»Ich will nicht darüber reden!« Zum dritten Mal fiel Milla ihr ins Wort. Dabei schüttelte sie heftig den Kopf.

»Okay«, erwiderte Annika, obwohl es für sie keineswegs in Ordnung war. Sie hatte auch alle Fragen beantwortet, die Milla ihr gestellt hatte. »Ich muss wieder zur Arbeit.« Das war nicht gelogen, ihre Mittagspause war fast vorbei.

»Jetzt sei nicht eingeschnappt!«, konterte Milla. »Es gibt nichts über meine Familie zu erzählen.«

»Ich bin nicht eingeschnappt«, behauptete Annika und ignorierte Millas spöttisches Lachen, das sie begleitete, als sie das Zimmer verließ.

Irgendwo ist immer Frühling

24.02.

Wann habe ich eigentlich aufgehört, vom Frühling zu träumen? Wahrscheinlich gehe ich euch inzwischen schrecklich auf die Nerven! Ich weiß selbst, dass ich nicht mehr die Milla bin, die ihr kennt. Oder vielmehr gekannt habt.
Es ist nicht das Krankenhaus, das mich verändert hat, nicht einmal die Krankheit. Aber es hängt natürlich damit zusammen. Eine Krankheit, die unter Umständen den Tod bedeutet, zwingt dich dazu, über das Leben nachzudenken.
Ich will mein Leben zurück, in all seinen bunten, schillernden Facetten!

Karin S.: Du kriegst es wieder, ganz bestimmt! Es gab eine Zeit, in der ich ebenso gedacht habe wie du. Aber alles wird gut. Du darfst nur nicht aufgeben.

Milla: Ich und aufgeben? Niemals! Schön, dass du wieder mit mir sprichst, Karin.

Karin S.: Ich bin immer da und lese immer mit. Sorry, dass ich manchmal ein bisschen empfindlich bin.

Milla: Alles ist gut. ☺

Karin S.: Und was noch nicht gut ist, das wird irgendwann wieder gut. Dann kannst du auch wieder dein buntes, schillerndes Leben leben.

Milla: Ich habe nicht die Absicht, darauf noch länger zu warten. Ich fange damit an. Sofort! Und ich lasse mich durch die Krankheit nicht länger daran hindern. Übrigens auch nicht von den Ärzten oder dem Pflegepersonal … oder anderen Leuten, die hier im Krankenhaus arbeiten.

Sven M.: Dass Ärzte und Pflegepersonal ziemliche Spaßbremsen sein können, weiß ich aus eigener Erfahrung. Aber wer sonst im Krankenhaus verdirbt dir den Spaß?

Karin S.: MTA, PTA, Hausmeister, Putzfrauen, Köche …

Milla: Die Person liest hier mit, und sie weiß, dass ich sie meine.

Annika D.: Ich finde dich gerade mal wieder so richtig doof! Aber ich bin ja nur die Aufnahmetante.

Milla: ☺ ☺ ☺

— 14 —

Annika grinste, weil sie wusste, dass Milla gerade ebenso vor ihrem Notebook saß wie sie selbst. Sie überlegte, ob sie noch etwas hinzufügen sollte, verzichtete dann aber darauf. Die Freundschaft mit Milla – war es schon eine Freundschaft? – nahm inzwischen sehr viel Raum in ihrem Leben ein. Aber es gab noch jemand anders, der ihr wichtig geworden war: Rasmus! An der Freundschaft mit ihm hegte sie keine Zweifel.

An den nächsten beiden Tagen verzichtete sie auf Besuche bei Milla und lud abends Rasmus zu sich ein. Nicht weil sie sich geärgert hatte oder immer noch eingeschnappt war, aber Milla brachte die ganze kleine Welt, die sie sich in Stockholm aufgebaut hatte, durcheinander. Sie musste ein bisschen Abstand gewinnen, und Rasmus' unkomplizierte Art half ihr dabei.

»Ich soll dir das hier geben!«

Annika hatte den PC gerade ausgeschaltet und wollte Feierabend machen, als Niklas in ihr kleines Büro kam und einen Briefumschlag auf ihren Schreibtisch legte.

»Von Milla«, fügte er hinzu.

»Danke«, erwiderte Annika erstaunt und auch ein bisschen beunruhigt. Was war so wichtig, dass Milla ihr einen Brief zukommen ließ?

Als Niklas sich zum Gehen wandte, fragte sie: »Wie geht es ihr?«

»Ganz gut, bis zur nächsten Chemo. Aber du kennst sie ja, sie ist extrem unzufrieden und gereizt. Sie hat einfach keine Geduld für die Behandlung.«

Annika schüttelte den Kopf. »Nein, ich kenne sie nicht wirklich. Wir sind uns erst persönlich begegnet, als sie hierhergekommen ist. Vorher hatten wir nur ein paar Mal übers Internet Kontakt.«

Niklas wirkte erstaunt. »Sie spricht über dich, als wärst du nicht nur ihre beste, sondern eine langjährige Freundin.«

Annika sah ihn mit aufgerissenen Augen an.

Niklas lächelte. »So ist Milla. Wenn sie in dir eine Freundin sieht, wirst du sie davon nicht mehr abbringen.«

»Das will ich auch nicht«, erwiderte Annika. Sie drehte den Brief in den Händen, wollte ihn aber erst lesen, wenn sie allein war.

»Ich muss dann mal wieder zurück auf meine Station«, verabschiedete sich Niklas. Vielleicht spürte er, dass sie allein sein wollte.

Liebe Annika!

Heute ist es so weit. Ich beginne damit, die Punkte auf meiner Liste abzuarbeiten. Schade, dass du immer noch sauer auf mich bist. Warum eigentlich?

Ich hätte die Liste gerne mit dir zusammen abgearbeitet, weil ich glaube, dass du auch mehr Farbe und Freude in deinem Leben brauchst.

Solltest du dich entschließen mitzumachen: Ich bin da, wo wir uns schon einmal begegnet sind. Du musst also nicht ganz Stockholm nach mir absuchen.

Deine Milla

»Die spinnt doch!«, stieß Annika hervor. »Wie kommt sie auf die Idee, dass ich überhaupt nach ihr suchen will?«

»Mit wem sprichst du?« Ewonne, die in diesem Moment ihr Büro betrat, sah sich erstaunt um.

Annika spürte, wie ihre Wangen sich verfärbten. »Mit mir selbst«, gab sie zu.

»Gut, dass du noch da bist. Ich muss etwas mit dir besprechen.« Ewonnes Stimme klang kühl und geschäftsmäßig.

Seit der Abmahnung war sie distanzierter geworden, und Annika hatte Angst, dass sie wieder etwas falsch gemacht hatte. Sie war seither immer pünktlich gewesen, aber vielleicht war ja eine der Abrechnungen fehlerhaft. Oder sie hatte während ihrer Zeit in der Aufnahme etwas falsch gemacht.

Millas Stimme drängte sich in ihre Gedanken: *Braves Mädchen!*

Unwillkürlich runzelte Annika die Stirn.

Ewonne bemerkte das und versuchte, sie zu beruhigen. »Keine Sorge! Es ist alles in Ordnung.« Ihre Lippen verzogen sich zu einem Lächeln.

Zugegeben, es war ein ziemlich sparsames Lächeln, aber immerhin war es ein Anfang. Annika lächelte zurück.

»Wie du sicher weißt, wechselt Anne nächste Woche an die Uniklinik«, fuhr Ewonne fort.

Nein, davon wusste sie nichts. Annika sagte aber nichts, sondern hörte weiter zu.

»Dadurch wird eine Stelle in der Aufnahme frei. Und da du die Aufgaben dort ganz gut bewältigt hast und die Verwaltung beschlossen hat, die Abrechnungen demnächst extern ausführen zu lassen, sollst du Annes Stelle übernehmen.«

»Das ist schön.« Obwohl es Annika nach ihrem letzten Einsatz in der Aufnahme schwergefallen war, in ihr kleines Büro zurückzukehren, wusste sie noch nicht, ob sie sich wirklich uneingeschränkt freuen konnte. Es würde ein Abschied für immer sein von diesem Büro, das so etwas wie ein zweites Zuhause für sie geworden war. Außerdem kreisten ihre Gedanken noch immer um Millas Brief.

»Du meldest dich dann morgen in der Aufnahme«, sagte Ewonne.

»Morgen schon? Hast du nicht eben gesagt, Anne wechselt nächste Woche ins Karolinska?«

»Bis dahin hat sie Urlaub.« Ewonne verengte die Augen. »Hast du ein Problem mit dem Wechsel?«

»Nein«, versicherte Annika hastig. »Ich bin morgen in der Aufnahme.«

Auf der Heimfahrt las sie immer wieder Millas Brief. Sie ärgerte sich, machte sich Sorgen und war gleichzeitig gerührt, als sie an Niklas' Bemerkung dachte: *Sie spricht über dich, als wärst du nicht nur ihre beste, sondern eine langjährige Freundin.*

Obwohl sie keine Lust hatte, Milla hinterherzulaufen, überlegte Annika fieberhaft, wo sie jetzt sein mochte. *Ich bin da, wo wir uns schon einmal begegnet sind. Du musst also nicht ganz Stockholm nach mir absuchen*, hatte Milla geschrieben.Bisher hatten sie sich nur im Krankenhaus gesehen.

Ja, dachte Annika erleichtert. Milla ist im Danderyds Sjukhus, liegt sicher und warm in ihrem Bett, und dieser Brief ist einer ihrer schrägen Versuche, mich in ihr Krankenzimmer zu locken.

Annika atmete erst einmal erleichtert auf, doch dann fiel ihr ein, dass Milla in ihrem Brief geschrieben hatte, sie wolle damit beginnen, die Punkte auf ihrer Liste abzuarbeiten.

Was war noch einmal der erste Punkt gewesen? Nackt bei

Vollmond in einem See baden? Aber heute war nicht Vollmond, das konnte Milla also nicht meinen. Was stand noch auf der Liste?

Sosehr sie sich auch den Kopf darüber zerbrach, es fiel ihr nicht ein, und als sie versuchte, mit ihrem Handy ins Internet zu gehen, war der Akku leer. Deshalb konnte sie auch Rasmus nicht anrufen und ihn bitten, nach Magnus zu sehen, damit sie zurück ins Krankenhaus fahren konnte. Die Sorge um Milla vermischte sich mit rasender Wut.

»Warum macht sie das?«

»Bitte?« Ihr Sitznachbar schaute sie überrascht an, und erst jetzt bemerkte Annika, dass sie laut gesprochen hatte.

Normalerweise wäre ihr das sehr peinlich gewesen, und sie hätte ihm erklärt, dass sie nur laut gedacht hatte. Aber im Moment war es ihr völlig egal, was dieser Fremde von ihr dachte, und sie ignorierte ihn. Selbst als sie sah, dass er sich mit dem Finger gegen die Stirn tippte, schwieg sie und drehte einfach den Kopf zur Seite.

Fröstelnd zog Annika die Schultern hoch, als sie aus der U-Bahn stieg. Es war Ende Februar, der Winter schien in diesem Jahr überhaupt kein Ende zu nehmen. Eigentlich wäre es mal wieder Zeit für einen virtuellen Flug nach Barcelona. Einfach den PC einschalten, vor dem Monitor sitzen, sich auf eine virtuelle Traumreise begeben und die ganze Realität ausschalten.

»Hej, was ist denn mit dir los?«

Annika schreckte aus ihren Gedanken auf. Sie war vor der Haustür angekommen, und Rasmus musste ihr auf der Straße entgegengekommen sein, ohne dass sie ihn bemerkt hatte. Jetzt stand er neben ihr und grinste sie an.

»Ich möchte nicht die Person sein, über die du dich gerade

ärgerst.« Rasmus sah plötzlich erschrocken aus. »Oder bin ich es sogar und weiß nur noch nichts davon?«

»Nein, ich bin nicht sauer. Oder doch, ein bisschen. Vor allem mache ich mir Sorgen.«

»Um deine Freundin? Wie hieß sie doch gleich?« Er rieb sich nachdenklich die Stirn, und der Name fiel ihm ein, bevor Annika antworten konnte. »Milla, richtig?«

Annika nickte und fragte sich, wieso jeder außer ihr selbst der Überzeugung war, sie wäre mit Milla befreundet.

»Geht es ihr schlechter?«, erkundigte sich Rasmus mitfühlend.

»Ich habe keine Ahnung, wie es ihr geht.« Annika zog finster die Brauen zusammen und spürte wieder diesen unsäglichen Ärger in sich, den nur Milla entfachen konnte. Sie zögerte kurz, doch dann berichtete sie Rasmus von Millas To-do-Liste und dem Brief. »Und jetzt weiß ich nicht, wo ich nach ihr suchen soll. Ich weiß nicht einmal, ob ich überhaupt nach ihr suchen will.«

»Natürlich willst du das.« Rasmus legte einen Arm um Annikas Schulter und zog sie an sich. Seine Nähe und sein Verständnis vertrieben die Kälte. »Wir gehen jetzt gemeinsam nach oben, ich versorge Magnus und kümmere mich um ihn, während du nachschaust, was alles auf Millas Liste steht. Danach fährst du zu ihr.«

Annika seufzte tief.

»Ich will dir natürlich nichts vorschreiben«, sagte Rasmus und nahm den Arm wieder von ihrer Schulter, wie Annika mit leichtem Bedauern bemerkte. »Wir können uns auch eine Riesenpizza bestellen, eine Flasche Rotwein öffnen …«

Annika funkelte ihn empört an. »Glaubst du wirklich, ich könnte so tun, als wäre nichts, und es mir mit Pizza und Rotwein gemütlich machen, während …«

Sie brach ab, als er laut auflachte, und begriff, dass er ihr nur klarmachen wollte, was er selbst längst erkannt hatte: Sie würde keine Ruhe finden, bevor sie nicht nach Milla geschaut hatte.

Sie ging zusammen mit Rasmus in ihre Wohnung. Magnus freute sich, sie beide zu sehen. Während Rasmus in der Küche Obst und Gemüse schnippelte und Magnus fütterte, ging Annika an den PC, um Millas To-do-Liste zu suchen. Doch dann sah sie, dass Milla heute einen neuen Eintrag geschrieben hatte, und der war speziell an sie gerichtet, auch wenn es außer ihr wahrscheinlich niemand erkannte.

Irgendwo ist immer Frühling

28.02.

Die Bank der Schwäche, im Schatten der Kreuze. Dort wirst du mich finden und die Nacht mit mir teilen. Vergiss nicht, eine Decke mitzubringen. Und weißt du, worauf ich so richtig Lust hätte? Auf ein dickes Schinkensandwich. Und heißen Tee. Glaubst du, du könntest das organisieren?
Aber wenn du nicht kommst, dann ist das auch okay. Ich bin dann nicht eingeschnappt. Versprochen!

Karin S.: Die Bank der Schwäche? Im Schatten der Kreuze? Das klingt irgendwie gruselig. Milla, was hast du vor?

Sven M.: Hä???

— 15 —

Rasmus stand hinter ihr und schaute ihr über die Schulter. Als sie sich umwandte, sagte er verlegen: »Sorry, ich wollte nicht neugierig sein.« Er lachte leise. »Aber eigentlich bin ich es doch.«

»Das ist ein öffentlicher Blog«, erwiderte Annika. »Nichts Geheimes.«

»Aber ziemlich geheimnisvoll«, sagte Rasmus und schaute auf den Monitor. »*Die Bank der Schwäche, im Schatten der Kreuze.* Kannst du damit was anfangen?«

»In ihrem Brief hat Milla mir geschrieben, sie wäre an einem Ort, an dem wir uns schon einmal begegnet sind. Da dachte ich, das kann nur das Danderyds Sjukhus sein. Wir sind uns das erste Mal in der Aufnahme begegnet, danach habe ich sie ein paar Mal in ihrem Krankenzimmer besucht. Aber nach diesem Eintrag weiß ich, dass sie den Friedhof in Danderyd meint.«

Annika erzählte ihm von dem Tag, an dem sie Milla gefolgt war. »Die Bank der Schwäche ist die Bank, auf der sie gesessen hat, als wir auf das Taxi gewartet haben. Und die steht zwischen zwei Friedhofskreuzen«, erklärte sie.

»Und was hat das mit ihrer To-do-Liste zu tun?«, fragte Rasmus.

»Einer ihrer Wünsche ist eine Übernachtung auf dem Friedhof.«

»Spinnt die?« Rasmus richtete sich auf und schaute aus dem

Fenster. Draußen war es dunkel. »Im Februar? Bei einer Temperatur kaum über null Grad?«

»Es hört sich ganz so an.« Annika fühlte sich unsagbar müde und erschöpft. Ihre Wut auf Milla flammte wieder auf. Sie fuhr sich mit beiden Händen durchs Gesicht.

Als sie die Hände sinken ließ, begegnete sie Rasmus' besorgtem Blick. »Sie schreibt, du musst das nicht tun«, sagte er.

»Doch, ich muss das tun«, erwiderte sie leise.

Er nickte. »Ich weiß.« Dann lächelte er plötzlich. »Diese Milla scheint ein sehr ungewöhnlicher Mensch zu sein.«

Auch Annika konnte jetzt wieder lächeln. »Das ist sie.«

»Glaubst du, ich kann sie einmal kennenlernen?«

»Ja, warum nicht?«, erwiderte Annika leichthin, obwohl die Vorstellung ihr insgeheim nicht behagte. Die Freundschaft mit Rasmus war ihr wichtig, und Milla war ihr ebenfalls wichtig. Wenn zwei so tolle Menschen sich begegneten, konnte sie selbst nur verlieren.

»Was ist los, Annika?«

Sie schaute ihn an, spielte die Erstaunte. »Ich weiß nicht, was du meinst.«

»Ist dir bewusst, dass du ein ziemlich ausgeprägtes Mienenspiel hast? Ich sehe dir deutlich an, wenn dir etwas nicht passt.«

Annika versuchte, diesen plötzlichen und völlig unbegründeten Anflug von Eifersucht zu unterdrücken. Für sie war das ein völlig neues Gefühl.

»Du willst nicht, dass ich Milla kennenlerne?«

»Milla will im Moment keinen Besuch«, sagte sie, um sich aus der Affäre zu ziehen, und tröstete sich damit, dass es zwar nicht ganz der Wahrheit entsprach, aber auch nicht völlig gelogen war. »Selbst einer ihrer Internetfreundinnen hat sie einen Besuch im Krankenhaus verboten.«

»Also bist du die Einzige, die sie sehen will.«

»Ja.« Annika nickte. »Offenbar schon. Und ich weiß nicht einmal, warum.«

Rasmus lächelte herzlich. »Weil du ein ganz besonderer Mensch bist, Annika.«

Sie hatte Mühe, nicht vor ihm in Tränen auszubrechen. Es wäre ihr einfach zu peinlich gewesen, aber noch nie hatte ihr jemand gesagt, dass sie besonders sei.

»Danke«, sagte sie leise.

Rasmus lächelte immer noch und schüttelte kaum merklich den Kopf. Annika war ihm dankbar für seine Worte, aber auch dafür, dass er sich jetzt praktischen Dingen zuwandte.

»Milla will ein Schinkenbrot und heißen Tee«, sagte er. »Ich habe Schinken da, aber kein Brot.«

»Ich habe Brot, Butter und Tee«, sagte Annika.

Rasmus holte den Schinken aus seiner Wohnung und half ihr den Korb zu packen, den Annika inzwischen bereitgestellt hatte. Er legte noch ein paar Tomaten und Bananen hinein, musste dann aber eine der Bananen wieder herausnehmen, weil Magnus sie als sein Eigentum ansah und lautstark protestierte.

»Ich nehme Magnus nachher mit zu mir«, sagte Rasmus beim Abschied. »Inzwischen kennt er sich in der Wohnung meines Onkels ja aus. Dann muss er über Nacht nicht alleine bleiben.«

»Wann kommt dein Onkel eigentlich zurück?«, wollte Annika wissen. Sie hatte Angst vor dem Tag, an dem der alte Griesgram wieder auftauchte und Rasmus ausziehen musste.

»Er scheint sich auf dem Land bei seiner Tochter ganz wohlzufühlen«, sagte Rasmus. »Jedenfalls hat er beim letzten Anruf gesagt, ich könnte mir mit der Wohnungssuche ruhig noch Zeit lassen.«

»Vielleicht bleibt er ja für immer bei seiner Tochter.«

Eine erfreuliche Vorstellung, aber Rasmus schüttelte den Kopf. »Mach dir da keine Hoffnungen, er kommt auf jeden Fall zurück.«

Zum ersten Mal in ihrem Leben wollte Annika einen Friedhof bei Dunkelheit betreten. Das heißt, von Wollen konnte keine Rede sein!

Sie stand vor dem Eingang und konnte im Mondlicht nur die Umrisse der Grabsteine erkennen. Vor manchen leuchtete ein flackerndes Licht. Sie drehte sich um, bereit, ganz schnell wieder von hier zu verschwinden, doch das Taxi, mit dem sie hergekommen war, fuhr gerade davon.

Annika wandte sich wieder dem Friedhofseingang zu, durchschritt ihn zögernd. Es war so still, dass sie ihren eigenen Herzschlag hören konnte. Warum hatte sie sich nur darauf eingelassen?

Sie ging ein paar Schritte weiter, fühlte sich einsam wie nie zuvor in ihrem Leben, und plötzlich wurde ihr klar, dass Milla sich einen Spaß mit ihr erlaubt hatte. Wahrscheinlich sollte es eine Art Bestrafung sein, weil sie sich in den letzten Tagen nicht mehr bei ihr gemeldet hatte. Milla hatte genau gewusst, wie sie es anstellen musste, sie hierherzulocken. Und sie selbst lag bestimmt in ihrem warmen Krankenzimmer im Bett und ...

Ja, was? Lachte sich halb tot?

»Mist, schon wieder die falsche Wortwahl!«, flüsterte Annika vor sich hin und kicherte nervös.

Sie stellte sich vor, wie Milla vor ihrem Notebook saß, den anderen von ihrem Streich berichtete und zusammen mit ihnen darauf wartete, dass Annika sich meldete.

Ein Knacken!

Vor ihr? Hinter ihr?

Panik breitete sich in ihr aus.

Dann legte sich eine Hand auf ihre Schulter. Annika schrie auf.

»Findest du es auch so gruselig?«

»Milla!« Annika schrie den Namen, erleichtert und wütend zugleich.

»Wen hast du denn erwartet?« Ein Lichtstrahl traf ihre Augen und blendete sie.

Annika hob eine Hand schützend vor die Augen und wandte den Kopf zur Seite. »Lass das!«

Sie hörte ein leises Lachen und sah in Millas bleiches Gesicht, als sie den Strahl der Taschenlampe auf sich selbst richtete.

»Gib zu, du hattest Angst!«, sagte Milla.

»Du nicht?«

»Ich stand kurz davor, die Flucht zu ergreifen. Ich hatte Angst, du kommst nicht mehr.« Milla machte sich nicht mehr über sie lustig, dafür lag etwas in ihrer Stimme, das Annika rührte. Es schien Milla wirklich viel zu bedeuten, dass sie hierhergekommen war.

»Jetzt bin ich ja da.« Annika überspielte den Moment der Rührung mit einem leichten Lachen. »Aber hätte deine To-do-Liste nicht bis zum Sommer warten können?«

»Ich weiß nicht, ob mir noch so viel Zeit bleibt«, sagte Milla kaum hörbar.

Annika erschrak. »Quatsch!«, sagte sie. »Wenn du deine Therapie schön brav weitermachst …«

»Ich bin aber kein braves Mädchen! Und diese Therapie hilft mir nicht«, unterbrach Milla sie mit tränenerstickter Stimme. »Die Chemo hat nichts gebracht, meine Werte haben sich verschlechtert.«

Sekundenlang war es völlig still. Annika wusste nicht, was sie sagen sollte. Das war eine dieser Situationen, in denen es einfach keine richtigen Worte gab. Dann sah sie, dass etwas auf Millas Gesicht glitzerte. Zwei glänzende Spuren zogen sich über ihre Wangen.

Milla weinte. Heftig und lautlos.

Annika stellte den Korb auf den Boden und nahm Milla in die Arme. Millas Schmerz wurde ihr Schmerz, Millas Angst breitete sich auch in ihr aus. Sie spürte ihre eigenen Tränen auf dem Gesicht.

Eine ganze Weile standen sie so da, eng umschlungen und wortlos. Annika hatte sich noch nie einem Menschen so nahe gefühlt. Sie hatte sich noch nie so lebendig gefühlt. Als würde sie durch Milla selbst ins Leben finden, während Milla ihr Leben allmählich verlor. Leise schluchzte sie auf.

»Hast du Schinkenbrote in deinem Korb?«, vernahm sie Millas Stimme an ihrem Ohr.

Annika schob sie ein Stück von sich. »Schinkenbrote?« Sie war fassungslos.

»Ich will auf keinen Fall hungrig sterben.« Wahrscheinlich sollte das einer der typischen Milla-Witze sein, aber ihre Stimme klang eher trotzig.

Annika legte ihre Hände auf Millas Schultern, schüttelte sie leicht. »Du wirst überhaupt nicht sterben, ist das klar? Du reißt dich gefälligst zusammen und kämpfst gegen diese verdammte Krankheit!«

»Leichter gesagt als getan!« Jetzt war Millas Stimme wieder

voller Spott. »Wahrscheinlich weißt du, wie das geht. Meine Ärzte haben mir nämlich klargemacht, dass sie mit ihren medizinischen Möglichkeiten am Ende sind.«

»Das haben dir die Ärzte so gesagt?«, fragte Annika fassungslos.

»Na ja, so ähnlich«, schränkte Milla ein. »Sie wollen einen weiteren Versuch mit einer neuen Chemokombination starten.«

Annika schüttelte sie wieder. »Na, siehst du! Du darfst die Hoffnung einfach nicht aufgeben. Diese neue Chemo wird die verdammten Krebszellen in deinem Körper vernichten. Du musst einfach daran glauben. Lass uns gemeinsam daran glauben!«

»Ich weiß nicht einmal, ob ich die Chemo überhaupt überstehe.« Milla ließ den Kopf hängen.

So mutlos hatte Annika sie noch nie erlebt. Schlecht gelaunt, verzweifelt und vor allem wütend, aber noch nie mutlos.

»Natürlich wirst du diese Chemo überstehen«, sagte sie bestimmt.

»Die Nebenwirkungen sollen noch schlimmer sein«, erwiderte Milla. »Wobei ich nicht weiß, wie das gehen soll. Mir sind schon alle Haare ausgefallen, ich habe zwölf Kilo abgenommen und nach jeder Chemo kotze ich so viel … Ach, Scheiße, kann ich ein Schinkenbrot haben?«

Annika schaute sie an, schüttelte leicht den Kopf. »Du bist unglaublich!«

»Unglaublich hungrig!«

»Unglaublich verrückt!«

»Von mir aus auch das. Und mir ist schrecklich kalt.«

»Soll ich dich nicht lieber zurück ins Krankenhaus bringen?«

»Auf keinen Fall!« Milla schüttelte entschieden den Kopf. Sie wandte sich um und ging quer über den Friedhof.

Annika nahm den Korb und folgte ihr bis zu der Bank, auf der eine weiße Daunendecke lag, die sie offensichtlich aus dem Krankenhaus geschmuggelt hatte. Annika fragte nicht, wie sie damit am Klinikpersonal vorbeigekommen war. Es spielte keine Rolle. Sie nahm ihre eigene Decke aus dem Korb, setzte sich neben Milla und reichte ihr einen Becher mit heißem Tee und eines der Schinkenbrote.

Milla biss mit Appetit hinein, aber bereits nach zwei Bissen konnte sie nicht mehr. Außerdem kam es Annika so vor, als atmete sie sehr schwer.

»Lass uns zum Krankenhaus fahren«, bat sie. »Die Kälte hier draußen ist nicht gut für dich.«

Eigensinnig schüttelte Milla den Kopf. »Erzähl mir was aus deinem Leben!«, bat sie. »Was ist mit deiner Familie? Warum bist du so ...« Sie brach ab.

»Wie bin ich denn?«, hakte Annika nach.

»Anders«, kam es spontan zurück. »Ich möchte wissen, wer oder was so ein ängstliches, verklemmtes Mädchen aus dir gemacht hat. In Wirklichkeit, tief in dir drin, bist du doch ganz anders.«

»Woher willst du das wissen?«

Milla zuckte mit den Schultern. »Keine Ahnung, ich fühle es einfach.«

Annika schwieg, weil sie nicht wusste, wie sie etwas erklären sollte, was sie selbst nicht verstand. Doch es stimmte, was Milla sagte: Sie war anders, als andere sie wahrnahmen. Sie war anders, als sie sich gab. Und gleichzeitig hatte sie Angst, der Welt die wahre Annika zu zeigen.

Milla deutete ihr Schweigen falsch und glaubte offenbar, dass sie nichts von sich preisgeben wollte. »Wenn du mir erzählst, was in deinem Leben passiert ist, erzähle ich dir, welcher Wunsch auf meiner Liste fehlt. Eigentlich der wichtigste und größte Wunsch, wenn mir wirklich nicht mehr viel Zeit bleiben sollte.«

»Du hast noch massenhaft Zeit!«, widersprach Annika.

»Und du lenkst schon wieder ab.«

Annika nippte an ihrem Tee und starrte gedankenverloren vor sich hin. »Eigentlich ist überhaupt nichts passiert«, erklärte sie dann. »Mein Leben war ziemlich ereignislos bis zu dem Tag, an dem mein Vater gestorben ist.«

»Wie war dein Vater?«

Annika lächelte, als sie an ihn dachte. Er war so voller Wärme und Liebe gewesen. »Er war großartig. Ich habe ihn sehr geliebt. Danach ...« Sie stockte kurz, und fuhr dann fort: »Danach wurde alles anders.«

»Was wurde anders?«, wollte Milla wissen. »Deine Mutter war doch noch da.«

»Meine Mutter war immer da«, erwiderte Annika bitter. »Aber das hat es nicht besser gemacht. Sie war eine ...« Annika brach ab.

»Sprich es aus!«, drängte Milla sanft.

»Sie war unselbstständig, unfähig, irgendetwas in ihrem Leben selbst zu regeln. Mein Vater hat alles für sie getan, ihr alles abgenommen. Selbst als er schon ziemlich krank war. Nach seinem Tod hat sie dasselbe von mir erwartet.«

»Warum bist du nicht einfach gegangen?«, fragte Milla.

»Ich dachte, ich wäre es meinem Vater schuldig.« Annika starrte angestrengt in die Dunkelheit. Der nächtliche Friedhof verlor jeglichen Schrecken für sie, als die Schatten der Vergangenheit sie wieder einholten. »Und irgendwie war ich nach seinem Tod wohl auch davon überzeugt, dass ich es nie mehr schaffe, wieder ein eigenes Leben zu führen.«

»Du hast es immerhin geschafft, von diesem Kaff bei Älvdalen nach Stockholm zu ziehen.«

»Ja, aber erst nachdem meine Mutter gestorben war.«

»Sie war auch krank?«

»Ja ... Nein ...« Annika fuhr sich mit der Hand durchs Haar. Die alten Schuldgefühle wollten sich in ihr breitmachen. »Nachdem mein Vater nicht mehr lebte, hat sie sich mit ihren Forderungen an mich gewandt. Sobald ihr etwas nicht passte, hat sie darauf mit Herzattacken reagiert. Ich habe das nicht ernst genommen – und dann ist sie einfach gestorben.«

»Da hat sie aber wirklich übertrieben«, warf Milla trocken ein.

Annika wandte den Kopf, sah sie entsetzt an. Sie bemerkte, wie sich Millas Lippen kräuselten, und dann brach es aus ihr heraus. Sie prustete los, ebenso wie Milla.

Sie lachte! Sie hatte über den Tod ihrer Mutter gesprochen und lachte!

Annika war fassungslos über sich selbst und konnte trotzdem nicht aufhören. Tränen liefen über ihre Wangen, und dann ging ihr Lachen übergangslos in Weinen über.

Milla legte einen Arm um ihre Schultern. Sie hatte aufgehört zu lachen, sagte nichts, sondern wartete einfach, bis Annika sich ein wenig beruhigt hatte. »Besser?«

»Ja«, sagte Annika, schüttelte aber gleichzeitig den Kopf. »Ich weiß es nicht.«

Milla griff nach ihrer Hand. »Es ist vorbei«, sagte sie.

»Ja, es ist vorbei.« Wieder schüttelte Annika den Kopf. »Und auch wieder nicht. Ich habe ihretwegen immer noch Schuldgefühle. Ich finde es schlimm, dass ich gerade über deinen Witz gelacht habe. Und die Erleichterung, die ich nach ihrem Tod empfunden habe, ...«

»Hör auf!« Milla drückte ihre Hand ganz fest. »Du schuldest deiner Mutter überhaupt nichts«, sagte sie bestimmt. »Sie ist es, die Schuldgefühle haben müsste, nicht du. Du hast alles für sie getan und bist bis zum Ende bei ihr geblieben. Aber jetzt bist du frei.«

»Ja, ich bin frei«, murmelte Annika.

»Du sollst das nicht nur sagen, du musst es fühlen«, sagte Milla eindringlich.

»Irgendwann vielleicht, jetzt kann ich es noch nicht«, flüsterte Annika.

Milla wollte etwas erwidern, aber Annika kam ihr zuvor. »Du weißt jetzt alles von mir. Und jetzt will ich wissen, was dein wichtigster und größter Wunsch ist.«

»Ja ... gut ...« Zunächst druckste Milla herum, doch dann sprudelte es aus ihr heraus: »Ich will nach Torsö fahren und Jonas Lundvang küssen.«

Annika schaute sie verständnislos an.

»Ich war so verliebt in ihn. Aber ich glaube, er hat mich nie wirklich wahrgenommen.« Sie lachte leise auf. »Ich stelle mir die ganze Zeit sein Gesicht vor, wenn ich ihn einfach küsse und ihm meine Liebe gestehe. Und dann sagt er mir: ...« Offenbar versuchte Milla, Jonas zu imitieren, denn sie sprach jetzt mit ganz tiefer Stimme. »... ›Tut mir leid, Milla, das habe ich nicht gewusst.‹ Und dann weiß er nicht mehr, was er sagen soll.« Millas Mund verzog sich zu einem breiten Grinsen. »Und dann sage ich: ›Du musst überhaupt nichts sagen, Jonas. Es ist auch nicht schlimm, wenn du meine Gefühle nicht erwiderst, weil ich sowieso bald ins Gras beiße.‹« Sie lachte.

Annika schüttelte den Kopf. »Das ist nicht lustig!«

»Ich weiß«, erwiderte Milla und brach unvermittelt in Tränen aus.

Annika legte einen Arm um sie.

Milla lehnte weinend den Kopf an ihre Schulter. »Ich will nicht sterben.«

Irgendwo ist immer Frühling

01.03.

Es ist vollbracht!
Ich habe eine Nacht auf dem Friedhof verbracht. Na gut, fast eine Nacht. Gegen fünf Uhr morgens haben wir aufgegeben, weil es so kalt war. Weil der Tee ausgetrunken und die Schinkenbrote aufgegessen waren.
Aber ich habe einen Punkt auf meiner Liste abgehakt!
Stellt euch das vor, Leute: ein dunkler Friedhof, Totenstille. Auch wenn du sie nicht siehst, du spürst die Seelen der Toten. Dürre Äste streichen wie Knochenhände über deine Haut. Du fühlst dich wie ein Eindringling in der Welt der Toten. Ein Knacken, Schritte, die näher kommen ...

Karin S.: MILLA!!! Du kannst doch nicht mittendrin aufhören. Was ist dann passiert?

Milla: Dann kam Annika mit Schinkenbroten und Tee und hat die ganze schöne Stimmung kaputtgemacht. ☺

Annika D.: Angeberin! Du hattest Angst und wolltest flüchten, als ich kam.

Milla: Stimmt, ich kann es nicht leugnen. Es war gruselig, so ganz allein auf dem Friedhof, und ich bin froh, dass Annika gekommen ist. Es war die Nacht meines Lebens. Vielen Dank, Annika!

Sven M.: Wie anspruchslos du bist, Milla. Komm doch heute Abend zu mir, dann erlebst du wirklich die Nacht deines Lebens.

— 16 —

Schmunzelnd las Annika die Beiträge, doch dann musste sie den Blog schließen, weil die ersten Patienten eintrafen.

Eine ältere Frau kam zu ihrem Schreibtisch und setzte sich. Ihr Gesicht war von Angst gezeichnet. Als sie ihre Unterlagen auf den Tisch legte, sah Annika, dass ihre Hände zitterten. »Ich soll hier heute aufgenommen werden.«

Sie lächelte die Frau beruhigend an, war besonders nett zu ihr. »Wir erledigen jetzt erst einmal die Formalitäten, danach zeigt Ihnen eine der Krankenschwestern Ihr Zimmer.«

»Ich war noch nie im Krankenhaus«, erwiderte die Frau kläglich.

»Das ist so ähnlich wie in einem Hotel, nur mit Ärzten.«

Was rede ich da für einen Blödsinn?, schoss es Annika durch den Kopf. Sie sah, dass Inger sich das Lachen verkneifen musste, und offensichtlich hatte auch Hellen ihre Worte gehört. Sie presste die schmalen Lippen aufeinander. Im Gegensatz zu Inger wirkte sie kein bisschen erheitert.

Die alte Dame lächelte. »Danke, dass Sie so nett sind! Jetzt geht es mir ein bisschen besser.«

Das Telefon auf ihrem Schreibtisch klingelte. Annika entschuldigte sich für die Störung und nahm das Gespräch an. Es war Ewonne.

»Komm zu mir ins Büro!«, befahl sie knapp.

»Gleich, ich bin gerade mit der Aufnahme einer Pa...«

»Sofort!«, unterbrach Ewonne sie grob.

Leider war Inger gerade beschäftigt, sodass nur Hellen einspringen konnte.

»Kannst du dich bitte um die Dame kümmern?«, bat Annika sie. »Ich muss zu Ewonne.«

Hellen nickte mit verkniffener Miene und kam an ihren Schreibtisch.

»Sei nett zu ihr«, sagte Annika leise, als sie aufstand, um den Platz für Hellen frei zu machen. »Sie hat große Angst.«

Hellen antwortete ebenso leise, aber ihre Stimme bebte vor Empörung. »Was erlaubst du dir?«

Annika zog es vor, darauf keine Antwort zu geben, und huschte aus dem Raum. Mit wild klopfendem Herzen ging sie zu Ewonnes Büro. Angst breitete sich in ihr aus. In Ewonnes Stimme hatte ein Unterton gelegen, der nichts Gutes verhieß. Dabei war Annika sich keiner Schuld bewusst. Sie war heute Morgen pünktlich zur Arbeit erschienen, obwohl sie die ganze Nacht auf dem Friedhof verbracht und keine zwei Stunden geschlafen hatte.

Die Tür zu Ewonnes Büro war offen. Neben Ewonne stand ein Mann im weißen Arztkittel. Beide musterten Annika streng, als sie das Büro betrat und einen Gruß murmelte, der nicht erwidert wurde.

»Kennst du eine gewisse Milla Åkerblom?«, fragte Ewonne.

Annika nickte erschrocken. »Was ist mit ihr? Geht es ihr schlechter?« Sie dachte an die vergangene Nacht, an die Kälte auf dem Friedhof, an Millas blasses Gesicht.

Der Arzt starrte sie finster an.

»Du bist gesehen worden, als du heute Morgen mit der Patientin vor dem Krankenhaus aus einem Taxi gestiegen bist«, sagte Ewonne aufgebracht. »Offensichtlich hat Frau Åkerblom die ganze Nacht außer Haus verbracht.«

Annika presste die Lippen aufeinander und blieb eine Antwort schuldig.

»Warst du mit Milla Åkerblom unterwegs? Hast du sie dazu gebracht, das Krankenhaus zu verlassen?«

Auf diese Frage musste sie antworten. Annika reckte das Kinn in die Höhe, dachte an Milla und versuchte, so zu reagieren, wie es Milla wahrscheinlich getan hätte. »Ich habe sie natürlich nicht dazu gebracht, das Krankenhaus zu verlassen. Milla ist schon groß, sie trifft ihre Entscheidungen selbst.«

»Ich glaube nicht, dass du dir diesen Sarkasmus erlauben kannst!« Ewonne wirkte nicht nur verärgert, sondern auch überrascht.

Weil sie es gewohnt ist, dass ich eingeschüchtert den Mund halte, dachte Annika, und reckte das Kinn noch ein bisschen mehr in die Höhe. Sie hatte plötzlich keine Angst mehr, es war ihr egal, was Ewonne dachte oder sagte. Und es war ihr auch egal, was der Arzt ...

»Milla geht es heute Morgen sehr schlecht«, drang die Stimme des Arztes in ihre Gedanken.

Nein, das war ihr nicht egal!

»Sie hat hohes Fieber, und das ist bei ihrem ohnehin geschwächten Immunsystem eine ziemliche Katastrophe.«

Die Stimme des Arztes klang ruhig, aber er schien ihr die Schuld an Millas Zustand zu geben. Und Annika fühlte sich schuldig, auch wenn es ganz allein Millas Entscheidung gewesen war, die Nacht auf dem Friedhof zu verbringen. Sie hätte es ihr ausreden müssen.

Das ist deine Schuld, hörte sie wieder die Stimme ihrer Mutter.

»Ach, halt doch die Klappe!«, sagte Annika grob.

Die Stimme in ihrem Innern verstummte tatsächlich, dafür

wurde Ewonne laut. »Jetzt gehst du wirklich zu weit! Was fällt dir ein, so mit Dr. Pålsson zu reden?«

»Aber ich meine doch gar nicht Dr. Pålsson, sondern ...«

Annika brach ab. Es war keine gute Idee, von der Stimme in ihrem Kopf zu reden.

Für Ewonne schien damit festzustehen, dass Annika sie gemeint hatte. Ihr Gesicht wurde hochrot vor Zorn und wahrscheinlich auch vor Verlegenheit, weil eine ihrer Untergebenen vor dem Arzt so mit ihr sprach.

Annika wusste nicht, was sie noch sagen sollte, und verließ schließlich mit einer weiteren mündlichen Abmahnung, die sie im Laufe des Tages auch noch schriftlich erhalten würde, Ewonnes Büro.

Zwei Tage lang ging es Milla so schlecht, dass niemand zu ihr durfte. Endlich, am dritten Tag, rief Niklas in der Aufnahme an.

»Milla geht es besser«, verkündete er.

Annika bedankte sich. »Sag ihr, ich besuche sie nach Feierabend.«

»Mach ich. Aber du solltest Dr. Pålsson aus dem Weg gehen.« Niklas lachte leise. »Der ist nicht besonders gut auf dich zu sprechen.«

Da war er nicht der Einzige im Danderyds Sjukhus. Ewonne war auch nicht gut auf Annika zu sprechen, und Hellen begegnete ihr mit Missbilligung, seit Annika sie gebeten hatte, nett zu der älteren Patientin zu sein.

All das war Annika völlig egal. Diese Menschen waren ihr egal. Es kam ihr nicht mehr darauf, ob sie mit ihr zufrieden waren oder sie mochten. Alles, was zählte, war, dass es Milla besser ging.

Als Annika an diesem Abend zu ihr ins Zimmer kam, lächelte Milla kraftlos. Sie schaffte es kaum, den Kopf zu heben.

»Los, sag es schon!«, forderte sie Annika mit schwacher Stimme auf.

»Was willst du von mir hören?«

»Dass du gleich gesagt hast, es wäre keine gute Idee, bei dieser Kälte auf dem Friedhof zu übernachten.«

»Warum sollte ich so etwas sagen?« Annika zog den Stuhl an Millas Bett und setzte sich. »Ich bin ja nicht diejenige, der es jetzt schlecht geht.«

Milla lachte verhalten. »Ich habe es verdient, nicht wahr?«

»Nein, hast du nicht«, sagte Annika. »Ich war zwar zuerst sauer und fand es ziemlich hinterhältig, wie du mich zum Friedhof gelockt hast. Aber es war ein tolles Erlebnis, und dafür werde ich dir immer dankbar sein.«

»Ich bin dir auch dankbar«, murmelte Milla. »Dafür, dass du immer für mich da bist, für deine Freundschaft, einfach für alles.«

Kurz darauf schlief Milla ein. Annika konnte sich nicht dazu durchringen, das Zimmer zu verlassen. Sie hatte Angst, dass Milla morgen nicht mehr da war, wenn sie jetzt ging.

Zwei Tage später kam Milla auf die Intensivstation und wurde vollständig isoliert. Ihr Immunsystem, ohnehin geschwächt durch die Chemotherapie, war nicht mehr in der Lage, sie vor den kleinsten Infektionen zu schützen.

Zwei schlimme Wochen vergingen, in denen Annika immer wieder Angst um Milla hatte. Ein paar Mal überlegte sie, ob sie deren Familie nicht einfach informieren sollte. Sie kannte Millas Nachnamen und wusste, dass ihre Familie auf Torsö lebte.

»Lass es!«, mahnte Rasmus, als sie mit ihm darüber sprach. »Sie wird ihre Gründe haben, weshalb sie ihre Familie nicht mehr sehen will.«

Mehrmals am Tag erkundigte Annika sich nach Millas Befinden. Sie war froh, dass Niklas ihr immer wieder geduldig und verständnisvoll Auskunft erteilte. Auch wenn er dazu eigentlich kein Recht hatte, weil sie keine Angehörige war.

Ebenso froh war sie, dass Rasmus noch immer neben ihr wohnte. Er war inzwischen ein enger Freund geworden und hörte sich all ihre Sorgen und Gedanken geduldig an. Manchmal glaubte Annika, dass sie sich in ihn verliebt hätte, wenn da nur nicht so viel anderes gewesen wäre, das ihre Gedanken und Gefühle in Anspruch nahm.

Auch ihre Kollegin Inger wurde ihr mehr und mehr zur Freundin. Sie deckte Annika vor Hellen und vor allem vor Ewonne, wenn sie während der Arbeit einen Fehler machte. Und sie verbrachten fast jede Mittagspause gemeinsam.

Und da war Magnus. Der kleine, quirlige Vogel schien zu spüren, dass Annika traurig und verzweifelt war. Er brachte sie immer wieder zum Lachen und zeigte sich ungewohnt verschmust.

Trotzdem waren es dunkle, ungewisse Tage. Nicht einmal die Sonne, die sich jetzt, Anfang März, immer öfter zeigte, konnte sie erhellen. Bis zu dem Morgen, an dem Annika aus reiner Gewohnheit auf Millas Blog ging. Sie wusste ja, dass Milla immer noch auf der Intensivstation lag. Dass sie unmöglich etwas Neues geschrieben haben konnte. Und dann stand da doch etwas. Nur ein Satz, eine Frage, die alles verändern sollte!

Auch wenn ihr Name nicht genannt wurde, wusste Annika genau, dass diese Frage an sie gerichtet war, und sie beantwortete sie sofort.

Irgendwo ist immer Frühling

19. 03.

Kommst du mit mir nach Torsö, damit ich mir diesen einen großen Wunsch erfüllen kann?

Annika D.: Ja!

— 17 —

Du siehst ganz anders aus!«

»Besser, meinst du hoffentlich.« Milla saß aufrecht im Bett. Ihr Gesicht war immer noch weiß, ihre Augen lagen tief in den Höhlen, aber sie funkelten wieder so provozierend wie bei ihrer ersten Begegnung.

»Viel besser!« Annika nickte.

»Mir wird es noch besser gehen, wenn ich morgen hier raus bin.«

Annika war überrascht. »Du wirst entlassen?«

»Ja«, sagte Milla, wich aber ihrem Blick aus.

»Mit Einverständnis deines Arztes?«, hakte Annika nach.

»Nun ja ...« Milla sah immer noch an ihr vorbei, bis Annika sich so dicht vor ihr Bett stellte, dass sie sie ansehen musste.

»Nicht ganz«, gab Milla endlich zu. »Ein bisschen überreden musste ich Dr. Pålsson schon. Aber er hat eingesehen, dass ich einfach mal eine Auszeit brauche. Ein bisschen Spaß ...« Sie verstummte und lächelte Annika an.

»Spaß?« Annika dachte an ihr unerfreuliches Zusammentreffen mit dem Arzt, das ihr die zweite Abmahnung eingebracht hatte. An sein ernstes Gesicht, den humorlos zusammengekniffenen Mund. Sie schüttelte den Kopf. »Ich kenne Dr. Pålsson, der versteht keinen Spaß.«

»Stimmt«, gab Milla unumwunden zu. »Er hat das Wort auch nicht in den Mund genommen, aber er konnte verstehen, dass ich meine Familie noch einmal sehen möchte, bevor ...«

Sie brach ab, presste die Lippen aufeinander. Ein schwaches Schluchzen war zu hören.

Annika setzte sich neben Milla aufs Bett und legte einen Arm um ihre Schultern. »Vielleicht ist es wirklich ganz gut, wenn du mal eine Weile hier rauskommst«, sagte sie. »Einfach mal Abstand gewinnen ...«

Sie brach ab, als sie erkannte, dass Milla nicht weinte. Sie nahm ihre Hand von Millas Schulter und sprang auf. Milla weinte nicht, sie lachte!

Milla schaute ihr ins Gesicht, bemerkte offensichtlich ihre Empörung und lachte nur noch lauter.

»Du bist unmöglich!« Annika schüttelte fassungslos den Kopf.

»Mein Zuhause!« Milla breitete beide Arme aus, während Annika sich neugierig umsah.

Diese Wohnung passte zu Milla. Sie war nicht besonders groß, unkonventionell eingerichtet und bot einen traumhaften Blick auf den Mälaren. Sie lag auf Långholmen, ganz in der Nähe des ehemaligen Zentralgefängnisses. Durch das runde Küchenfenster, das an ein Bullauge erinnerte, waren sogar die Reste der alten Gefängnismauern zu sehen.

Milla musste bemerkt haben, dass Annika sich bei diesem Anblick schüttelte. »Wenn ich nachts hier am Fenster stehe, sehe ich manchmal Alfred Anders Geist, der hier immer noch herumspukt«, sagte sie.

Annika, die immer noch am Küchenfenster stand, wandte sich zu Milla um. »Du hast eindeutig zu viel Fantasie. Dein Geist ist wahrscheinlich nichts anderes als ein einsamer Spaziergänger.«

»Ein kopfloser Spaziergänger?« Milla schüttelte grinsend den Kopf. »Der wandelt da draußen herum und stößt auf der Suche nach seinem Kopf schaurige Geräusche aus.«

Annika bekam eine Gänsehaut beim Gedanken an den toten Raubmörder, der als letzter Mensch in Schweden hingerichtet worden war. Im Zentralgefängnis genau gegenüber. Mit einer Guillotine, was durchaus seine Kopflosigkeit erklärte.

Sie riss sich zusammen und erwiderte Millas Grinsen. »Womit stößt er denn die schaurigen Geräusche aus, wenn er keinen Kopf mehr hat?«

»Keine Ahnung«, erwiderte Milla leichthin. »Ich kenne mich in der Welt der Geister nicht aus. Noch nicht! Wenn ich erst einmal gestorben bin ...«

»Hör auf!« Annika presste sich die Hände auf die Ohren. »Ich will das nicht hören.«

Milla lachte, ihr Mund bewegte sich, aber Annika konnte nichts hören, weil sie sich immer noch die Ohren zuhielt. Sie nahm die Hände runter und sah Milla warnend an.

Milla lachte noch immer, schien völlig gelöst und ein ganz anderer Mensch zu sein, seit sie das Krankenhaus verlassen hatte. »Ich muss nun einmal sterben, das müssen wir alle. Aber das heißt doch nicht, dass ich das jetzt schon vorhabe.«

»Als könnten wir selbst entscheiden, wann wir sterben.«

»Nicht bei einem Unfall oder so.« Milla wurde ganz ernst. »Aber ich glaube schon, dass wir die Entscheidung bei einer schweren Krankheit selbst treffen. Nämlich genau dann, wenn wir nicht mehr die Kraft haben, zu kämpfen, und ...«

Sie brach ab, grinste wieder. »Ich habe keine Lust auf solche Themen, ich will leben, und ich will das Leben genießen. Außerdem haben wir eine ganze Menge zu tun.«

»Wir?«

»Klar, wir müssen gemeinsam die Liste abarbeiten, und du hast mir versprochen, mit mir nach Torsö zu fahren.«

»Du willst das also immer noch.« Milla hatte es nur auf ihrem Blog erwähnt, aber noch nie darüber gesprochen.

»Ja.« Milla nickte. Sie presste kurz die Lippen aufeinander, bevor sie ein sichtlich gezwungenes Lächeln zustande brachte. »Aber ich bestehe natürlich nicht darauf, dass du mitkommst.«

»Natürlich komme ich mit, ich habe es dir versprochen.« Annika begann zu grinsen. »Torsö ist zwar nicht Barcelona, aber es ist immerhin ein Anfang.«

Plötzlich fiel ihr etwas ein. »Aber was ist mit Magnus? Rasmus kümmert sich zwar um ihn, wenn ich abends später nach Hause komme, aber ich kann ihm die Verantwortung für den Vogel nicht tagelang überlassen.«

»Nimm Magnus einfach mit«, schlug Milla vor. »Mein Bruder hat auch Graupapageien und Amazonen. Ich bin sicher, Magnus fühlt sich da wohl.« Mit einem verächtlichen Lächeln und einer verbitterten Stimme fügte sie hinzu: »Für einen Papagei ist das Leben bei meiner Familie ganz nett.«

Annika betrachtete sie aufmerksam und fragte sich wieder einmal, was zwischen Milla und ihrer Familie wohl vorgefallen war. »Du sagst das so ...«

»Vergiss es!« Milla machte eine wegwerfende Handbewegung.

»Und was sagt deine Familie dazu, wenn du mich und meinen Papagei mitbringst?«

Diesmal wirkte Millas Lächeln boshaft. »Sie werden sich freuen und dich herzlich willkommen heißen. Sie mögen brave Mädchen. Und Papageien auch.«

Annika hob fragend die Brauen, aber Milla lachte nur.

Annika beschloss, ihre Bemerkung nicht zu kommentieren, und fragte stattdessen: »Wann willst du nach Torsö? Ich muss erst im Krankenhaus klären, ob ich Urlaub bekomme.«

Milla wirkte nachdenklich. »Wie wäre es nächste Woche?«

Annika nickte. Sie wusste jetzt schon, dass Ewonne nicht begeistert sein würde, aber das war ihr völlig egal.

»So kurzfristig?« Ewonne sah sie strafend an. »Und dir ist jetzt erst eingefallen, dass du nächste Woche schon deinen Jahresurlaub nehmen willst?«

»Eine dringende Familienangelegenheit«, behauptete Annika. So richtig gelogen war das nicht, auch wenn es sich nicht um ihre Familie handelte.

»Ich dachte, deine Familie lebt nicht mehr.« Ewonne zog erstaunt die Augenbrauen hoch. Ihr Blick war misstrauisch.

»Meine Eltern leben nicht mehr«, lavierte Annika weiter an der Wahrheit vorbei. »Was ist jetzt mit dem Urlaub?«

Ewonne sagte nichts.

»Ich habe schon im vergangenen Jahr auf meinen Urlaub verzichtet«, erinnerte Annika sie.

Sie hatte immer nur vereinzelte Tage freigenommen, sodass ihr nicht nur der diesjährige Jahresurlaub zustand, sondern noch mehr als zwei Wochen Resturlaub aus dem Vorjahr.

»Von mir aus«, gab Ewonne endlich mürrisch nach. »Dann muss ich mir eben was überlegen, wie wir das in der Aufnahme regeln.«

Annika kaute unschlüssig auf ihrer Unterlippe herum. Sie hatte nicht daran gedacht, dass sie in der Aufnahme gebraucht wurde, seit Anne gegangen war. Nun stand Ewonne wieder vor dem Problem, die Stelle zu besetzen, nachdem sie geglaubt hatte, mit ihr, Annika, einen Ersatz gefunden zu haben.

Gewissensbisse quälten sie, sie fühlte sich schuldig und öffnete schon den Mund, um Ewonne zu sagen, dass sie unter diesen Umständen selbstverständlich auf ihren Urlaub verzichtete. Ewonnes Miene verriet, dass sie genau damit rechnete. Tief in sich vernahm Annika Millas Stimme: *Braves Mädchen!*

»Das tut mir leid«, sagte Annika. »Aber dieses Problem wirst du immer haben, egal, wann ich meinen Jahresurlaub nehme.«

Ewonne runzelte unwillig die Stirn.

Annika lächelte und fügte betont freundlich hinzu: »Und es ist schließlich dein Job, solche Probleme zu lösen.«

Ewonne betrachtete sie lange mit unergründlicher Miene und schüttelte schließlich den Kopf. »Manchmal erkenne ich dich nicht wieder.«

Annika ging nicht darauf ein. »Ich bin dann ab Montag weg«, sagte sie und verließ Ewonnes Büro.

»Braves Mädchen!«, lobte Milla, als Annika ihr abends am Telefon berichtete, dass sie ihren Jahresurlaub durchgesetzt hatte.

Annika lachte laut auf. »Ganz und gar nicht«, versicherte sie und legte den Hörer auf.

»Wann lerne ich deinen Rasmus endlich mal kennen?«, fragte Milla zwei Tage später. Sie war dabei, ihre Reisetasche zu packen, und Annika half ihr.

»Erstens ist er nicht *mein* Rasmus, und zweitens ...« Annika hielt ein Gebilde aus grauem Stoff in die Höhe, das mit Pailletten und Knöpfen besetzt war. »Was ist das denn?«

»Das habe ich überall gesucht!« Milla riss es ihr aus der Hand. »Bevor ich von meiner Krankheit…« Sie brach ab. »Das habe ich aus Barcelona mitgebracht. Ich habe überall in meinem Atelier danach gesucht.«

»Du hast ein Atelier?« Annika hörte zum ersten Mal davon. »Wozu?«

»Habe ich dir nie gesagt, womit ich mein Geld verdiene?«

Annika schüttelte den Kopf. Sie hatte sich bisher überhaupt keine Gedanken darüber gemacht.

»Komm mit!«

Annika folgte ihr durch den Flur. Milla öffnete die hinterste Tür, und Annika betrat staunend einen riesigen Raum. Millas Wohnung war gar nicht so klein, wie sie gedacht hatte. Dieser Raum hier, den sie als Atelier nutzte, war größer als der ganze Rest ihrer Wohnung. Eine Fensterfront ließ viel Licht herein, und der Mälarsee schien zum Greifen nah.

Annika trat ans Fenster, konnte sich einfach nicht vom Blick auf den See lösen. Was für eine Aussicht!

»Offensichtlich gefällt es dir«, vernahm sie Millas Stimme hinter sich.

»Wenn das meine Wohnung wäre, säße ich nur in diesem Raum.«

»Deshalb habe ich hier mein Atelier eingerichtet.« Millas Stimme klang traurig. »Um hier zu arbeiten und die Aussicht zu genießen, wenn ich in Stockholm bin.«

»Du bist Schneiderin?«, fragte Annika, die sich endlich vom Fenster abgewandt hatte.

Überall im Raum waren Schaufensterpuppen verteilt. Zwei von ihnen trugen Kleider, so ausgeflippt, wie Milla sie bevorzugte, während um die anderen Stoffe drapiert waren, als habe Milla ausprobiert, welche Farben und Schnitte am besten passten.

»Ja. Jedenfalls habe ich eine Schneiderlehre gemacht und danach Modedesign studiert«, erwiderte Milla. »Ich habe das Atelier seit meiner Diagnose nicht mehr betreten«, fügte sie mit belegter Stimme hinzu. »Und eigentlich hatte ich auch nicht vor, hier reinzugehen, bevor ich ganz gesund bin.«

Annika schaute sie mitfühlend an.

Milla lächelte. »Mir wird erst jetzt klar, wie sehr ich meine Arbeit vermisst habe.«

»Designerin, das passt zu dir.« Annika nickte und sah sich staunend im Atelier um.

Auf einem großen Tisch mitten im Raum lagen Zeichnungen. Fertige und angefangene. Darum herum lagen mehrere zerknüllte Blätter auf dem Boden. Überall waren Stoffe. In dicken Ballen im Regal hinter der Tür, auf dem Tisch, auf den beiden Stühlen und auf dem Boden. Außerdem entdeckte Annika Zeitschriften, Schnittmuster, Knöpfe und Garne. Ein weiterer Tisch, auf dem eine Nähmaschine stand, befand sich direkt vor dem Fenster.

»Ich muss dringend noch ein paar Sachen einkaufen«, sagte Milla. »Begleitest du mich?«

Annika nickte, dachte dabei aber mit schlechtem Gewissen an Magnus, der schon wieder seit Stunden alleine war. Sie war gleich nach Dienstschluss zu Milla gefahren. Zwar hatte sie versucht, Rasmus anzurufen und ihn zu bitten, nach Magnus zu sehen, aber er war nicht an sein Handy gegangen.

Milla schien ihr anzusehen, dass etwas nicht stimmte. »Du kannst es ruhig sagen, wenn es dir nicht passt.«

»Ich mache mir Sorgen um Magnus.«

»Okay, dann fahren wir erst zu dir und gehen anschließend einkaufen.«

Magnus' Kreischen war schon zu hören, als sie das Haus betraten. Annika eilte nach oben und bemerkte nicht sofort, dass Milla Mühe hatte, ihr zu folgen. Erst als sie oben die Wohnungstür aufschließen wollte und Milla sich schwer atmend die letzten Stufen heraufkämpfte, fiel ihr wieder ein, dass ihre Freundin schwer krank war.

»Tut mir leid, Milla«, sagte sie. »Ich war wohl zu …«

Weiter kam sie nicht, denn die Tür der Nachbarwohnung wurde aufgerissen, und Herr Hansson erschien auf der Schwelle. »Ich drehe diesem verdammten Vogel den Hals um!«, schrie er laut.

Annika war so erschrocken über sein Erscheinen, dass ihr nichts anderes einfiel als die Frage: »Wo ist Rasmus?«

Der ältere Mann antwortete nicht darauf, sondern ging zurück in seine Wohnung und knallte die Tür lautstark hinter sich zu.

»Scheiße!«, entfuhr es Annika.

»Nette Nachbarn hast du«, erwiderte Milla grinsend, während Magnus hinter der Tür seine Lautstärke noch steigerte, weil er sie sprechen hörte.

»So viel besser ist dein kopfloser Geist auch nicht.« Annika grinste ebenfalls und schloss eilig die Tür auf.

Ein kreischender Schatten flog an ihr vorbei und krallte sich an Millas Schulter fest. Magnus war offenbar selbst so verblüfft, dass er schlagartig verstummte.

»Hej, Magnus!«, sagte Milla und schien sich vor dem großen Schnabel, der sich ihrem Gesicht gefährlich näherte, kein bisschen zu fürchten.

»Alter Kacker!«, sagte Magnus und begann, sanft an ihrem Ohr zu knabbern.

Milla griff mit beiden Händen nach dem Papagei und nahm

ihn von ihrer Schulter. Fassungslos beobachtete Annika, dass Magnus das nicht nur duldete, es schien ihm sogar zu gefallen.

»Das gibt es nicht!«, rief sie erstaunt aus.

»Papageien lieben mich.« Milla lächelte. »Keine Ahnung, warum das so ist. Die Geier meines Bruders stehen auch auf mich.«

Annika spürte einen Anflug von Eifersucht, als sie sah, wie Magnus sich an Millas Hände schmiegte und dabei leise balzende Geräusche von sich gab.

»Komm doch rein!« Sie hielt die Tür weit auf.

In diesem Moment klingelte ihr Handy. Es war Rasmus.

»Tut mir leid«, entschuldigte er sich. »Ich hatte gerade erst Zeit, meine Mailbox abzuhören. Übrigens, mein Onkel ist wieder zu Hause.«

»Ja, er hat sich schon bei mir zurückgemeldet«, erwiderte Annika trocken.

»Tut mir leid«, entschuldigte Rasmus sich ein zweites Mal. »Er hat sich mit meiner Cousine gestritten und ist danach sofort abgereist. Ich konnte dich leider nicht vorwarnen.« Er seufzte tief und fügte dann hinzu: »Und weil er so gut in Fahrt war, hat er den Streit nach seiner Rückkehr gleich mit mir fortgesetzt und mich aus seiner Wohnung geworfen.«

Annika war entsetzt und traurig zugleich. Rasmus war so ein angenehmer Nachbar gewesen, und wahrscheinlich konnten sie sich jetzt auch nicht mehr so oft sehen. Keine gemeinsamen Abende mit Pizza und Rotwein mehr. Niemand mehr, der spontan nach Magnus sehen konnte, wenn ...

Wie egoistisch war sie eigentlich?

Sie bedauerte sich gerade selbst, vor allem, weil sie keinen Papageiensitter mehr hatte, und Rasmus stand auf der Straße!

»Wo wohnst du denn jetzt?«, fragte sie.

»Keine Ahnung!« Seine Stimme klang ziemlich verzweifelt. »Ich habe noch zwei Stunden Dienst, danach muss ich schauen, was ich mache. Wahrscheinlich bleibt mir nichts anderes übrig, als ins Hotel zu gehen.«

»Von mir aus kannst du hier auf dem Sofa schlafen«, schlug Annika spontan vor.

Am anderen Ende war es sekundenlang still.

»Meinst du das ernst?«, fragte Rasmus schließlich. Erleichterung lag in seiner Stimme.

»Ich würde mich freuen«, erwiderte sie herzlich. »Und Magnus erst recht.«

»Ich werde dir nicht lange zur Last fallen«, versprach Rasmus. »Höchstens ein oder zwei Nächte, und dann ...«

»Du hast mir so oft geholfen, jetzt bin ich mal dran«, unterbrach Annika ihn. »Allerdings muss ich dich warnen, mein Nachbar ist ...« Sie machte eine kurze Pause und sagte dann lachend: »... etwas schwierig! Du kannst übrigens so lange bleiben, wie du willst, und ab nächster Woche hast du die Wohnung ganz für dich. Ich verreise mit Milla.«

»Ich habe einen Einsatz«, rief Rasmus hastig in den Hörer. »Bis später, dann reden wir in Ruhe über alles.«

Als Annika ins Wohnzimmer kam, saß Milla blass und erschöpft auf dem Sofa. Magnus saß neben ihr auf der Lehne und himmelte sie an.

»Ich glaube, das wird heute nichts mehr mit unserem Einkaufsbummel«, sagte Milla.

Annika versuchte, sich ihren Schreck nicht anmerken zu lassen. »Geht es dir schlechter?«

»Es ist okay, das ständige Auf und Ab eben.« Milla war deutlich anzusehen, dass sie sich zu einem Lächeln zwingen musste. »Ich fahre einfach wieder nach Hause.«

»Ich bringe dich«, sagte Annika schnell. »Oder du bleibst hier.«

Milla schüttelte den Kopf, wollte nichts davon wissen.

»Oder soll ich dich ins Danderyds Sjukhus bringen?«

»Auf keinen Fall!«, entgegnete Milla und richtete sich auf. Ihr Gesicht bekam sogar wieder etwas Farbe. Dann ließ sie sich aufs Sofa zurückfallen. »Ich bin nur müde, sonst ist alles in Ordnung.«

»Dann melde dich bitte, sobald du zu Hause bist«, bat Annika.

Milla rief eine halbe Stunde später an und sagte, dass sie jetzt zu Hause sei.

»Und was machst du gerade?«, fragte Annika.

»Ich sitze hier mit meinem Notebook und überlege, was ich in meinem Blog schreiben soll.«

»Warum ruhst du dich nicht einfach aus?«

Es dauerte, bis Milla antwortete: »Weil ich jede Sekunde meines Lebens auskosten will!«

Irgendwo ist immer Frühling

20. 03.

Dank einer guten Freundin habe ich heute endlich den Mut gefunden, mein Atelier zu betreten. So lange war ich nicht mehr dort. Zu lange!
Es war ein erfreuliches Wiedersehen und nicht ganz so schmerzhaft, wie ich befürchtet hatte. Jedenfalls nicht, solange meine Freundin bei mir war. Später habe ich dann bemerkt, dass es mich doch mehr Kraft gekostet hat, als ich mir anfangs eingestehen wollte.
Ich habe so lange von diesem Atelier geträumt. Ich musste andere Pläne dafür aufgeben, aber das ist nicht so schlimm. Viel schlimmer ist, dass jetzt mein ganzes Leben auf den Kopf gestellt wurde und ich irgendwie noch immer nicht so ganz richtig klarkomme.
Ich weiß nicht mehr richtig, welches Ziel mein Leben früher verfolgt hat. Liegt es daran, dass ich durch meine Krankheit alles andere aus den Augen verloren habe, oder gab es nie etwas, was mir wirklich wichtig gewesen wäre? Okay, dann ist das eben so. Aber jetzt gibt es etwas, was mir wichtig ist und wofür ich wirklich kämpfen werde: ICH WILL LEBEN!

Karin S.: Ich habe es geschafft, und du schaffst es auch. Bei mir ging es ab dem Zeitpunkt aufwärts, als ich mir ganz bewusst vorgenommen habe weiterzuleben. Du bist also auf einem guten Weg!

Milla: Danke, Karin! Es tut mir übrigens leid, dass ich dich oft so brüsk zurückgewiesen habe. Wenn ich demnächst wieder im

Danderyds Sjukhus bin, würde ich mich sehr über deinen Besuch freuen.

Karin S.: Danke, Milla, das rührt mich jetzt sehr! Lass mich wissen, wann du wieder da bist, ich komme sofort.

Sven D.: Alles Gute, Milla! Du schaffst das. Wer sonst, wenn nicht du?

— 18 —

Es war ein seltsames Gefühl, nicht mehr alleine in der Wohnung zu sein. Nicht unangenehm, einfach nur seltsam.

Annika hatte sich mit ihrem Notebook in ihr Schlafzimmer zurückgezogen und verhielt sich möglichst leise. Aber das war nicht weiter ungewöhnlich. Auch sonst war sie um diese Zeit leise, um Magnus nicht im Schlaf zu stören und zu riskieren, dass er spätabends oder sogar mitten in der Nacht kreischte.

Und doch war es anders als sonst.

Annika lauschte in die Stille ihrer Wohnung und fragte sich gleichzeitig, was sie eigentlich zu hören erwartete.

Sie schüttelte leicht den Kopf und konzentrierte sich wieder auf Millas Blog. Sie konnte die Worte ihrer Freundin nicht einordnen, aber der letzte Satz stimmte sie optimistisch.

ICH WILL LEBEN!

Vielleicht hatte Milla die depressive Stimmung, in die ihre Krankheit sie zeitweise versetzte, überwunden. Und vielleicht war es ganz gut, dass sie jetzt nach Hause fuhr, zu ihrer Familie nach Torsö.

»Es geht mir ausgezeichnet«, behauptete Milla am nächsten Spätnachmittag. »Ich bin nur zur Kontrolluntersuchung hier, und weil es zeitlich gerade passt, wollte ich dich abholen. Ich dachte, wir können unseren verpatzten Einkaufsbummel von gestern nachholen.«

Annika war erschrocken gewesen, als Milla plötzlich im Danderyds Sjukhus vor ihr gestanden hatte. Dabei sah sie heute wirklich sehr viel besser aus als gestern Abend.

Mit Millas Vorschlag war Annika sofort einverstanden, und so verabschiedete sie sich von ihren Kolleginnen. Inger umarmte sie und wünschte ihr einen schönen Urlaub, Hellen nickte nur mit verkniffener Miene.

»Wochenende!« Milla stieß Annika leicht an, als sie zum Ausgang gingen. »Und am Montag fahren wir nach Torsö.«

Annika nickte und betrachtete Milla nachdenklich von der Seite. »Du siehst aus, als würdest du dich auf dein Zuhause freuen.«

Millas Miene verschloss sich. »Stockholm ist mein Zuhause«, widersprach sie. Gleich darauf lächelte sie wieder, aber jetzt wirkte es nicht mehr ganz so gelöst. »Aber natürlich freue ich mich auf Torsö.«

»Du sprichst nie über deine Familie«, bemerkte Annika.

Milla zuckte mit den Schultern, schaute sie nicht an, als sie antwortete: »Da gibt es nicht viel zu erzählen. Ich habe kaum Kontakt zu meiner Mutter und meinem Bruder. Sie leben ihr Leben, und ich lebe mein Leben.«

Annika hätte gerne noch mehr gefragt, aber Milla entdeckte in diesem Moment ein Taxi, aus dem gerade ein Mann stieg, und griff nach ihrer Hand. »Schnell, das Taxi nehmen wir!«

»Aber wir können doch mit der Straßenbahn ...«, wandte Annika ein.

Milla hörte ihr nicht zu. Ihr Griff war überraschend fest, und mit der anderen Hand machte sie bereits den Taxifahrer auf sich aufmerksam.

Kaum hatten sie das Taxi erreicht, riss Milla die Tür rechts hinten auf, schob Annika auf den Sitz und eilte um den Wagen herum, um hinter dem Taxifahrer einzusteigen.

Der wiederum wirkte genauso verblüfft, wie Annika sich gerade fühlte. Sie tauschten einen Blick, doch keiner von ihnen kam dazu, etwas zu sagen, weil Milla erneut das Wort ergriff.

»Folgen Sie dem Wagen da!«, sagte sie mit geheimnisvoller Stimme und zeigte auf eine dunkle Limousine, die sich ein paar Meter vor ihnen aus einem Parkplatz schob.

Der Taxifahrer verzog den Mund zu einem breiten Grinsen, bevor er wieder nach vorn schaute. »Ich habe immer darauf gewartet, dass das mal jemand zu mir sagt!«, sagte er und gab Gas.

Annika presste die Lippen aufeinander und hatte Mühe, nicht laut loszuprusten. Im Rückspiegel begegnete sie dem amüsierten Blick des Fahrers. Er schüttelte kaum merklich den Kopf.

»Darf ich fragen, wem wir da folgen?«, fragte er.

Annika sah Milla an, ebenso gespannt auf ihre Antwort wie der Fahrer.

Milla schien kurz nachzudenken und sagte dann schlicht: »Ich will einfach nur wissen, wo er hinfährt.«

»Ein untreuer Ehemann vielleicht?« Der Fahrer ließ nicht locker, und plötzlich schien ihm ein erschreckender Gedanke zu kommen. Er trat so hart auf die Bremse, dass Annika und Milla sich festhalten mussten.

»Oder werde ich hier gerade in kriminelle Machenschaften verwickelt? Dann rufe ich doch lieber sofort die Polizei.« Seine Hand tastete nach dem Funkgerät.

»Nicht!«, rief Milla erschrocken aus.

Annika und der Taxifahrer brachen in lautes Lachen aus.

Der Fahrer fuhr rechts ran, hielt den Wagen an und drehte sich zu ihnen herum.

»Hej, Milla!«, sagte er.

Milla bekam kugelrunde Augen. »Kennen wir uns?«

»Milla, das ist Rasmus«, stellte Annika ihn vor. »Rasmus, das ist Milla«, fügte sie unnötigerweise hinzu.

»Der Rasmus, der auf deinem Sofa schläft?« Milla schaute sie empört an. »Warum habt ihr denn nichts gesagt?«

»Du hast uns nicht zu Wort kommen lassen.« Rasmus grinste. »Außerdem hat es so viel mehr Spaß gemacht.«

»Mann, dann zählt das ja gar nicht!«, beschwerte sich Milla. »Ich dachte, ich könnte den Punkt von meiner Liste streichen.«

»Natürlich zählt das!«, widersprach Rasmus. »Und ich freue mich sehr, dich endlich kennenzulernen. Wo wollt ihr beiden denn hin?« Er zwinkerte Milla fröhlich zu. »Oder soll ich weiter der schwarzen Limousine folgen?«

»Wir wollten einkaufen«, sagte Milla. »Bringst du uns in die Hamngatan?«

Eine Viertelstunde später setzte Rasmus sie vor dem mehrgeschossigen Kaufhaus ab, in das Milla zuerst wollte. Er weigerte sich, für die Fahrt Geld anzunehmen.

Sie hatten sich bereits ein paar Schritte von dem Taxi entfernt, als Milla offensichtlich noch etwas einfiel. Sie rannte zurück und konnte Rasmus gerade noch aufhalten, bevor er sich in den Verkehr einfädelte.

Hören konnte Annika die beiden nicht, aber sie sah, dass sie etwas besprachen und Rasmus anschließend amüsiert nickte. Dann war er weg.

»Was wolltest du denn von ihm?«, fragte Annika neugierig.

»Lass dich überraschen!« Milla lächelte geheimnisvoll. »Du

hast mir nicht verraten, wer unser Taxifahrer ist, und ich habe jetzt auch ein Geheimnis. Jedenfalls werde ich morgen einen weiteren Punkt von meiner Liste streichen.«

Annika brauchte eigentlich nichts, und offensichtlich ging es auch Milla mehr darum, durchs Kaufhaus zu schlendern, als wirklich dringend notwendige Dinge einzukaufen. Sie probierte ein paar Kleider an, überlegte, ob sie ein grün-weißes Tuch als Geschenk für ihre Mutter mitnehmen sollte, und wirkte nach einer Dreiviertelstunde so erschöpft, dass Annika sich besorgt erkundigte, ob sie nicht lieber nach Hause fahren sollten.

»Ich kann Rasmus anrufen, der holt uns ab.«

Milla wollte davon nichts wissen. Auch von der Durchsage, dass es kurz vor Ladenschluss sei und die Kunden ihre Einkäufe beenden sollten, ließ sie sich nicht aus der Ruhe bringen.

»Wir müssen gehen«, drängte Annika.

»Ja, gleich«, erwiderte Milla und betrachtete seelenruhig eine hässliche Vase mit Porzellanrosen. »Das wäre etwas für meine Schwägerin.«

Annika warf einen entsetzten Blick auf die rosarote Scheußlichkeit. »Nur wenn du deine Schwägerin nicht leiden kannst.«

»Kann ich nicht«, bestätigte Milla prompt. »Außerdem ist sie die Ex meines Bruders. Leider kann ich ihr auf Torsö trotzdem nicht aus dem Weg gehen, weil sie und Kjell immer noch zusammenarbeiten.«

»Ich gebe zu, ich werde immer neugieriger auf deine Familie«, sagte Annika und fügte provozierend hinzu: »Was vor allem daran liegt, dass du so ein Geheimnis um sie machst.«

»Was hältst du von diesem Teil?«, rief Milla begeistert aus und hielt eine pastellfarbene Skulptur hoch, die zwei übereinandersitzende Frösche darstellen sollte.

»Das ist ja noch hässlicher als die Vase«, sagte Annika entsetzt.

»Genau!« Milla nickte. »Das nehme ich.«

»Liebe Kunden«, war die nächste Durchsage zu hören. »Wir möchten Sie bitten, die Kassen aufzusuchen und Ihren Einkauf zu beenden. Wir schließen in zehn Minuten.«

»Wir müssen gehen«, drängte Annika.

»Moment!« Milla schien das nicht weiter zu interessieren. »Ich brauche noch eine hässliche Krawatte für meinen Bruder.«

Für einen Moment vergaß auch Annika, dass sie das Kaufhaus verlassen mussten. Nachdenklich betrachtete sie ihre Freundin. »Du scheinst deine Familie ja sehr zu mögen.«

»Ich weiß es nicht«, erwiderte Milla zu ihrer Überraschung. »Ich habe oft darüber nachgedacht, bin aber zu keinem Ergebnis gekommen. Fakt ist, dass wir uns gegenseitig nicht verstehen, aber ich kann akzeptieren, dass meine Mutter und mein Bruder anders leben als ich. Umgekehrt ist das leider nicht so, und mangelnde Toleranz macht es schwer, den anderen zu mögen.«

»Und mit dem *anderen* meinst du jetzt speziell deinen Bruder?« Annika wollte die Gunst der Stunde nutzen, um mehr über Millas Familie zu erfahren.

»Ja, meinen Bruder und ...«

Milla verstummte. Ihre Augen füllten sich mit Tränen. Annika sah es, obwohl Milla sich schnell umwandte.

Annika ließ sie in Ruhe, wollte sie nicht drängen.

Milla hatte sich schnell so weit gefasst, dass sie sich ihr wieder zuwenden und ironisch lächeln konnte. »Und meinen Vater. Ganz besonders ihn.«

Annika wollte gerade weiterfragen, als eine Verkäuferin auf sie zukam und sie strafend musterte. Sie erinnerte Annika an ihre Kollegin Hellen. »Jetzt aber schnell, meine Damen! Wir wollen auch irgendwann Feierabend haben.«

»Wir sind ja schon weg!« Milla drückte die hässliche Skulptur an sich und ging zur nächsten Kasse. Ohne eine Miene zu verziehen, bezahlte sie den ziemlich hohen Preis und ließ sich die Skulptur in eine Papiertüte packen.

Annika wandte sich zum Ausgang, Milla folgte ihr, zog sie aber wenige Meter davor zur Seite, in Richtung Möbelabteilung.

»Wir müssen hier raus«, sagte Annika.

Milla legte einen Finger an ihre Lippen und bedeutete ihr, zu schweigen.

»Was hast du vor?«

»Frag nicht, komm einfach mit!«, flüsterte Milla geheimnisvoll und verschwand hinter einer Schrankwand.

Annika folgte ihr, fühlte sich dabei aber sehr unwohl, weil sie keine Ahnung hatte, was Milla bezweckte. Wollte sie sich neu einrichten?

»Wir haben keine Zeit mehr, uns Möbel anzusehen«, flüsterte Annika.

Milla grinste nur und ging weiter, um eine Trennwand herum. Seufzend folgte Annika ihr.

Hier war ein Schlafzimmer aufgebaut. Ein gemütliches Boxspringbett stand an der Wand. Die Wand gegenüber war komplett von einer geschlossenen Jalousie bedeckt, um den optischen Eindruck eines nächtlichen Schlafzimmers zu schaffen.

»Ich muss mich nur kurz ausruhen«, sagte Milla und ließ sich einfach auf das Bett fallen.

»Jetzt? Hier?« Annikas Stimme war schrill, und Milla legte erneut einen Finger an ihre Lippen.

»Nicht so laut, die erwischen uns noch.«

»Viel schlimmer«, entgegnete Annika. »Die schließen uns hier ein, wenn wir nicht endlich verschwinden.«

Als sie Millas Grinsen sah, wurde ihr klar, dass sie genau das bezweckte. Und jetzt fiel ihr auch wieder Punkt elf auf der To-do-Liste ein. Oder war es Punkt zehn?

Egal, Annika war jedenfalls nicht bereit, da mitzumachen. Sie schüttelte heftig den Kopf. »Wir lassen uns hier nicht über Nacht einschließen!«

»Doch, genau das machen wir.« Milla klopfte auf die freie Seite des Bettes. »Steh doch nicht so unentspannt herum! Mach es dir lieber gemütlich!«

»Das geht nicht!« Annika schüttelte erneut den Kopf, suchte nach Gründen.

Natürlich gab es eine ganze Menge Gründe. Es war nicht erlaubt, über Nacht im Kaufhaus zu bleiben. Wahrscheinlich würden sie einen Riesenärger bekommen. Aber Annika wusste genau, dass Milla sich dadurch nicht abschrecken lassen würde.

»Magnus!«, stieß sie hervor. Das war ein Grund, den auch Milla akzeptieren musste.

»Jetzt sei doch endlich leise!«, flüsterte Milla aufgebracht. »Um Magnus musst du dir keine Sorgen machen. Rasmus kümmert sich um ihn.«

»Das war es also, was du mit ihm besprochen hast.«

Milla grinste. »Er fand die Idee witzig.«

»Ich finde sie überhaupt nicht witzig!«

Milla grinste noch immer. »Geh ruhig, wenn du zu viel Angst hast.«

»Es ist einfach nicht okay, was du hier machst.«

»Dann geh!«, wiederholte Milla und lächelte sie sogar an. »Ganz ehrlich, ich bin dir nicht böse. Aber ich bleibe hier, ich will das durchziehen.«

»Okay«, erwiderte Annika gedehnt. »Dann wünsche ich dir viel Spaß.«

»Den werde ich haben.« Milla lehnte sich zurück, sie lächelte immer noch.

Annika konnte nicht fassen, wie entspannt Milla wirkte. Für sie schien das alles ein einziges Abenteuer zu sein. Sie wandte sich um und ging langsam in Richtung Ausgang. Sie beneidete Milla um ihren Mut, wünschte sich ...

Annika machte auf dem Absatz kehrt, lief zurück und ließ sich auf die freie Seite des Boxspringbettes fallen. »Ich bleibe!«

Milla zog eine Augenbraue in die Höhe.

»Ich kann dich doch nicht einfach allein lassen«, sprudelte es aus Annika heraus. »Wenn es dir schlechter geht, wenn dir was passiert ...«

»Schieb mich nicht vor, um deine Entscheidung zu begründen«, unterbrach Milla sie. »Ich bin schon groß, ich kann alleine auf mich aufpassen.«

»Na gut«, gab Annika kleinlaut nach. »Ich bin nicht deinetwegen zurückgekommen, sondern meinetwegen. Weil ich dieses Abenteuer erleben will und weil ich genau weiß, dass ich es irgendwann bereuen würde, wenn ich mich nicht darauf einlasse.«

Millas Augen funkelten amüsiert. »Böses Mädchen!«, sagte sie.

Für Annika war es das schönste Kompliment, das ihre Freundin ihr machen konnte.

Jemand klopfte gegen Annikas Schlafzimmerfenster und weckte sie. Sie war unsagbar müde, hatte keine Lust, die Augen zu öffnen, und runzelte unwillig die Stirn.

Dann vernahm sie ein leises Rufen.

»Es ist Wochenende«, murmelte sie. Und nicht nur das, sie hatte Urlaub. Übermorgen würde sie mit Milla nach Torsö fahren.

Milla! Die Wunschliste! Das Kaufhaus!

Annika setzte sich mit einem Ruck auf und starrte in lachende Gesichter. Ein Mann fotografierte wie verrückt, während Milla neben ihr immer noch tief und fest schlief.

Das, was Annika gestern für eine von einer Jalousie verhüllte Wand gehalten hatte, war ein Schaufenster. Immer mehr Schaulustige fanden sich draußen auf der Hamngatan ein, drängten sich vor der Scheibe. Die Menschen lachten und winkten ihr zu, aber Annika war das Lachen vergangen.

»Milla!« Sie ließ die Menschen draußen nicht aus den Augen, während sie den Namen ihrer Freundin rief.

»Mh«, brummte Milla.

»Milla, wach auf!« Annika zog ihr die Decke weg, was die Menschen draußen erst recht zu erheitern schien, Milla jedoch nicht kümmerte.

»MILLA!«, rief Annika jetzt so laut, dass ein Bär aus dem Winterschlaf erwacht wäre.

Milla gähnte herzhaft und streckte sich ausgiebig.

Das Lachen war durch die dicke Schaufensterscheibe nur gedämpft zu hören, aber immerhin schien auch Milla es jetzt wahrzunehmen. Sie richtete sich auf, allerdings längst nicht so hastig wie Annika. Und sie wirkte auch kein bisschen erschrocken, als sie die vielen Menschen sah, sondern lachte und winkte ihnen zu.

Die Leute reagierten begeistert, mit johlenden Rufen.

»Lass uns verschwinden!«, sagte Annika nervös.

»Entspann dich!«, meinte Milla seelenruhig und rief dann begeistert aus: »Guck mal, da ist Rasmus!«

Annika konnte es nicht fassen. Rasmus stand tatsächlich vor dem Schaufenster, amüsierte sich und winkte ihnen ebenfalls zu.

»Unglaublich!«

Annikas Kopf flog herum, als sie eine empörte Männerstimme vernahm, die nicht durch die Schaufensterscheibe gedämpft wurde.

»Was hat das zu bedeuten?« Der kleine, dicke Mann mit dem schmalen Haarkranz war hochrot vor Wut. Flankiert wurde er von einer Frau in einem hellen Kostüm und einem Mann im Anzug.

Annikas Herz drohte stehen zu bleiben, während Milla völlig ungerührt blieb. »Wer sind Sie denn?«, fragte sie freundlich.

Der Mann schnappte nach Luft. »Wer ich bin?«, brach es schließlich aus ihm heraus. Und dann wiederholte er es gleich noch einmal: »Wer ich bin?«

»Ja, wer Sie sind, möchte ich wissen.« Milla grinste und winkte den Leuten vor dem Schaufenster erneut zu.

»Ich – bin – der – Manager!« Der Mann machte nach jedem Wort eine Pause. Seine Stimme schwoll an. »Und was haben Sie hier zu suchen?«

»Wir haben nur das Bett ausprobiert.« Milla erhob sich, klopfte auf die Matratze. »Es ist ganz in Ordnung, aber nicht wirklich das, was wir gesucht haben.«

Annika sah zwischen Milla und dem Manager hin und her. Sie wusste nicht, was sie sagen sollte, aber plötzlich stieg etwas in ihr auf, so unerbittlich und drängend, dass sie es nicht zurückhalten konnte. Sie wandte sich ab, schaute in die andere Richtung …

… und da war ausgerechnet das Fenster, hinter dem sich die Schaulustigen drängten. Und dann konnte sie nicht mehr an sich halten und begann lauthals zu lachen.

Irgendwo ist immer Frühling

23.03.

Punkt fünf und zehn der Liste sind erledigt. Die Taxifahrt war fast zu einfach, das Übernachten im Kaufhaus hat mir ein Jahr Hausverbot eingebracht – aber vor allem ganz viel Spaß. Zum Glück habe ich noch rechtzeitig ein Geschenk für meine Ex-Schwägerin gefunden. Ich kann es kaum erwarten, ihr Gesicht zu sehen, wenn sie es auspackt.
Ach ja, das habe ich euch ja noch gar nicht verraten: Ich fahre nach Torsö und besuche meine Familie. Ich bin echt mal gespannt, wie lange ich es dort aushalte.

Sven M.: Milla, du bist verrückt!

Milla: Danke, Sven, fühle mich gerade sehr geschmeichelt. ☺

Karin S.: Du kommst auf Ideen! Mal abgesehen davon, dass ich so etwas nie machen würde, hätte ich Panik, nachts so ganz allein im Kaufhaus.

Milla: Ich war nicht allein.

Annika D.: Stimmt, ich war dabei.

Sven M.: Ich glaube es nicht! Und warum hat mich keiner gefragt? Ich wäre auch gerne dabei gewesen.

Karin S.: Annika, das hast du doch nicht freiwillig gemacht! Wie hat Milla dich dazu gebracht, ihr Gesellschaft zu leisten?

Milla: Auch wenn du es nicht sehen kannst, Karin, ich gucke gerade ziemlich empört. Wie kommst du auf die Idee, dass ich Annika »dazu gebracht« habe?

Karin S.: Weil Annika so etwas nicht machen würde. Jedenfalls schätze ich sie so ein.

Milla: Schon erstaunlich, was du aus wenigen Zeilen herauszulesen glaubst. Aber ich versichere dir, Annika hat ganz freiwillig mitgemacht.

Annika D.: Stimmt! Ich bin ein böses Mädchen.

— 19 —

Sie trafen sich an der U-Bahn-Station Zinkensdamm. Milla hatte sie hierhergebeten.

»Was war denn so wichtig, dass du mich unbedingt sehen musstest?« Annika schaute in den wolkenverhangenen Himmel. Es sah aus, als würde es gleich regnen.

»Tut mir leid«, entschuldigte sich Milla. »Ich weiß ja, dass du noch eine Menge zu erledigen hast, und eigentlich sollte ich selbst meine Reisetasche packen.«

»Aber …?«, drängte Annika ungeduldig, als Milla verstummte.

»Ich hatte plötzlich so große Angst, dass ich mein geliebtes Stockholm nie wiedersehe, wenn ich von hier weggehe.« Millas Stimme klang erstickt. »Und deshalb wollte ich dir meinen Lieblingsplatz zeigen.«

Annika war gerührt, und wahrscheinlich sah Milla ihr das an. Milla griff nach ihrer Hand und zog sie hinter sich her. Nur wenige Meter von der Station entfernt lag der Skinnarviksparken. Der Park war nach dem Berg benannt, den er umschloss. Eine Treppe führte nach oben, aber Milla blieb vor der untersten Stufe stehen.

»Ich glaube, ich schaffe es nicht ganz nach oben«, sagte sie. »Dabei würde ich dir so gerne die Aussicht von da aus zeigen.«

»Ich war schon einmal da oben«, sagte Annika. »Und ich weiß, dass die Aussicht auf die Stadt atemberaubend ist.«

Beide wurden abgelenkt, als zwei dunkelhäutige Jungen mit Rastalocken und ein blondes Mädchen an ihnen vorbeigingen. Die drei schienen gute Laune zu haben und sangen laut zu den Reggae-Klängen mit, die aus dem Handy des Mädchens zu hören waren. In diesem Moment fielen die ersten Regentropfen vom Himmel.

Milla lachte und begann sich im Takt der Musik zu bewegen. Einer der beiden Jungen kam zu ihr, tanzte mit ihr. Dann begann auch der andere Junge zu tanzen.

Milla zog Annika mit in die Gruppe, und auch das blonde Mädchen tanzte mit, nachdem es die Musik so laut wie möglich gestellt hatte.

Annika wunderte sich über sich selbst, weil sie selbstvergessen tanzte und dabei unglaubliche Lebenslust verspürte.

Als die letzten Töne des Liedes verklungen waren, verabschiedeten sich die drei Jugendlichen und gingen weiter. Milla sah erschöpft aus, aber ihr strahlendes Lächeln verriet, wie glücklich sie war.

»Wir haben im Regen getanzt«, sagte sie. »Wieder ein Punkt, den ich auf meiner Liste abhaken kann.«

»Geht es dir nur um die Liste?«, fragte Annika erstaunt.

»Natürlich nicht!« Milla schüttelte den Kopf. »Ich will einfach nur spüren, dass ich lebe!«

Annika nickte. Sie wusste genau, was Milla meinte.

»Und morgen fahren wir nach Torsö«, sagte Milla.

»Ja«, stimmte Annika zu. »Morgen fahren wir nach Torsö!«

Leider teilte Magnus ihre Vorfreude auf die Reise nicht. Für ihn war das alles zu viel.

Es hatte ihm schon nicht gefallen, dass Annika ihn in den

kleinen Transportkäfig gesteckt hatte. Er hatte sie gebissen, so fest wie noch nie. Und alles, was danach kam, machte ihm offensichtlich Angst. Die Fahrt mit dem Taxi zum Bahnhof, die vielen Menschen, die einfahrenden Züge. Er flatterte in dem kleinen Käfig so heftig mit den Flügeln, dass Annika die Reise bereits bereute, bevor sie richtig begonnen hatte. Erst als Milla ihre Jacke auszog und über den Transportkäfig legte, beruhigte Magnus sich ein wenig.

»Armer kleiner Kerl!«, sagte Annika. »Ich hätte dich zu Hause lassen sollen.«

»Das wäre auch keine zufriedenstellende Lösung gewesen.«

Es war Milla anzusehen, dass auch sie Mitleid mit Magnus hatte. Aber Annika hatte den Eindruck, dass es ihr auch selbst nicht gut ging. Lag das an ihrer Krankheit? Oder an der Aufregung, die diese ganze Reise mit sich brachte? Oder fürchtete sie sich vor dem Wiedersehen mit ihrer Familie?

»Sie wissen doch, dass ich mitkomme?« Annika stellte diese Frage zum wiederholten Male. Sie fühlte sich nicht gut dabei, einfach so bei wildfremden Menschen aufzutauchen.

»Ja!« Millas Stimme klang ungeduldig. »Ich habe es ihnen mitgeteilt, und sie haben nichts dagegen.«

»Und unsere Tickets hast du dabei, ja?« Auch diese Frage stellte Annika nicht zum ersten Mal.

Von Milla erntete sie nur ein genervtes Augenrollen.

Endlich fuhr ihr Zug ein. Annika drückte Milla den Transportkäfig mit Magnus in die Hand und kümmerte sich selbst um die schweren Gepäckstücke.

Kurz darauf saßen sie und Milla sich in ihrem Abteil gegenüber, der Käfig mit Magnus stand neben Annika, und der Zug fuhr langsam an.

»Hoffentlich ist das richtig, was ich hier mache«, sagte Milla leise, als der Zug aus dem Bahnhof hinausfuhr. Dabei schaute sie aus dem Fenster.

»Ganz am Anfang hast du erzählt, dass du wegen Jonas zurück nach Torsö willst. Ich habe den Eindruck, das hat sich inzwischen geändert und du fährst in erster Linie wegen deiner Familie nach Hause«, sagte Annika ebenso leise.

Milla wandte den Kopf und schaute sie lächelnd an. Sie zuckte mit den Schultern. »Manchmal weiß ich selbst nicht so genau, was mich nach Torsö zieht. Meine Familie, Jonas ...«

»Erzähl mir etwas über Jonas«, bat Annika. »Warst du mit ihm zusammen?«

Milla schüttelte den Kopf. »Nein, aber ich war schrecklich verliebt in ihn. Und jetzt bin ich neugierig, was ich empfinde, wenn ich ihn wiedersehe.« Sie lachte leise. »Wahrscheinlich sieht er inzwischen aus wie der Kaufhausmanager. Dick, mit Glatze und einem langweiligen Anzug. Nur nicht so klein, sondern eher ziemlich groß.« Milla blickte wieder aus dem Fenster. »Wahrscheinlich werde ich mich bei seinem Anblick fragen, wie ich mich je in ihn verlieben konnte.«

»Und nach Jonas? Hat es da nie wieder einen Mann in deinem Leben gegeben?«, fragte Annika.

Wieder schaute Milla sie an. »Doch, viele«, sagte sie. »Aber keiner von ihnen hat einen so nachhaltigen Eindruck bei mir hinterlassen. In keinen war ich je so verliebt wie in Jonas.« Unvermittelt wechselte sie das Thema. »Und was ist mit dir? Hat es in deinem Leben Männer gegeben?«

»Er hieß Tomas.« Annika lächelte und schüttelte gleich darauf den Kopf. »Ich war auch sehr verliebt in ihn, aber jetzt kann ich mich kaum noch daran erinnern, wie er ausgesehen hat.«

Irgendwann schlief Milla ein. Annika bemühte sich, Magnus zu beruhigen, der immer noch sehr aufgeregt wirkte. Es gefiel ihm überhaupt nicht, dass er in einem kleinen Käfig eingesperrt war, und wahrscheinlich spürte er auch das Ruckeln des Zuges. Nicht einmal mit seinen heiß geliebten Keksen konnte Annika ihn ablenken.

Magnus wollte nichts essen, sondern versuchte lieber, die Tür des Käfigs zu öffnen. Wenn Annika ihn daran hindern wollte, hackte er nach ihr. Einige Male schaffte er es tatsächlich, den Verschluss des Karabinerhakens aufzudrehen und den Haken aufzudrücken. Er regte sich furchtbar auf, wenn Annika ihn wieder schloss.

Milla schlief so fest, dass selbst Magnus' Gemecker sie nicht aufweckte. Erst anderthalb Stunden später, kurz bevor der Zug in Skövde hielt, wachte sie auf und war überrascht, dass sie den größten Teil der Reise bereits geschafft hatten.

Milla wollte zur Toilette. Annika achtete kaum auf sie und nickte nur. Sie selbst hatte genug mit Magnus zu tun.

Milla war kaum gegangen, da stand sie schon wieder neben Annika. »Komm! Schnell!«, stieß sie hervor und zerrte ihre Reisetasche aus dem Gepäcknetz.

»Warum? Das dauert doch noch ein paar Minu...«

»Jetzt komm endlich!«, drängte Milla unruhig. Dabei schaute sie immer wieder hinter sich den Gang entlang.

Annika blieb sitzen, bis Milla auch ihre Reisetasche aus dem Gepäcknetz gezerrt hatte und sich einfach in Bewegung setzte. Es sah fast so aus, als wäre sie auf der Flucht.

Annika blieb immer noch sitzen, schaute ihr verblüfft nach, doch plötzlich begriff sie.

»Lass das, Magnus!«, fauchte sie ihren Papagei an, als der durch das Gitter nach ihr hackte.

Magnus ließ die Augenlider hängen. »Alter Kacker!«

Annika beachtete ihn nicht. Sie packte den Käfig und folgte Milla. Die allerdings hatte bereits eine ganze Waggonlänge Vorsprung. Außerdem musste Annika immer wieder stehen bleiben, um Magnus am Ausbrechen zu hindern.

Als sie sich umblickte, sah sie den Schaffner, der gerade in den Waggon kam, in dem sie und Milla gesessen hatten. Ganz offensichtlich kontrollierte er die Fahrkarten.

Annika beschleunigte ihre Schritte, aber erst im vordersten Wagen holte sie Milla ein. Die stand vor dem Ausgang und schaute mit nervöser Miene an Annika vorbei.

»Du hast keine Tickets!«, stieß Annika hervor.

Milla grinste verlegen.

»Der Schaffner kommt!«

»Wir sind gleich da.« Milla klang nicht überzeugt.

Der Schaffner kam näher, seine Stimme war bereits zu hören. »Die Fahrkarten bitte!«

Der Zug wurde langsamer, fuhr in den Bahnhof ein.

»Ihre Fahrkarte bitte!«

»Mach doch! Mach doch!« Milla trat von einem Bein aufs andere.

»Kann ich bitte Ihre Fahrkarte sehen?« Es war die letzte Reihe im Waggon vor ihnen. Gleich würde der Schaffner zu ihnen kommen.

Der Zug wurde immer langsamer. Milla drückte bereits auf den Knopf, der die Tür öffnete. Natürlich passierte nichts, solange der Zug nicht hielt.

Der Schaffner wurde auf sie aufmerksam, kam näher ...

... und der Zug blieb stehen.

»Moment!«, rief der Schaffner und beschleunigte seinen Schritt.

Die Tür ging auf.

»Komm!« Schon während sie das sagte, sprang Milla mit den beiden Reisetaschen aus dem Wagen.

Annika folgte ihr mit Magnus und wild klopfendem Herzen. Sie rannten den Bahnsteig entlang und blieben erst stehen, als sie sich in Sicherheit wähnten.

»Verdammt, Milla!«, schimpfte Annika, »wie kannst du nur? Wenn der uns erwischt hätte.« Sie schüttelte verständnislos den Kopf.

Milla lächelte verschmitzt. »Punkt drei der Liste wäre damit auch erledigt.«

»Um ein Haar wären wir beide erledigt gewesen!«, brummte Annika.

Für die letzte Strecke mussten sie in einen Bus umsteigen. Annika bemerkte, dass Milla sehr erschöpft wirkte. Es mochte an der Reise liegen, dazu die Aufregung über die Schwarzfahrt. Sie war froh, als sie endlich im Bus saßen und ihr Gepäck gut verstaut war. Milla hielt ihre Handtaschen auf dem Schoß, Annika den Käfig mit Magnus. Erschöpft schloss sie die Augen …

… und riss sie gleich darauf wieder auf, weil sie ein Knirschen hörte.

Aber es war zu spät. In dem Moment, in dem es Magnus gelang, die Tür zu öffnen, war er auch schon draußen. Er flatterte durch den Bus und geradewegs durch die hintere Tür ins Freie.

»Nein!«, schrie Annika.

Ohne groß nachzudenken, schob sie den Transportkäfig zu Milla hinüber und rannte los. Sie hatte den Bus gerade verlassen, da schloss sich die hintere Tür, der Bus fuhr los, und sie stand an der Haltestelle. Ohne ihre Handtasche, ohne Fahrkarte, ohne Geld. Und ohne Magnus.

Sie sah Milla, die im Bus wild gestikulierte, aber der Busfahrer bekam es entweder nicht mit, oder er wollte es nicht mitbekommen. Jedenfalls fuhr der Bus einfach weiter.

Annika machte sich keine Gedanken darüber, wie es für sie weitergehen sollte. Sie machte sich nur Sorgen um Magnus, von dem weit und breit nichts zu sehen war. Vielleicht war er gegen ein Auto geflogen und lag mit gebrochenem Genick im Straßengraben. Oder er war in seiner Panik auf der Straße gelandet und überfahren worden.

Ihre Fantasie gaukelte ihr Bilder vor, eines schrecklicher als das andere. Tränen liefen über ihre Wangen, als sie die Bushaltestelle verließ und ein Stück die Straße hinunterlief.

Kein Magnus, zum Glück auch kein toter Magnus irgendwo auf der Straße.

Annika lief in die andere Richtung – und plötzlich vernahm sie ein lautes Kreischen.

»Verdammtes Vieh!« Eine wütende Männerstimme wies Annika den Weg.

Und dann sah sie ihren Papagei und brach nun erst recht in Tränen aus, vor Erleichterung.

Magnus war auf dem Dach eines Autos gelandet, das auf einem Parkplatz neben dem Bahnhof stand, und hinderte den Besitzer daran, in seinen Wagen einzusteigen. Er attackierte den Mann, sobald er sich seinem Wagen näherte, und kreischte wie wild.

»Hau ab!«, brüllte der Mann.

»Alter Kacker!«, konterte Magnus. Er ließ die Augenlider hängen. »Kumm ma her!«, sagte er, und es klang wie eine Drohung.

Der Mann wollte mit seiner Jacke nach Magnus schlagen.

»Bitte nicht!«, schrie Annika und rannte los. Hoffentlich kam Magnus jetzt nicht auf die Idee, wieder das Weite zu suchen.

Zu ihrer Erleichterung verharrte er auf dem Autodach, aber ihre Hoffnung, dass er sich freute, sie zu sehen, erfüllte sich leider nicht. Er war nachtragend und hatte ihr noch nicht verziehen, dass sie ihn in den kleinen Käfig eingesperrt und all diesen beängstigenden Eindrücken ausgesetzt hatte.

»Ist das dein Vogel?« Der Mann wirkte nicht wirklich verärgert, sondern eher belustigt.

Annika nickte. »Er ist aus dem Bus abgehauen, und dann war der Bus weg und Magnus auch, und meine Handtasche ist noch im Bus, und der Käfig ...«

Sie hielt in ihrem Redefluss inne, als der Mann eine Hand hob. »Ich verstehe nur Bahnhof.« Er grinste und machte eine ausholende Handbewegung. »Was ja durchaus zur Location passt.«

»Ich weiß nicht, wie ich Magnus einfangen soll«, sagte Annika hilflos. »Ich habe Angst, dass er jeden Moment abhaut und ich ihn nicht mehr finde.«

Der Mann kratzte sich am Kinn und überlegte. »Ich habe einen Karton im Kofferraum, aber ich fürchte, das ist nur eine kurzfristige Lösung.«

»Ausbruchsicher ist das nicht«, bestätigte Annika. »Und ich habe keine Ahnung, wie ich ihn da hineinbekommen soll.«

Besorgt beobachtete sie, dass Magnus das Interesse an ihr und dem Mann allmählich zu verlieren schien und sich mehr auf die Umgebung konzentrierte. Er sah nicht so aus, als würde er sich freiwillig wieder in Gefangenschaft begeben.

Als der Mann zum Kofferraum ging und ihn öffnete, wandte Magnus den Kopf. Er schlug mit den Flügeln und kreischte aufgeregt, blieb aber immer noch auf dem Autodach sitzen.

»Kannst du ihn irgendwie ablenken?«, fragte der Mann.

Die Kekse! Warum hatte sie nicht gleich daran gedacht? Sie hatte noch zwei Kekse in der Jackentasche. Einen davon holte sie heraus und brach ihn in der Mitte durch, so wie Magnus das von zu Hause kannte.

»Lecker, lecker!« Magnus reckte gierig den Hals.

Vorsichtig streckte Annika ihm die Hand mit dem halben Keks entgegen, und Magnus konnte der Verlockung nicht widerstehen. Er nahm den Keks in den Schnabel, griff dann mit den Krallen danach und knabberte daran. Das war genau der richtige Moment, um ihn einzufangen.

Der Mann machte kurzen Prozess, warf seine Jacke über Magnus, packte das zuckende und hysterisch schreiende Bündel und verfrachtete es in den Karton.

»Und jetzt?«, fragte er Annika.

»Keine Ahnung!« Sie zuckte mit den Schultern, wusste wirklich nicht, wie es weitergehen sollte, und fühlte sich trotzdem nicht hilflos. Sie spürte instinktiv, dass dieser Mann sie nicht einfach hier stehen lassen würde.

Die dunklen Augen des Fremden musterten sie. Er war etwas größer als sie und sehr schlank. Sein Haar war so dunkel wie seine Augen. Er sah aus wie ein Spanier, fand Annika.

»Wo willst du überhaupt hin?«, fragte er.

»Nach Laxhall, das liegt auf …«

»Torsö«, fiel er ihr ins Wort und lachte laut auf. »Du willst bestimmt zu Kjell Åkerblom.«

»Ja, ich will zur Familie Åkerblom«, bestätigte Annika. »Woher weißt du das?«

»Kjell ist Tierarzt, sein Spezialgebiet sind Papageien. Viele Papageienbesitzer kommen zu ihm. Ich lebe übrigens auch auf Torsö. Wenn du willst, nehme ich dich mit und bringe dich zu Kjell.«

»Das wäre sehr nett«, erwiderte Annika erleichtert.

Milla setzte wahrscheinlich bereits alles in Bewegung, um ihr Hilfe zu schicken, aber Annika hielt es für wenig sinnvoll, hier zu warten. Zumal Magnus bereits damit begann, den Karton von innen durchzuknabbern.

»Steigst du immer so schnell zu fremden Männern ins Auto?«

»Mir kann nichts passieren.« Annika hob den Karton in die Höhe, aus dem bereits Magnus' Schnabel hervorschaute. »Ich habe meinen Kampfpapagei dabei.«

»Alter Kacker!«, schrie Magnus triumphierend und vergrößerte das Loch im Karton.

»Dann lass uns fahren, bevor er sich ganz befreit hat«, sagte der Mann. »Ich heiße übrigens Jonas.«

Jonas?!

»Annika«, stellte sie sich selbst vor. Ihre Gedanken arbeiteten auf Hochtouren.

Es gibt sicher nicht nur einen Jonas auf der Insel, sagte sie sich. So einen Zufall konnte es nicht geben, dass ihr ausgerechnet der Mann zu Hilfe kam, den Milla unbedingt wiedersehen wollte.

Trotzdem fragte sie: »Kennst du auch Milla Åkerblom?«

Er dachte kurz nach. »Ist das nicht Kjells kleine Schwester?«

»So klein ist sie eigentlich nicht mehr«, erwiderte Annika trocken.

»Ich kenne sie nur flüchtig. Sie hat die Insel irgendwann verlassen, und danach habe ich nie wieder von ihr gehört. Allerdings muss ich ehrlich zugeben, dass ich nie nach ihr gefragt habe.« Seine Stimme klang gleichgültig.

Hoffentlich ist das nicht Millas Jonas!, schoss es Annika durch den Kopf. Sie hoffte das für ihre Freundin – und ein kleines bisschen auch für sich selbst.

»Ich freue mich übrigens, dass wir uns hier kennengelernt haben«, sagte Jonas. »Dann habe ich auf der Fahrt ein bisschen Gesellschaft. Wir werden uns auf der Insel bestimmt hin und wieder sehen.«

Es war beunruhigend, wie sehr sein Lächeln Annikas Herzschlag beschleunigte. Auf der Fahrt versuchte sie, ein bisschen mehr über ihn in Erfahrung zu bringen. Vor allem wollte sie wissen, ob er der Jonas war, in den Milla sich verliebt und den sie nie vergessen hatte.

»Was machst du auf Torsö?«, fragte sie. Gleichzeitig wurde ihr bewusst, dass die Antwort auf diese Frage ihr nicht weiterhelfen würde. Sie wusste nichts über Millas Jonas.

»Und wie lange lebst du schon auf Torsö?«, schob sie deshalb gleich die nächste Frage hinterher.

»Du bist ganz schön neugierig.« Jonas sah sie von der Seite an und lächelte.

Was für ein Lächeln!

»Ich arbeite bei der Feuerwehr in Mariestad und habe schon immer auf Torsö gelebt. Und der da …« Wieder schaute er kurz zur Seite, aber diesmal lächelte er nicht Annika an, sondern wies auf Magnus, der sich inzwischen so weit durch den Karton gearbeitet hatte, dass sein Köpfchen herausschaute. »… ist gleich frei. Kannst du ihn irgendwie daran hindern, komplett auszubrechen?«

Doch das war gar nicht nötig. Magnus hatte sich inzwischen offensichtlich damit abgefunden, dass er wieder eingesperrt war, und schien ganz zufrieden, weil er nun sehen konnte, was in seiner unmittelbaren Umgebung passierte.

Milla kam in heller Aufregung aus dem Haus gestürmt, als sie das Auto hörte. »Da bist du ja! Ich wollte gerade einen Rettungstrupp losschicken.«

Ihr Blick wanderte von Annika zu dem Mann neben ihr, ihre Augen wurden groß und eine leichte Röte zeichnete sich auf ihrem sonst so blassen Gesicht ab.

»Jonas!«

Annika musste sich nicht länger Gedanken darüber machen, ob es wirklich Zufälle gab, die mehr als unwahrscheinlich waren. Sie hatte den Jonas gefunden, den Milla einst geliebt hatte. Und so, wie Milla ihn jetzt anschaute, war er ihr immer noch nicht gleichgültig.

Irgendwo ist immer Frühling

27.03.

Ich kann den Frühling schmecken, sehen, riechen, fühlen. Ist in Stockholm auch Frühling? Habe ich es einfach nur nicht wahrgenommen?
Leute, ich bin auf Torsö! Die Fahrt war ziemlich aufregend, viel aufregender, als ich erwartet hatte. Von einem entflogenen Papagei bis hin zu einer verloren gegangenen Freundin war alles dabei. Außerdem habe ich die Punkte drei und neun auf meiner Liste abgehakt: Wir sind nämlich schwarzgefahren, und keiner hat es bemerkt. Außerdem haben wir im Regen getanzt.
Inzwischen sind auch Annika und der Papagei auf Torsö angekommen, und ich freue mich viel mehr darüber, hier zu sein, als ich es mir vorher vorgestellt habe.
Ich wünsche euch eine gute Nacht!

Sven M.: Dass ein Papagei entfliegt, soll vorkommen. Aber wie verliert man eine Freundin? Du machst es mal wieder spannend, Milla!

Milla: Sorry, ich bin zu müde, um das jetzt in aller Ausführlichkeit zu schildern. Alles ist gut. Der Papagei ist wieder da, die Freundin auch. Der Rest ist zu privat und wird nicht in diesem Blog verraten.

Karin S.: Genieß die Zeit bei deiner Familie, und erhol dich gut von deiner Therapie! Wann musst du wieder ins Danderyds Sjukhus?

Milla: Das werde ich machen, Karin. Keine Ahnung, wann ich wieder ins Krankenhaus muss. Die melden sich bei mir. Gute Nacht, Leute, ich muss jetzt wirklich ins Bett.

— 20 —

Herein«, sagte Annika, als es an der Tür klopfte.

Elisabet Åkerblom betrat lächelnd den Raum. »Ich wollte nur wissen, ob alles in Ordnung ist und dir das Zimmer gefällt.«

Annika klappte ihr Notebook zu, damit Millas Mutter den Blog ihrer Tochter nicht sah. »Es ist wunderschön«, erwiderte sie. »Ich bin so dankbar, dass ich hier sein darf.«

»Ich bin es, die dankbar ist.« Elisabet wirkte traurig. »Du hast mir meine Tochter nach Hause gebracht. Ich dachte, sie will von ihrer alten Heimat nichts mehr wissen.«

»Sie hat selbst entschieden, dass sie nach Hause will«, sagte Annika. »Ich habe damit nichts zu tun.«

Elisabets Lächeln war voller Herzlichkeit. »Milla hat durchblicken lassen, dass du eine ganze Menge damit zu tun hast.« Sie wünschte Annika eine gute Nacht und verließ das Zimmer.

Annika klappte das Notebook wieder auf, überlegte, ob sie Millas Beitrag kommentieren sollte, aber eigentlich hatte sie dazu keine Lust.

Sie las noch einmal Millas Satz über den Frühling, den sie hier schmecken, sehen, riechen, fühlen konnte. Annika war die Einzige, die wusste, dass das nicht an Torsö und auch nicht am Wiedersehen mit ihrer Mutter lag, sondern einzig an Jonas. Immer noch sah sie Millas Gesicht vor sich. Das leichte Erröten, die aufgerissenen Augen. In diesem Moment hatte Annika begriffen, dass Milla nie aufgehört hatte, Jonas zu lieben.

Es klopfte erneut an der Tür. Diesmal huschte Milla zu ihr ins Zimmer und ließ sich aufs Bett fallen. Ihr Lächeln wirkte verträumt.

»Ist er nicht toll?«, fragte sie.

»Er ist … okay«, erwiderte Annika.

»Okay? Das ist alles?«

»Was soll ich groß über ihn sagen?« Annika blieb zurückhaltend. »Er war nett, und ich bin sehr dankbar, dass er mich hierhergebracht hat. Und dass er mir mit Magnus geholfen hat.«

Milla schüttelte den Kopf. »Dir ist echt nicht zu helfen. Da sitzt du neben dem Traummann schlechthin im Auto und bemerkst es nicht einmal. Hat er etwas über mich gesagt?« Ihr Blick bettelte förmlich um eine positive Antwort.

Ich kenne sie nur flüchtig. Sie hat die Insel irgendwann verlassen, und danach habe ich nie wieder von ihr gehört. Allerdings muss ich ehrlich zugeben, dass ich nie nach ihr gefragt habe.

Annika hatte Jonas' Worte noch im Ohr, aber sie wusste genau, dass es nicht das war, was Milla gerne hören wollte. Sie schüttelte den Kopf. »Warum sollte er? Er wusste ja nicht, dass wir uns kennen.«

»Spätestens als du ihm gesagt hast, wo du hinwillst, hätte ihm das klar sein müssen.«

»Er dachte, dass ich zu deinem Bruder will«, versuchte Annika zu erklären. »Wegen Magnus. Kjell gilt wohl als Papageienexperte.«

Millas Miene verdüsterte sich. »Du wirst ihn ja morgen kennenlernen.«

Das klang nicht so, als gäbe es einen Grund, sich auf diese Begegnung zu freuen. Aber da Milla über ihre Mutter in dem gleichen negativen Tonfall gesprochen hatte, was Annika überhaupt nicht verstehen konnte, wollte sie sich einfach überraschen lassen.

Nachdem Milla gegangen war, trat Annika ans Fenster und öffnete es weit. Hier auf der Insel schien der Frühling wirklich deutlicher zu spüren zu sein als in der Großstadt. Sie spürte die laue Frühlingsluft, roch das Gras und die Wiesenblumen, die in der Sonne voll erblüht waren. Das Zwitschern eines Vogels vermischte sich mit dem Plätschern des Sees, der unweit des Hauses gegen das grasbewachsene Ufer schlug. Und sie hörte Kjells Papageien in dem riesigen Gewächshaus, das sie von ihrem Fenster aus allerdings nicht sehen konnte.

Magnus war sehr aufgeregt gewesen, als er bei der Ankunft seine Artgenossen gehört hatte. Zwar konnte er nicht gleich zu den anderen Vögeln gebracht werden, aber er war auch nicht ganz alleine. Er hatte sich ohne Gegenwehr in eine Voliere sperren lassen, weil in der Voliere daneben ein anderer Graupapagei saß, der vor ein paar Tagen in der Tierarztpraxis abgegeben worden war.

Mitten in der Nacht wachte Annika auf. War da ein Geräusch gewesen?

Nein, Stille und Dunkelheit umgaben sie, ganz anders als in Stockholm. Hatte sie sich inzwischen so sehr an die Stadt gewöhnt, dass die Stille sie aufweckte?

Annika setzte sich auf. Die Leuchtziffern des Weckers auf dem Nachttisch zeigten, dass es kurz nach Mitternacht war. Sie legte sich wieder hin, drehte sich auf die andere Seite, aber sie war inzwischen so hellwach, dass sie nicht mehr einschlafen konnte. Außerdem hatte sie Durst.

Sie wusste, dass außer Milla und Elisabet niemand im Haus

war. Deshalb ging sie so, wie sie war, nach unten. Barfuß, nur mit einem Slip und einem T-Shirt bekleidet. Die Holztreppe knarrte ein bisschen. Annika hielt bei jeder Stufe den Atem an, aber weder Elisabet noch Milla schienen davon aufzuwachen.

Im Treppenhaus und in der großen Wohndiele unten brannte Licht. Deshalb verzichtete Annika darauf, in der Küche ebenfalls das Licht einzuschalten. Sie nahm die Milchflasche aus dem Kühlschrank, stibitzte ein Stück Wurst, schlug die Tür wieder zu, …

… schrie laut auf und ließ die Milchflasche fallen.

Der Mann, dem sie gegenüberstand, schrie ebenfalls.

Annika verstummte, ließ den Blick von der breiten Brust direkt vor ihrem Gesicht nach oben wandern und sah in ein fremdes Männergesicht, das sie finster musterte.

Die Schritte auf der Treppe hörte sie kaum, und als die Küchenlampe aufflammte, zuckte sie zusammen.

»Darf ich vorstellen, das ist mein Bruder Kjell«, verkündete Milla. »Er hat immer so eine komische Wirkung auf andere Menschen.«

Kjell schaute Annika weiter unverwandt an, während er seiner Schwester antwortete. »Und du hast dich offenbar überhaupt nicht verändert.«

»Hast du das erwartet?« Millas Stimme klang provozierend.

Nun wandte Kjell den Kopf und schaute seine Schwester an. Seine Mundwinkel verzogen sich zu einem knappen Lächeln. »Ich habe gar nichts erwartet. Schön, dass du wieder zu Hause bist, Milla!«

Milla gab ein schnaubendes Geräusch von sich. »Ich gehe wieder ins Bett«, sagte sie, drehte sich einfach um und ging. Annika konnte es nicht fassen.

Die Milchflasche war zum Glück nicht zerbrochen. Annika

bückte sich danach, und offensichtlich kam Kjell im selben Moment auf dieselbe Idee. Ihre Köpfe stießen zusammen.

»Tut mir leid!«, sagten sie beide gleichzeitig und lachten gemeinsam auf, was der ganzen Situation ein wenig von ihrer Peinlichkeit nahm.

Annika streckte ihm die Hand entgegen. »Ich bin übrigens Annika.«

»Dass ich Kjell bin, hast du ja schon mitbekommen. Freut mich, dich kennenzulernen.«

Annika war noch nie einem Mann wie Kjell begegnet. Er war riesig, hatte eine breite Brust, wirkte massig, ohne dick zu sein. Sein heller Bart war kurz geschoren, ebenso wie sein Haar.

»Und was immer meine Schwester auch behaupten mag, die meisten Leute schreien nicht, wenn sie mich sehen«, sagte er mit einem Grinsen, das Annika an Milla erinnerte, auch wenn sie ansonsten völlig unterschiedlich waren.

»Ich dachte, außer Elisabet und Milla wäre niemand im Haus.«

»Ich wollte eigentlich auch erst morgen zurückkommen, aber es hat sich anders ergeben. Tut mir leid, ich wollte dich nicht erschrecken.«

Kjells Blick glitt von ihrem Gesicht über ihren Körper. Seine Miene verriet, dass ihm gefiel, was er sah, während sich Annika ihrer spärlichen Bekleidung bewusst wurde.

»Ich gehe dann mal wieder ins Bett«, sagte sie hastig und stellte die Milchflasche zurück in den Kühlschrank.

»Gute Nacht!«, sagte Kjell. Sein Blick war unergründlich.

»Gute Nacht!« Annika eilte aus der Küche, sein leises Lachen folgte ihr.

Was für ein Mann! Der zweite an diesem Tag!

Annika war davon überzeugt, dass sie die ganze Nacht kein Auge zumachen würde, aber sie hatte sich kaum hingelegt, da war sie schon eingeschlafen.

Milla kam am nächsten Morgen zu ihr ins Zimmer, um sie zu wecken. »Ich will nicht allein nach unten«, sagte sie mit düsterer Miene. »Sie sind jetzt alle da.«

»Alle?«

»Meine Mutter, der unfehlbare Kjell und die doofe Christine.«

»Das ist deine Familie«, mahnte Annika sanft.

Milla ignorierte diesen Einwand. »Zum Glück haben sie keine Kinder«, fuhr sie fort. »Wenn ich mir Christine und Kjell als Miniaturausgabe vorstelle, wird mir schlecht.«

»Milla!«

»Schon gut.« Milla hob beide Hände. »Ich werde versuchen, zu allen nett zu sein.«

»Ich kenne Christine nicht, aber deinen Bruder finde ich sympathisch.«

»Er ist ein Idiot!«, stieß Milla hervor. »Aber das wirst du schon noch feststellen, wenn du lange genug hier bist. Ich frage mich, wieso er und Christine sich getrennt haben. Eigentlich passen die beiden perfekt zusammen.« Milla schüttelte leicht den Kopf. »Ich bin aber nicht hier, um mit dir über Christine und Kjell zu sprechen.« Sie presste kurz die Lippen aufeinander, dann stieß sie hervor: »Sag meiner Familie nichts von meiner Krankheit!«

»Aber warum, sie ...«

»Versprich es mir!«, fiel Milla ihr ins Wort.

»Findest du nicht, dass sie ...«

Milla unterbrach sie erneut. »Versprich es mir!«, bat sie eindringlich.

Annika sah sie lange schweigend an, dann nickte sie. »Ich verspreche es dir. Es ist ja auch nicht meine Sache, deine Familie darüber zu informieren. Ich finde es nicht richtig, dass du es nicht machst.«

Milla ging darauf nicht ein. »Danke«, flüsterte sie und verließ das Zimmer.

Nachdem Annika geduscht und sich angezogen hatte, gingen sie gemeinsam nach unten. In der Wohndiele war der große Esstisch gedeckt, durch die gläserne Verandatür dahinter war der See zu sehen.

Als Annika und Milla am Fuß der Treppe ankamen, verstummte das Gespräch am Tisch. Drei Köpfe wandten sich ihnen zu.

»Hej!«, grüßte Annika verlegen.

Sie fühlte sich, als hätte sie hier nichts zu suchen, und das lag vor allem an der blonden Frau, die neben Kjell am Tisch saß. Sie zog genervt die Brauen hoch, ihr Blick wanderte zwischen Milla und Annika hin und her. Es war offensichtlich, dass sie sich nicht über den Besuch freute. Elisabet und Kjell hingegen lächelten freundlich.

Milla sagte nichts, schaute nur missmutig in die Runde.

»Sieh mal an, die verlorene Tochter ist wieder aufgetaucht«, sagte die blonde Frau, bei der es sich um Christine handeln musste.

»Du kannst mich mal!«, erwiderte Milla grob.

Elisabet stand auf und trat zu ihnen. »Bitte keinen Streit«, bat sie Milla leise.

Milla sah wütend aus, doch plötzlich flog ein Lächeln über ihr Gesicht. »Moment«, sagte sie. »Ich bin gleich wieder da.«

Sie wandte sich um, ging wieder nach oben, und Annika fragte sich, ob die anderen nicht bemerkten, wie schwer sie dabei atmete. Doch dann sah sie, dass Elisabet ihrer Tochter besorgt nachblickte.

»Ist alles in Ordnung mit ihr?«, fragte sie Annika. »Sie ist so blass. Und sie hat abgenommen.«

»Kein Wunder bei ihrem Lebenswandel«, sagte Christine spitz.

Annika musste an sich halten, um dieser Frau nicht über den Mund zu fahren. Um ihr nicht an den Kopf zu werfen, was wirklich mit Milla los war. Sie ballte die Hände zu Fäusten und biss sich auf die Zunge.

Sie war froh, dass Milla in diesem Moment zurückkam, den Arm voller Geschenke. Bei ihrem Anblick bildeten Christines Lippen eine schmale Linie, in ihren Augen stand unverhohlene Abneigung.

»Dir habe ich natürlich auch etwas mitgebracht, liebe Ex-Schwägerin«, sagte Milla und lächelte süßlich, als sie Christine ihr Geschenk überreichte.

Vor ein paar Tagen war Annika über dieses Präsent noch entsetzt gewesen, jetzt freute sie sich auf Christines Reaktion.

Christine wirkte einen Augenblick überrumpelt, nahm das Päckchen dann aber dankend an. Ihre Gesichtszüge entgleisten, als sie die monströse Froschskulptur erblickte.

»Als ich das gesehen habe, musste ich gleich an dich denken«, sagte Milla zuckersüß.

»Das stimmt«, entfuhr es Annika, woraufhin Milla sie vergnügt angrinste.

»Und das ist für dich, Bruderherz.« Es war ein kleines, schmales Paket, das Milla ihrem Bruder überreichte.

Kjell brach in lautes Lachen aus, als er die scheußliche Krawatte ausgepackt hatte. Ein bunter Papagei auf grüner Seide. »Wie passend, vielen Dank!«

»Fand ich auch«, bestätigte Milla. »Genau das richtige Geschenk für unseren Papageienfreund.«

Kjell trug an diesem Morgen Jeans und ein weißes T-Shirt. Fasziniert beobachtete Annika, dass er sich die Krawatte tatsächlich sofort umband.

»Das ist nicht dein Ernst!«, begehrte Christine auf. »So wirst du nicht in die Praxis gehen.«

Kjells Grinsen verriet, dass er genau das beabsichtigte, und Annika fragte sich einmal mehr, warum Milla ihren Bruder nicht leiden konnte. Er war sympathisch und humorvoll und schien die Abneigung seiner Schwester nicht zu erwidern.

»Das ist für dich.« Milla reichte auch ihrer Mutter ein Geschenk.

Elisabet war sichtlich erfreut über das wunderschöne Tuch in blaugrauen Tönen. »Vielen Dank, mein Kind!« Sie umarmte Milla. »Das Tuch ist sehr schön.«

»Ein deutlicher Beweis, dass du nicht unter vollkommener Geschmacklosigkeit leidest«, sagte Christine spitz. »Aber wahrscheinlich war das eher ein Glücksgriff.«

»Die liebe Christine«, stichelte Milla. »Du hast dich kein bisschen verändert. Immer noch so feinfühlig wie eine Brechstange.«

»Das muss ich mir nicht anhören!« Christine stand auf und rauschte aus dem Zimmer. Die hässlichen Frösche standen immer noch auf dem Esstisch.

»Wie schade, jetzt hat sie ihre Skulptur vergessen«, sagte Milla mit scheinheiligem Bedauern.

»Macht nichts! Ich stelle sie ihr gleich auf den Schreibtisch.« Kjell grinste. »Unsere Kunden werden begeistert sein.«

Irgendwo ist immer Frühling

29. 03.

Ich glaube, es war eine gute Idee, nach Torsö zu kommen. Und vielleicht ist meine Familie auch gar nicht so schlimm, wie ich immer gedacht habe. Es geht mir gut, so gut wie schon lange nicht mehr. Und wenn es mir körperlich besser geht, steigt auch meine Stimmung.

Ich bin heute zum See gegangen. Ist ja nicht weit, der See beginnt ein paar Meter hinter unserem Haus. Und da habe ich dann gestanden, die Sonne auf dem Gesicht gespürt und über das Wasser geblickt. Diese stetige Bewegung, alles ist im Fluss. So wie das Leben.

Ich will dieses Leben so sehr. Und ich will lieben. Ist es nicht das, was das Leben ausmacht?

Ich weiß, ich bin heute ungewöhnlich gefühlsduselig. Das gibt sich wieder. Versprochen! Aber heute bin ich einfach in so einer Stimmung, und ich hoffe, ihr mögt mich trotzdem noch.

Eure Milla

Karin S.: Ganz ehrlich, ich habe dich noch nie so sehr gemocht, wie nach diesem Posting. Es ist gut, auch mal seine Gefühle zu zeigen.

Sven M.: Da will ich ausnahmsweise mal ganz ernst bleiben und mich Karin anschließen. Ich mag dich, Milla.

Ewa B.: Bin seit langer Zeit das erste Mal wieder hier. Deine Worte berühren mich sehr, Milla, und ich wünsche dir alles Gute. Natürlich mag ich dich immer noch. Und du hast recht, die Liebe ist wichtig.

Genau das ist auch der Grund, weshalb ich mich in letzter Zeit so rargemacht habe. Ich bin frisch verliebt, und genau das wünsche ich dir auch. Nein, das wünsche ich euch allen!
Und weil ich wissen will, wie es mit dir weitergeht, Milla, werde ich mich hier auch wieder öfter blicken lassen.

Annika D.: Natürlich mag ich dich immer noch, und ich wüsste nichts, was du tun könntest, um das zu ändern.

— 21 —

Da fällt mir bestimmt was ein«, kommentierte Milla am nächsten Tag Annikas letzten Eintrag in ihrem Blog. Sie lachte und sah dabei richtig gut aus. Ihre Wangen waren leicht gerötet.

Annika freute sich. »Es tut dir offenbar gut, zu Hause zu sein«, sagte sie.

Milla hörte auf zu lachen, schüttelte leicht den Kopf, sagte aber nichts dazu. »Was machen wir heute?«, fragte sie stattdessen unternehmungslustig.

»Kjell will mir heute das Papageienhaus zeigen, danach richte ich mich ganz nach dir.«

Milla zog eine Grimasse. »Du scheinst Kjell zu mögen.«

»Ich finde ihn nett«, erwiderte Annika vorsichtig.

»Kjell ist nicht nett!«, widersprach Milla sofort. »Ich kenne ihn besser und länger als du.«

»Wir sollten nicht so viel reden und uns möglichst im Hintergrund halten«, sagte Kjell, als sie gemeinsam zum Gewächshaus gingen. »Die Papageien, die ich hier aufgenommen habe, sollen lernen, sich wieder an ihren Artgenossen und nicht an Menschen zu orientieren.«

Annika nickte. Sie war aufgeregt und voller Vorfreude. Das Pfeifen und Kreischen der Papageien wurde überlaut, als Kjell die Tür öffnete. Sie betraten einen großen Vorraum, in dem zwei junge Mädchen Obst und Gemüse für die Papageien in Stücke schnitten. Die beiden grüßten freundlich.

Kjell legte einen Finger an die Lippen und öffnete die nächste Tür. Dann trat er zur Seite, damit Annika die riesige Halle betreten konnte.

Es war, als würde sie in eine andere Welt eintauchen. Eine grüne Dschungellandschaft umgab sie. Üppig wuchernde Bäume, in denen die Papageien kaum zu sehen waren. Die Luft war feucht, und von den Bäumen schien Wasser zu tropfen.

»Das ist eine Berieselungsanlage, um den Vögeln ein möglichst authentisches Umfeld zu schaffen.« Kjell hatte sich zu Annika herabgebeugt und sprach sehr leise. Seine breite Schulter berührte ihre Schulter, sein Atem strich über ihren Hals.

Etwas flatterte von einem Baum in den nächsten. Kjell zeigte mit dem Finger auf eine Stelle hoch oben, und als Annika dorthin schaute, sah sie zwei Graupapageien, die dicht nebeneinandersaßen und sich gegenseitig die Federn putzten. Sie hätte stundenlang hier stehen und die Vögel beobachten können, doch irgendwann griff Kjell nach ihrer Hand und zog sie hinaus.

Leider ließ er draußen ihre Hand wieder los.

»Das ist wunderschön!« Annika zögerte einen Moment, doch dann sprudelte es aus ihr heraus: »Ich wünschte, Magnus könnte hier leben.«

»Wir haben leider keinen Platz mehr.« Kjell schaute sie mit einem bedauernden Lächeln an. »Ich nehme nur eine bestimmte Anzahl an Papageien auf.«

»Ich verstehe«, sagte Annika ehrlich.

»Enttäuscht?«

»Ja.« Sie nickte und schüttelte gleich darauf den Kopf. »Und nein. Für Magnus wäre es das Paradies, aber ich gebe zu, ich bin auch ein bisschen egoistisch. Ich habe ihn liebgewonnen, und es würde mir schwerfallen, mich von ihm zu trennen.«

Langsam gingen sie zum Wohnhaus zurück. Gleich daneben, in einem Anbau, war die Praxis untergebracht. Als sie näher kamen, erschien Christine in der Tür. Ihr Blick flog zwischen Kjell und Annika hin und her.

»Schön, dass du auch mal auftauchst, Kjell! Das Wartezimmer ist voll.«

»Dann fang doch schon an, ich komme sofort«, sagte Kjell gelassen.

Christine warf Annika einen vernichtenden Blick zu, bevor sie sich umwandte und zurück in die Praxis ging. Annika fragte sich einmal mehr, wieso der ruhige, freundliche Kjell ausgerechnet mit dieser Frau verheiratet gewesen war. Und was hatte dazu geführt, dass er sich dann doch von ihr getrennt hatte?

»Ist sie deine Sprechstundenhilfe?«, wollte Annika wissen.

Kjell lachte laut auf. »Kannst du die Frage bitte noch einmal wiederholen, wenn sie dabei ist?«, bat er, schüttelte jedoch gleich darauf den Kopf. »Lieber nicht! Christine ist keine Sprechstundenhilfe, sondern auch Tierärztin. Wir sind zwar privat getrennt, aber beruflich ein ganz gutes Team. Ich muss jetzt mal arbeiten gehen. Ich wünsch dir noch einen schönen Tag.«

»Vielen Dank, dass du mir die Flughalle gezeigt hast.«

»Keine Ursache. Ich nehme dich gerne mal wieder mit.« Sein Blick war intensiv, sein Lächeln herzlich. Dann drehte er sich um und betrat die Praxis.

Langsam schlenderte Annika am Seeufer entlang. Nicht nur Milla, auch ihr selbst tat Torsö gut. Vielleicht lag es wirklich am

Frühling, der sich nun mit aller Macht gegen den Winter durchsetzte. Auf den Wiesen blühten die ersten Gänseblümchen, ein paar weiße Wölkchen zogen über den blauen Himmel und spiegelten sich im Wasser. In Stockholm hatte Annika den Wandel der Jahreszeiten nie so bewusst erlebt.

Sie blieb stehen und schaute über den See. »In Stockholm habe ich auch meine ganze Freizeit vor dem PC verbracht und ein rein virtuelles Leben geführt«, murmelte sie vor sich hin. Sie wusste genau, dass sie sich damit nie wieder zufriedengeben würde.

Langsam ging Annika weiter und näherte sich einem Anlegesteg. Ein Motorboot war daran festgemacht und schaukelte im leichten Wellengang. Zuerst sah sie den gebeugten Mann darauf nur von hinten. Doch als sie näher kam, richtete er sich auf und schaute in ihre Richtung. Er strahlte, als er sie erkannte, und ließ den Schraubenzieher in seiner Hand einfach fallen. Mit einem Satz sprang er auf den Anlegesteg und kam zu ihr.

»Hallo, Annika!«

Dieses Lächeln! Ihr Herz machte wieder diese Sprünge, wie bei ihrer ersten Begegnung.

»Hallo, Jonas! Ist das dein Boot?«

Er nickte. »Nach dem langen Winter mache ich es jetzt flott für die erste Ausfahrt am Wochenende. Es soll richtig warm werden.«

»Es ist ja jetzt schon richtig frühlingshaft.« Da stand sie mit einem der attraktivsten Männer, die ihr je begegnet waren, an einem romantischen Seeufer, und ihr fiel nichts Intelligenteres ein, als über das Wetter zu reden.

»Hast du Lust, am Wochenende mit mir rauszufahren?«, fragte Jonas.

Annika wusste nicht, was sie sagen sollte. Wenn Milla nicht wäre, hätte sie sofort zugesagt. Aber so …

Als hätten ihre Gedanken sie herbeigerufen, stand plötzlich Milla neben ihr. »Hallo, Jonas«, grüßte sie betont beiläufig, bevor sie sich Annika zuwandte. »Ich dachte, du wolltest mit Kjell ins Papageienhaus.«

»Er hat es mir gezeigt. Sehr beeindruckend!«

»Und sie will mit mir auf den See rausfahren«, sagte Jonas. »Das wird ihr sicher auch gefallen.«

Annika spürte, dass Milla sie ansah. Sie fühlte sich unwohl, trotzdem lächelte sie. »Noch habe ich nicht zugestimmt.« Sie wandte sich zu Milla um und entdeckte zum ersten Mal so etwas wie Misstrauen in deren Augen. »Jonas hat mich gefragt, ob ich am Wochenende mit ihm auf seinem Boot mitfahren möchte«, erklärte sie.

»Wie schön, das wird dir bestimmt gefallen.« Milla zuckte mit den Schultern, gab sich gleichgültig, aber Annika erkannte, dass sie ihr und vor allem Jonas etwas vorspielte.

»Eigentlich habe ich am Wochenende schon etwas mit Milla geplant«, sagte sie zu Jonas. Sie ignorierte sein enttäuschtes Gesicht ebenso wie das tiefe Bedauern, das sich in ihr ausbreitete.

»Schade!«, sagte er.

»Vielleicht ein anderes Mal«, erwiderte Annika. Bevor Jonas allerdings eine weitere Einladung aussprechen konnte, verabschiedete sie sich von ihm, griff nach Millas Arm und zog sie mit sich.

»Er mag dich«, stellte Milla fest, als sie außer Hörweite waren. Ihre Stimme war belegt.

Annika blieb stehen und sah sie an. »Du musst dir keine Sorgen machen, Jonas ist tabu für mich.«

»Danke!«, sagte Milla. Mehr nicht.
Arm in Arm gingen sie nach Hause.

»Es ist noch zu kalt, um im See zu baden. Und dann auch noch nackt!« Annika schüttelte entsetzt den Kopf.

»Du kannst ja deinen Badeanzug anziehen, wenn du glaubst, dass dir dann wärmer ist«, erwiderte Milla grinsend.

»Warum wartest du nicht bis zum Sommer?«

»Weil ich dann nicht mehr ...« Milla brach ab, als sie die steile Falte auf Annikas Stirn bemerkte. »... hier bin«, beendete sie den Satz. »Sondern wieder in Stockholm.«

Annika gab sich geschlagen. Sie hatte inzwischen gelernt, dass es keinen Zweck hatte, Milla von ihren verrückten Vorhaben abbringen zu wollen. Doch der Gedanke, in dem eiskalten See zu baden, der sich vor ihnen ausbreitete, gefiel ihr gar nicht.

Milla hatte sich eine bewaldete Bucht ausgesucht, wo das Ufer flach war. Hier konnten sie vom Haus aus nicht gesehen werden.

Milla entledigte sich ihrer Kleidung, warf sie auf einen Felsen und streckte einen Fuß ins Wasser. »Kalt!«, stöhnte sie leise, und schon folgte der zweite Fuß.

Annika sah ihr in einer Mischung aus Faszination und Fassungslosigkeit zu. Die ganze Szenerie war so unwirklich. Der Vollmond spiegelte sich im See und zeichnete eine Lichtspur, die an den Rändern zerfaserte, auf die Wasseroberfläche. Milla stand nackt in diesem Lichtstreifen, mit erhobenen Armen, das Gesicht zum Mond erhoben. Ihre helle Haut schimmerte. Es sah aus, als würde sie in eine andere Welt eintauchen.

Der Gedanke war plötzlich da, einer schrecklichen Vorahnung gleich.

Annika schüttelte entschieden den Kopf. Sie wollte weder diese düsteren Gedanken noch die damit verbundenen Gefühle zulassen. Hastig zog sie ihre Kleider aus und folgte Milla in den See. Als sie den ersten Fuß ins Wasser streckte, schrie sie auf. Es war noch viel kälter, als sie gedacht hatte!

Milla, die bereits bis zu den Hüften im Wasser stand, drehte sich um und lachte. »Ich wusste genau, dass du es auch versuchen willst.«

»Ich bin mir nicht mehr so sicher, ob ich das wirklich will«, keuchte Annika, wagte sich aber noch ein Stückchen weiter ins Wasser.

Milla, wenige Meter vor ihr, ließ sich ins Wasser fallen. Annika hörte, wie sie nach Luft schnappte, dann schwamm sie los.

»Ist gar nicht so schlimm!«, rief sie. »Wenn du erst einmal ganz drin bist.«

Annika glaubte ihr kein Wort. Sie fand es jetzt schon unerträglich kalt, aber zurück wollte sie auch nicht. Es war zwar kalt ... aber wunderschön.

Sie ging noch einen Schritt weiter, holte tief Luft. Und dann noch einen Schritt und noch einen, bis sie sich wie Milla einfach fallen ließ. Das kalte Wasser schlug über ihr zusammen. Ihr blieb die Luft weg. Keuchend kam sie wieder hoch, spürte, wie ihre Lunge sich mit Luft füllte.

Sie schwamm ein paar Züge, holte Milla ein. Die lachte ihr zu. »Ziemlich erfrischend, was?«

»Ja, aber ich bin jetzt erfrischt genug.«

Annika war erleichtert, als Milla ihr zustimmte. Nebeneinander schwammen sie zurück zum Ufer und stiegen aus dem See.

Annika sah sich suchend um. »Wo sind unsere Sachen?«

Auch Milla schaute sich um, drehte sich dabei um die eigene Achse. »Die Handtücher sind auch weg.« Sie sah Annika an, schaute an sich hinunter und begann leise zu lachen. »Dann müssen wir eben so zurück ins Haus.«

»Wer macht denn so etwas?«, fragte Annika fassungslos. »Wer hat unsere Kleidung geklaut?«

Sie sah sich immer noch suchend um, dann lauschte sie angestrengt in die Dunkelheit. Aus dem Gebüsch am Seeufer waren Stimmen zu hören. Ein Mann und eine Frau, die sich miteinander unterhielten.

»Weg hier!«, zischte Milla.

»Aber vielleicht haben die unsere Sachen geklaut«, wandte Annika ein.

»Und du willst ihnen so entgegentreten und sie zur Rede stellen?« Milla zeigte grinsend auf ihren nackten Körper. »Außerdem würden sie kaum zurückkommen, wenn sie die Diebe wären.«

Die Stimmen kamen näher. Milla rannte auf eine Baumgruppe zu, die das Seeufer von der Straße dahinter trennte, und Annika folgte ihr. Sie duckten sich hinter die Bäume, als das Paar in Sichtweite kam. Die beiden hielten sich an den Händen, wirkten sehr vertraut miteinander.

»Das ist Christine«, flüsterte Milla.

Annika hatte die Frau bereits erkannt und fragte sich, ob es am Mondlicht lag, dass Christines Gesicht so ganz anders wirkte als sonst. Weich, verklärt und gelöst.

»Und wer ist der Mann?«, fragte sie leise zurück.

Milla zuckte mit den Schultern.

»Sieh dir das an«, hörte Annika den Mann sagen. »Es gibt nichts Schöneres als eine Vollmondnacht hier auf der Insel.«

Christines leises Lachen war zu hören. »Du alter Romantiker!«

»Ja, das bin ich.« Der Mann umfasste Christine, zog sie an sich. Die beiden versanken in einem langen, zärtlichen Kuss und ließen sich gemeinsam langsam zu Boden sinken.

»Iiih!«, sagte Milla leise. »Komm, lass uns abhauen. Ich will meine Ex-Schwägerin nicht beim Sex beobachten.«

»Aber wohin?«, fragte Annika und versuchte sich zu orientieren. Um zum Haus zurückzukommen, mussten sie an dem Paar vorbei.

»Zur Straße«, flüsterte Milla. »Um diese Zeit fährt da bestimmt kein Auto mehr.«

»Hoffentlich!« Annika ärgerte sich über sich selbst, weil sie sich auf diesen ganzen Unsinn eingelassen hatte. Sie folgte Milla zur Straße, schrie mehrfach unterdrückt auf, weil sie auf einen Ast oder ein Steinchen trat.

»Pst!«, machte Milla dann jedes Mal, aber das Paar am Ufer war viel zu sehr mit sich selbst beschäftigt, um sie zu hören.

Endlich erreichten sie die Straße. Ein heller Lieferwagen stand am Straßenrand, und auf der gegenüberliegenden Seite kamen gerade zwei Männer aus dem einzigen Gebäude weit und breit.

»Das ist Jonas!« Milla griff nach Annikas Hand und zog sie hinter den Lieferwagen.

Sie hörten, wie sich Jonas von dem anderen Mann verabschiedete. Dann wurde eine Autotür zugeschlagen, und der schützende Lieferwagen fuhr weg.

Das alles passierte so schnell, dass Annika und Milla nicht mehr reagieren konnten. Vollkommen nackt standen sie im hellen Mondlicht am Straßenrand. Jonas starrte entgeistert zu ihnen herüber.

Irgendwo ist immer Frühling

02.04.

Punkt eins meiner Liste ist auch erledigt. Ich habe bei Vollmond nackt im Vänersee gebadet.

Es war aufregend, aber auch ziemlich kalt, und ich fürchte, ich habe mich dabei ein bisschen erkältet. Trotzdem würde ich es jederzeit wieder tun. Obwohl unsere Sachen geklaut wurden, ich fast mitansehen musste, wie meine Ex-Schwägerin Sex am Ufer hatte, und wir zu guter Letzt auch noch splitternackt auf der Landstraße erwischt wurden.

Ich kuriere jetzt erst einmal meine Erkältung aus, dann melde ich mich wieder.

Sven M.: Dich kann man einfach nicht allein lassen. Gute Besserung!

Milla: Ich war nicht allein. ☺

Karin S.: Pass ein bisschen besser auf dich auf! Gute Besserung!

Sven M.: Wer ist der Kerl?

Ewa B.: Freut mich, dass du gerade wieder richtig Spaß am Leben hast. Da kuriert sich auch so eine kleine Erkältung schneller aus.

Milla: @Karin: Mache ich!

@Sven: Der Kerl heißt Annika. ☺

@Ewa: Genau so sehe ich das auch. Wenn das Leben keinen

Spaß mehr macht, kann man es auch gleich ganz lassen. Und ich werde es auskosten, bis zur letzten Sekunde.

Karin S.: Dann wirst du hoffentlich noch ganz viel Spaß haben!

Milla: Darauf kannst du dich verlassen. Ich werde mindestens hundert Jahre alt.

— 22 —

Von wegen kleine Erkältung«, murmelte Annika, als sie Millas Blogeintrag las.

Es schien wirklich so, als hätte Milla das Bad im eiskalten See nicht gutgetan. Sie kränkelte seither, aber Annika zweifelte daran, dass es sich um eine Erkältung handelte. Milla hatte weder Husten noch Schnupfen, fieberte allerdings und schien sich sehr schlapp zu fühlen.

»Du musst zum Arzt«, sagte Annika an diesem Morgen streng. »Oder noch besser, ich bringe dich direkt ins Danderyds Sjukhus.«

»Nein!«, erwiderte Milla scharf. Sie schüttelte den Kopf, brachte ein sichtlich erzwungenes Lächeln zustande und behauptete: »Es geht mir ja schon fast wieder gut. Ich habe mich nur ein bisschen erkältet.«

»Egal, wie oft du das wiederholst, ich glaube dir nicht.«

»Glaub doch, was du willst!«, fauchte Milla. »Und jetzt geh bitte, ich muss mich ausruhen.« Sie hüstelte gekünstelt und fügte hinzu: »Um mich von meiner Erkältung zu erholen.« Demonstrativ legte sie sich hin, zog sich die Decke bis zum Kinn und schloss die Augen.

»Glaubst du wirklich, du wirst mich so einfach los?«, fragte Annika.

Milla sagte nichts mehr.

»Im Gegensatz zu den anderen weiß ich, was mit dir los ist. Verdammt, Milla, ich mache mir Sorgen um dich.«

Milla drehte sich schweigend auf die andere Seite. Erst als Annika zur Tür ging, drehte sie sich noch einmal um und rief ihr über die Schulter zu: »Vielen Dank, Annika!«

»Wofür?«, wollte Annika überrascht wissen.

»Dafür, dass du da bist, mit mir in Kaufhäusern und auf Friedhöfen übernachtest, in eiskalte Seen springst ... Einfach für alles!«

Eben noch hatte sie zwischen Sorge und Ärger geschwankt, jetzt war Annika vor allem gerührt. Sie brachte kein Wort mehr heraus, nickte Milla nur zu und verließ das Zimmer.

»Ich bin es, die sich bedanken muss«, flüsterte sie mit Tränen in den Augen.

»Da ist Besuch für dich.« Elisabet wirkte verwirrt, und als Annika sah, wer im Wintergarten am Tisch saß, wusste sie auch, warum.

Jonas stand auf, schaute ihr unverwandt in die Augen und lächelte dieses ganz besondere Lächeln, das ihren Herzschlag sofort beschleunigte. »Hej!«

»Hej!«, erwiderte Annika mit belegter Stimme. Sie hatte die Sachen bemerkt, die auf dem Tisch lagen. Ihre und Millas Kleidungsstücke, die ihnen vor zwei Nächten am See gestohlen worden waren. »Woher hast du das?«, fragte sie und deutete auf den Tisch.

»Ja, das würde mich auch interessieren«, mischte sich Elisabet ein. »Das sind doch die Kleider, die Milla vorgestern getragen hat.«

Annika wusste nicht, was sie darauf antworten sollte. Und dann kam auch noch Kjell dazu. Sein Grinsen verriet, dass er die letzten Worte seiner Mutter gehört hatte.

Sie entschloss sich, mehr oder weniger bei der Wahrheit zu bleiben. »Die Sachen sind uns gestohlen worden.«

Elisabet hakte weiter nach. »Wann? Wo? Und wieso habt ihr nichts erzählt?«

»Ich ...« Annika brach ab, schüttelte den Kopf. »Ich kann das nicht erzählen«, sagte sie. »Das ist zu peinlich.«

»Jetzt wird es interessant.« Kjell kam näher und setzte sich an den Tisch. Er grinste sie herausfordernd an.

Annika musste unwillkürlich an Christine denken. Ob es ihm etwas ausmachte, dass sie inzwischen einen anderen hatte?

»Wir warten!« Kjells provozierender Blick erinnerte sie in diesem Moment ganz stark an Milla. Die beiden hatten nicht viel Ähnlichkeit miteinander. Milla war klein und zart, genau wie Annika, Kjell groß und breitschultrig. Aber die Geschwister hatten die gleichen Augen.

»Wir waren im See schwimmen«, rückte Annika endlich mit der Wahrheit raus. »Und als wir aus dem Wasser kamen, waren unsere Kleider weg.«

»Und ich hatte an dem Abend ein Treffen mit der Feuerwehrjugend im Vereinsheim. Ich hatte gleich den Verdacht, dass die Jungs eure Sachen mitgenommen haben, weil die Veranstaltung vorbei war, kurz bevor ich euch beide getroffen habe.« Jonas grinste, wahrscheinlich dachte er gerade daran, in welchem Zustand er sie und Milla angetroffen hatte. »Die beiden Jungs wollten euch nicht bestehlen, sondern euch nur einen Streich spielen.«

»Der offensichtlich geglückt ist.« Auch Kjell hatte sichtlich Spaß an der Geschichte. »Schade, dass ich in der Nacht keinen Spaziergang am See gemacht habe.« Sein Blick war so intensiv, dass sich Annika mit geröteten Wangen abwandte.

Nur Elisabet wirkte nicht amüsiert. »Wie kommt ihr auf die

Idee, um diese Jahreszeit im See zu schwimmen? Mitten in der Nacht?«

Annika wünschte sich, Milla würde ihrer Familie einfach die Wahrheit sagen. Sie aber hatte nicht das Recht dazu. Sie schüttelte leicht den Kopf, zuckte gleichzeitig mit den Schultern. »Keine Ahnung«, behauptete sie. »Es war einfach nur eine Idee.«

Sie bemerkte plötzlich, dass Kjell sie aufmerksam beobachtete, und auch jetzt erinnerte er sie wieder ganz stark an Milla. Nicht nur die Augen, auch das spöttische Lächeln hatten die Geschwister gemeinsam.

Sie ignorierte ihn einfach und wandte sich Jonas zu. »Vielen Dank, dass du unsere Sachen zurückgebracht hast«, sagte sie herzlich.

»Nichts zu danken. Bringst du mich noch zur Tür?«

Annika kam dieser Bitte gerne nach. Vor allem, weil sie Kjells spöttischem Blick entfliehen wollte.

»Willst du heute Abend mit mir essen gehen?«, kam Jonas ohne Umschweife zur Sache, als sie alleine waren.

Annika dachte an das Versprechen, das sie Milla gegeben hatte. *Nein*, wollte sie sagen.

»Ja«, entfuhr es ihr. Viel zu schnell, viel zu spontan, aber jetzt konnte sie es nicht mehr zurücknehmen.

Jonas' Augen leuchteten auf. »Ich freue mich«, sagte er. »Passt es dir, wenn ich dich um sieben Uhr abhole?«

Sie suchte verzweifelt nach einer Ausrede, um ihre Zusage doch wieder zurückzunehmen. Ihr fiel nichts ein. Vielleicht lag es daran, dass sie nicht wirklich absagen wollte.

»Sieben Uhr ist perfekt«, erwiderte sie.

Er verabschiedete sich, und sie schloss mit einem verträumten Lächeln die Tür.

»War das Jonas?«

Annika fühlte sich ertappt. Sie fuhr herum und schaute Milla, die oben am Treppenabsatz stand, schuldbewusst an.

Wie klein und schwach sie wirkte! Es schien, als hätte sich ihr Zustand in der Stunde, seit Annika bei ihr im Zimmer gewesen war, weiter verschlechtert. Ihr Gesicht war ganz weiß, dunkle Schatten lagen unter ihren Augen.

»Er hat unsere Sachen zurückgebracht«, sagte Annika und nahm sich fest vor, die Verabredung auf jeden Fall abzusagen. Sie berichtete von dem Streich der beiden Jungen, hatte dabei aber das Gefühl, dass Milla ihr nicht wirklich zuhörte.

»Du gehst heute Abend mit ihm aus?« Annika war kaum fertig mit ihrem Bericht, da stellte Milla diese Frage.

Sie hatte es gehört!

»Ich wusste nicht, was ich sagen sollte.«

»Und da hast du einfach mal zugestimmt.« Milla verzog ihr blasses Gesicht zu einem verzerrten Lächeln.

»Ich sag wieder ab. Das hatte ich sowieso vor.«

»Nein, das machst du nicht!« Milla wirkte jetzt verärgert. »Du kannst dich treffen, mit wem du willst.«

»Ich habe es dir aber versprochen«, sagte Annika leise. »Es tut mir leid.«

Milla zuckte mit den Schultern, tat so, als würde es ihr nichts ausmachen. »Eigentlich ist er gar nicht so toll, wie ich immer dachte. Und wenn er dir gefällt, dann ist das in Ordnung für mich.«

Annika wusste nicht, was sie sagen sollte.

»Und es ändert ja auch nichts, wenn du nicht mit ihm ausgehst«, fuhr Milla fort. »Er interessiert sich offensichtlich nicht für mich, und Gefühle kann man nun einmal nicht erzwingen.«

Annika sah den Schmerz in ihrem Gesicht, und es tat ihr selbst weh. »Es tut mir leid«, sagte sie noch einmal. »Ich werde auf keinen Fall mit ihm ausgehen.«

Milla kam die Treppe herunter. Annika bemerkte erschrocken, wie schwerfällig sie sich bewegte. Ganz dicht trat sie an Annika heran, bis sie sich Auge in Auge gegenüberstanden.

»Du – wirst – mit – ihm – ausgehen!« Milla betonte jedes einzelne Wort. »Und – du – wirst – ihn – küssen!«

Annika trat einen Schritt zurück. »Was redest du da für einen Blödsinn?«

Milla zeigte ihr spöttisches Lächeln. Genau so, wie Annika es eben bei Kjell gesehen hatte. »Du hast versprochen, dass du mir dabei hilfst, die Punkte auf meiner Liste abzuhaken. Und wenn ich Jonas nicht selbst küssen kann, musst du es eben tun.«

Das Restaurant lag direkt am See. Eine Treppe führte hinunter zum Wasser. Auf der untersten Stufe saßen zwei Teenager nebeneinander und küssten sich selbstvergessen.

»So jung müsste man noch einmal sein.« Offensichtlich hatte Jonas bemerkt, dass Annika immer wieder zu dem Paar schaute.

»So jung bin ich nie gewesen«, erwiderte sie. Bedauern über all das, was sie verpasst hatte, machte sich in ihr breit.

Jonas lachte laut auf. »Du bist immer noch jung! Du kannst das alles noch nachholen.« Er griff über den Tisch hinweg nach ihrer Hand und hielt sie fest in seiner.

Es fühlte sich gut an, aber Annika musste in diesem Moment wieder an Milla denken und daran, wie weh es ihrer Freundin tat, dass sie den Abend mit Jonas verbrachte. Vorsichtig zog sie die Hand zurück und bemerkte den kurzen Anflug von Enttäuschung in seinen Augen.

»Wie geht es deinem Kampfpapagei?«, fragte er.

»Der sitzt in einer riesigen Voliere in der Tierarztpraxis und verhält sich ziemlich friedlich. Was möglicherweise an der Papageiendame in der Voliere nebenan liegt.« Annika schmunzelte. »Ich konnte ihn zu Hause nie in den Käfig setzen. Er hat dann jedes Mal so laut geschrien, dass ich Ärger mit den Nachbarn bekommen habe.«

Beim Wort *Nachbar* fiel ihr Rasmus ein. Seit sie auf Torsö war, hatte sie zweimal mit ihm telefoniert. Er hatte in Stockholm immer noch keine Wohnung gefunden und hatte das Angebot, auch weiterhin bei ihr zu wohnen, dankbar angenommen.

»Ich wüsste gerne, woran du gerade denkst«, hörte sie Jonas sagen.

»An einen guten Freund«, erwiderte Annika wahrheitsgemäß.

Er schüttelte den Kopf, lächelte sein ganz besonderes Lächeln, und sie war froh, dass sie saß. Denn dieses Lächeln beschleunigte ihren Herzschlag und ließ ihr die Knie weich werden. Wie in einem dieser Kitschromane, dachte sie.

»Genau das ist die Antwort, die ich eigentlich nicht hören wollte«, sagte Jonas. »Was mache ich falsch, dass du in meiner Gegenwart an andere Männer denkst?«

»Du machst überhaupt nichts falsch«, sagte sie. »Und Rasmus ist wirklich nur ein guter Freund.«

Das Essen schmeckte hervorragend, und der Wein, den Jonas dazu bestellt hatte, lockerte sie ein bisschen auf.

Je länger Annika mit Jonas zusammen war, umso besser konnte sie verstehen, dass Milla sich in ihn verliebt hatte. Seine Bereitschaft, anderen Menschen zu helfen und dafür sogar sein eigenes Leben zu riskieren, beeindruckte sie. Seine Freude an der Ausbildung und der Arbeit mit dem Feuerwehrnachwuchs war deutlich zu spüren. Er hatte eine freundliche, zuvorkommende Art und viel Humor. Und zu alledem sah er auch noch sehr gut aus.

»Ich wundere mich, dass du noch Single bist.«

Annika hielt erschrocken inne. Hatte sie das gerade wirklich laut gesagt?

Jonas lachte laut auf. »Du bist so ...« Er brach ab, als hätte er Angst, das Falsche zu sagen.

»Ja? Wie?«, bohrte sie sofort nach.

»Anders.« Er lachte wieder. »Erfrischend. Ich mag dich, Annika.«

Dieser Blick! Innig. Voller Wärme. Zärtlich.

Annika senkte den Kopf.

»Das wäre jetzt eigentlich die Stelle, an der du mir sagen müsstest, dass du mich auch magst.« Seine Stimme klang amüsiert.

Sie sah auf, ließ den intensiven Blickkontakt zu. »Ich mag dich auch, Jonas.«

Als er sie später nach Hause brachte und sich vor der Haustür von ihr verabschiedete, kam sein Gesicht dem ihren ganz nah. In seinen Augen lag wieder diese Zärtlichkeit. Annika dachte, er würde sie küssen.

»Ich hoffe, wir können das bald wiederholen«, sagte er stattdessen.

»Ja«, sagte Annika.

Sie war enttäuscht, als er einfach so ging, ohne sie zu küssen.

Und das nicht nur wegen Punkt elf auf Millas Liste, der damit immer noch nicht erfüllt war.

Am nächsten Morgen bekam Annika einen Brief, den Rasmus ihr nach Torsö nachgeschickt hatte. Elmer Andersson, der das Land ihres Vaters gepachtet hatte, wollte es kaufen. Sein Angebot verschlug ihr den Atem. Sie las die Summe ein zweites Mal und konnte es nicht fassen.

Annika starrte noch immer wie gebannt auf das Schreiben, als ihr Handy klingelte. Es war Ewonne.

»Du musst deinen Urlaub abbrechen, wir brauchen dich hier. Inger ist ausgefallen, und Hellen sitzt ganz allein in der Aufnahme.«

»Ich kann hier nicht weg«, sagte Annika prompt.

»Darüber gibt es keine Diskussion«, sagte Ewonne streng. »Du hast diesen kurzfristigen Urlaub nur ausnahmsweise bekommen. Entweder kommst du sofort zurück, oder du lässt es ganz bleiben.«

Stille in der Leitung. Eine lange Stille.

Annika atmete tief durch und sagte dann mit einer Ruhe, die sie selbst überraschte: »Okay, dann komme ich eben nicht mehr zurück.«

»So habe ich das nicht gemeint!«, sagte Ewonne hastig.

»Du hast es aber so gesagt.« Annika blieb ruhig. Sie empfand keine Genugtuung darüber, dass Ewonne über ihre eigenen Worte hörbar erschrocken war. Sie hatte wohl nicht damit gerechnet, dass ihre Drohung Annika so wenig beeindruckte. »Tatsächlich kommt deine Kündigung meinen Wünschen ziemlich entgegen«, fuhr Annika fort.

»Okay, du hattest deinen Spaß und hast es mir jetzt richtig

gezeigt.« Ewonnes Stimme klang bitter. »Von mir aus kannst du deinen Urlaub wie vereinbart fortsetzen, aber danach erwarte ich dich wieder hier.«

»Ich komme nicht mehr!«, sagte Annika entschlossen.

»Wir brauchen dich aber!« Jetzt hörte Ewonne sich verzweifelt an.

»Das tut mir leid«, sagte Annika aufrichtig, aber ihr Entschluss stand fest. Milla brauchte sie dringender.

Sie bedankte sich bei Ewonne für die angenehme Zusammenarbeit, denn trotz der Probleme in den letzten Monaten hatte sie nicht ungern im Danderyds Sjukhus gearbeitet. Danach rief sie Elmer Andersson an und teilte ihm mit, dass sie sein Angebot annehmen würde.

Zuletzt telefonierte sie mit Rasmus. »Hast du inzwischen eine Wohnung gefunden?«

»Nein, noch nicht.« Er klang leicht verzweifelt. »Aber wenn du deine Wohnung wieder brauchst, finde ich schon etwas anderes.«

»Du musst nicht mehr suchen«, sagte Annika beinahe fröhlich. »Wenn du willst, kannst du meine Wohnung haben.«

Sekundenlang war es still in der Leitung.

»Ist das dein Ernst?«

»Es ist mein voller Ernst«, versicherte Annika. »Weißt du, ich komme mit dem Nachbarn nicht so gut zurecht«, fügte sie scherzhaft hinzu.

Als Rasmus laut aufjubelte, verzog sie das Gesicht und nahm das Handy vom Ohr, bis er sich wieder beruhigt hatte.

Natürlich hatte er tausend Fragen, aber Annika bat ihn, sich zu gedulden, bis sie nach Stockholm kam, um ihre Sachen zu holen. Rasmus freute sich, dass seine Wohnungssuche ein Ende gefunden hatte, und war mit allem einverstanden.

Was war da gerade passiert?

Innerhalb von einer halben Stunde war sie arbeitslos und wohnungslos geworden. Aber es machte ihr nichts aus. Noch nie in ihrem Leben hatte Annika sich so frei gefühlt.

Irgendwo ist immer Frühling

06.04.

Von meinem Fenster aus kann ich den Vänern sehen, davor die Uferwiese mit den blühenden Frühlingsblumen. Eigentlich ist es hier sehr schön, auch wenn ich mich gerade schrecklich nach Barcelona sehne. Hiermit ergänze ich meine Wunschliste um einen weiteren Punkt:
Ich will so schnell wie möglich wieder nach Barcelona fliegen, über La Rambla spazieren, den Park Güell besuchen, in einem Straßencafé sitzen und das Leben genießen!
Es wird noch ein bisschen dauern, weil es vorher noch einiges zu erledigen gibt. Aber ich habe ja Zeit. Ein ganzes Leben lang!

Sven B.: Klingt so, als würdest du schon wieder Reisepläne schmieden. Darf ich daraus schließen, dass es dir wieder besser geht?

Milla: Die blöde Erkältung setzt mir noch ein bisschen zu. Ich hätte mit dem Vollmondbad im See wirklich bis zum Sommer warten sollen, aber bis Walpurgis bin ich diesen Mist hoffentlich wieder los.

Sven B.: Walpurgis auf Torsö? Da würde ich gerne mitfeiern.

Milla: Dann komm doch! Wir werden tanzen, singen und trinken. Ich freue mich schon sehr darauf.

Sven B.: Nächstes Jahr vielleicht. Für dieses Jahr bin ich schon mit Freunden verabredet.

Milla: Okay, abgemacht: Nächstes Jahr an Walpurgis treffen wir uns auf Torsö.

Karin S.: Torsö scheint dir gut zu bekommen. Wann musst du eigentlich wieder ins Krankenhaus?

— 23 —

Die letzte Frage blieb unbeantwortet.

Annika schaute immer wieder nach, weil sie diese Frage auch schon mehrfach gestellt hatte, aber auch ihr war Milla die Antwort schuldig geblieben. Gleichzeitig schien es ihr von Tag zu Tag schlechter zu gehen. An diesem Morgen war sie nicht einmal zum Frühstück nach unten gekommen.

Auch Elisabet machte sich große Sorgen um ihre Tochter. »Ich frage mich, was mit ihr los ist«, bemerkte sie. »Ist das wirklich nur eine Erkältung? Oder doch etwas Schlimmeres?« Dabei sah sie Annika fragend an.

Annika schaffte es kaum, ihr in die Augen zu sehen. »Ich habe ihr auch schon vorgeschlagen, zum Arzt zu gehen«, sagte sie mit belegter Stimme. »Aber sie weigert sich.«

Als sie den Kopf zur Seite wandte, bemerkte sie, dass Kjell sie musterte. Sein Blick verriet, dass er ihr kein Wort glaubte. Er schaute sie weiter unverwandt an, während er gleichzeitig zu seiner Mutter sagte: »Ich könnte Sigvard bitten, zufällig vorbeizukommen.«

»Bloß nicht!«, warnte Elisabet. »Sie hat angedroht, sofort das Haus zu verlassen, wenn ich es wage, ihr ohne ihr Einverständnis einen Arzt zu schicken.«

»Dann geht sie eben«, sagte Christine gleichgültig.

»Ganz bestimmt nicht!«, fuhr Elisabet auf. »Ich werde mein Kind nicht noch einmal einfach so gehen lassen«, rief sie, sprang auf und verließ das Zimmer.

Sekundenlang herrschte betretenes Schweigen am Tisch.

»Milla ist ein verzogenes Gör, das wieder einmal nur Unruhe ins Haus bringt.« Christine verzog verärgert das Gesicht.

»Halt doch einfach mal die Klappe, Christine!«, fuhr Kjell sie an.

Annika heftete ihren Blick fest auf ihren Teller. Trotzdem spürte sie, dass Kjell sie immer noch anschaute.

Annika hatte das Gefühl, dass sie dringend etwas unternehmen musste. Milla konnte ihr nichts mehr vormachen, es ging ihr nicht wegen des nächtlichen Bads im See so schlecht. Sie musste dringend ins Krankenhaus. Wieso hatte Dr. Pålsson sie überhaupt gehen lassen?

Kurz spielte Annika mit dem Gedanken, den Arzt anzurufen und mit ihm über Milla zu reden. Er würde ihr jedoch nichts sagen, sondern ihr lediglich von oben herab erklären, dass er sich an die ärztliche Schweigepflicht gebunden fühlte.

Dann fiel ihr Niklas ein, und sie machte sich auf den Weg in ihr Zimmer. Dort lag ihr Handy, und dort konnte sie ungestört mit ihm reden.

Als sie zur Treppe eilte, griff auf einmal eine Hand nach ihrem Arm. Sie wurde herumgeschleudert und prallte gegen Kjells breite Brust. Er ließ ihren Arm nicht los, was ihr seltsamerweise nicht unangenehm war.

Annika musste den Kopf heben, um ihm ins Gesicht zu sehen. Seine körperliche Präsenz war beeindruckend. Unter seinem Shirt zeichneten sich die Muskeln ab.

»Du sagst mir jetzt endlich, was mit Milla los ist!«, forderte Kjell sie auf.

»Frag sie doch selbst!«

»Nein, ich frage dich!« Seine freie Hand grub sich in ihren anderen Arm.

Annika schüttelte den Kopf. »Ich kann es dir nicht sagen«, flüsterte sie. »Ich habe es ihr versprochen.«

Kjell ließ sie so plötzlich los, dass sie taumelte. Er trat einen Schritt zurück, wirkte unzufrieden und schien sich ernsthafte Sorgen um seine Schwester zu machen.

»Warum kommt ihr eigentlich nicht miteinander aus, du und Milla?«, wollte Annika wissen.

Er gab ihr die gleiche Antwort, die sie ihm eben gegeben hatte: »Frag sie doch selbst!« Damit drehte er sich um und ließ sie einfach stehen.

Bevor sie Niklas anrief, wollte sie noch einmal nach Milla sehen. Die lag nicht in ihrem Bett, sondern hatte offensichtlich gerade geduscht. In ein Badetuch gewickelt stand sie vor dem Kleiderschrank. Ohne Perücke. Sie wirkte sichtlich erschrocken, als Annika nach kurzem Anklopfen ihr Zimmer betrat. Hastig griff sie nach der Perücke, hielt aber inne, als sie Annika erkannte.

»Du bist das nur.«

»Nette Begrüßung!«, erwiderte Annika lakonisch. »Und wenn du nicht willst, dass deine Familie hinter dein Geheimnis kommt, solltest du nicht ohne das Ding rumlaufen.« Sie wies auf die Perücke in Millas Hand.

»Ja, war dumm von mir. Aber gut, dass du kommst. Wir fahren heute nach Mariestad. Ich muss hier mal raus.«

Annika zog die Brauen hoch. »Du wirkst nicht so, als wäre ein Ausflug das Richtige für dich.«

»Du klingst immer mehr wie meine Mutter«, erwiderte Milla spöttisch. Sie schwankte leicht und hielt sich am Kleiderschrank fest.

Annika sah es mit Besorgnis, sagte aber nichts dazu. Dafür erzählte sie von ihrem Zusammentreffen mit Kjell. »Sag deiner Familie doch endlich, was mit dir los ist!«, forderte sie Milla auf.

»Das will ich nicht«, sagte Milla und sah sie ernst an.

»Was ist nur passiert?«, fragte Annika. »Warum bist du so sauer auf sie?«

»Bin ich ja gar nicht mehr«, murmelte Milla. »Aber ...« Sie brach ab.

»Aber ...?«, hakte Annika nach, fest entschlossen, diesmal nicht lockerzulassen.

»Ich werde sie nie wieder so nahe an mich heranlassen, dass sie mir wehtun können.« Milla wirkte traurig, und einen Moment lang sah sie so aus, als würde sie gleich in Tränen ausbrechen, doch dann lächelte sie wieder. »Ich will an einem so schönen Tag nicht über so traurige Dinge reden. Komm, lass uns nach Mariestad fahren und den Tag genießen!«

Annika glaubte zu wissen, wie Kjell sich eben gefühlt hatte. Unzufrieden und zurückgewiesen. Gleichzeitig wusste sie, dass es keinen Sinn hatte, Milla weiter mit Fragen zu bombardieren.

»Gut, fahren wir nach Mariestad«, gab sie nach. »Obwohl du nicht so aussiehst, als würde dir so ein Ausflug gut bekommen.«

»Es geht mir gut«, behauptete Milla. Ihr war deutlich anzusehen, dass sie log.

»Wann musst du wieder ins Danderyds Sjukhus?«

»Bald«, sagte Milla und wich dabei ihrem Blick aus. Doch bei ihren nächsten Worten schaute sie Annika fest in die Augen. »Die rufen mich an.«

»Aber ...«

»Ich will auch darüber nicht reden«, fiel Milla ihr mit verzweifelter Stimme ins Wort. »Ich will einfach einen Tag lang mal nicht über Familienprobleme und schon gar nicht über Krankheiten nachdenken müssen. Wenn du das nicht akzeptieren kannst, fahre ich eben allein.«

»Schon gut«, lenkte Annika schnell ein. Sie wollte Milla in dieser Verfassung nicht alleine losziehen lassen. Das Telefonat mit Niklas verschob sie auf später.

Die Busfahrt nach Mariestad dauerte über eine halbe Stunde. Annika hätte die Fahrt quer über die Insel Torsö vielleicht genießen können, wenn sie nicht das Gefühl gehabt hätte, dass es Milla neben ihr immer schlechter ging.

Milla saß am Fenster und schaute hinaus. Trotzdem schien sie zu spüren, dass Annika sie immer wieder besorgt ansah.

»Hör endlich auf, mich anzustarren!«, fuhr Milla sie irgendwann an, ohne den Kopf zu drehen.

Annika schaute schnell geradeaus, doch die Angst um Milla wurde immer stärker. Mach dich nicht verrückt, sagte sie sich selbst. Alles ist in Ordnung. Auf deine Gefühle kannst du dich sowieso nicht verlassen. Um Mama hast du nie Angst gehabt, und sie ist trotzdem gestorben. Bei Milla wird es genau umgekehrt sein.

Annika fiel auf, dass sie zum ersten Mal seit Wochen wieder an ihre Mutter dachte. Ohne Schuldbewusstsein, ohne Groll, ohne jeglichen Schmerz. Sie hatte mit ihrer Vergangenheit endgültig abgeschlossen, und mit ihrer Entscheidung, das Land in Älvdalen zu verkaufen, hatte sie einen Schlussstrich darunter gezogen. Auch wenn ihr das erst jetzt, ein paar Stunden später, bewusst wurde.

Mariestad war eine hübsche Stadt mit wunderschönen alten Häusern. Annika wusste, dass der Dom zu den Sehenswürdigkeiten gehörte, genau wie das Schloss, in dem inzwischen Museen untergebracht waren.

Milla hatte aber offensichtlich ein ganz anderes Ziel. Sie wirkte seltsam aufgekratzt, als sie durch die Altstadt eilte, wollte Annika aber nicht verraten, wohin sie gingen.

»Lass dich überraschen!«, sagte sie nur.

Ein paar Minuten später folgte Annika ihr in einen Laden. Ein heller Raum, ein Tresen und davor Tische und Stühle, auf denen Mappen mit Bildern lagen. Überall an den Wänden hingen Plakate, auf denen halb nackte, tätowierte Männer und Frauen zu sehen waren.

Der Mann hinter dem Tresen sah furchterregend aus. Jedes Fitzelchen seiner Haut war mit Tattoos bedeckt. Seine Ohren und seine Nase waren von Ringen durchbohrt, um seinen kahlen Schädel hatte er in Piratenmanier ein Kopftuch gebunden.

»Hej!« Milla zeigte grinsend auf seine Arme. »Dich kann man ja lesen wie ein Bilderbuch.«

Er erwiderte ihr Grinsen. »Ich hoffe, die Geschichte gefällt dir.«

»Ich habe keine Zeit, sie mir komplett anzusehen, ich hätte lieber selbst ein Tattoo.« Milla drehte sich zu Annika um. »Punkt acht. Du erinnerst dich?«

Ja, jetzt erinnerte Annika sich dunkel daran, dass Milla auf ihrer Liste erwähnt hatte, dass sie sich ein Tattoo stechen lassen wollte.

Sie schüttelte den Kopf. »Das will ich nicht.«

»Aber ich«, erklärte Milla fest. Sie setzte sich an einen der Tische und begann, die Kataloge durchzublättern.

Aus Langeweile nahm auch Annika einen der Kataloge und blätterte darin. Und dann sah sie es. Ihr Motiv! Falls sie jemals auf die Idee kommen sollte, sich tätowieren zu lassen, dann genau diesen Graupapagei, der aussah wie Magnus.

Milla beugte sich zu ihr herüber und brach in lautes Lachen aus. »Ich glaube, wir haben beide gefunden, was wir wollen«, sagte sie.

Annika schüttelte entschieden den Kopf. »Nein, ich mach das nicht!«

Es wurde bereits dunkel, als sie den Laden verließen. Annikas Oberarm brannte. Vorsichtig tastete sie mit der anderen Hand danach.

»Wieso habe ich mich nur dazu überreden lassen?«, klagte sie.

»Hör auf!« Milla lachte. »Du hast es doch gewollt. Ich habe es dir angesehen.«

»Ja«, sagte Annika und schüttelte den Kopf. »Nein«, sagte sie dann und nickte dabei.

Milla lachte noch lauter. »Du hast es gewollt«, wiederholte sie und hakte sich bei ihr ein.

Annika hatte das dumpfe Gefühl, dass es nicht nur eine freundschaftliche Geste war, sondern dass Milla eine Stütze brauchte. Die letzten Stunden hatten sie in eine Art Hochstimmung versetzt, aber sie konnte ihre Erschöpfung nicht länger verbergen.

»So ein schöner Totenkopf«, sagte Milla leise.

»Mit Rosen auf dem Kopf.« Annika schüttelte sich leicht. »Ich finde das ziemlich makaber.«

»Den Tod muss man mit allen Mitteln bekämpfen«, erwiderte Milla. »Und sei es, indem man ihn in seine eigene hässliche Fratze blicken lässt.«

Annika spürte, wie sich eine Gänsehaut auf ihrem ganzen Körper ausbreitete, und auch Milla schüttelte sich. Es dauerte ein paar Sekunden, bis Annika erkannte, dass Milla keineswegs von ihren eigenen Worten ergriffen war, sondern sich vor Lachen schüttelte.

»Du bist unmöglich!«, sagte Annika empört.

»Und du bist die beste Freundin, die man sich wünschen kann.« Milla hatte aufgehört zu lachen. Annika war sich sicher, dass ihre Augen feucht schimmerten.

Bis zum Busbahnhof sagten sie beide nichts mehr. Es waren keine Worte nötig, und Annika hatte den Eindruck, dass es Milla während des Gehens auch nicht möglich gewesen wäre, zu sprechen. Sie atmete schwer, auch wenn sie versuchte, sich ihre Erschöpfung nicht anmerken zu lassen.

Endlich hatten sie den Busbahnhof erreicht. Milla ließ sich müde auf eine Bank fallen, und Annika löste am Automaten zwei Tickets. Sie setzte sich neben Milla und gab sich Mühe, sie nicht ständig besorgt anzusehen, um sie nicht wieder aufzuregen.

Immer mehr Menschen versammelten sich am Busbahnhof. Vor allem Pendler, die von Torsö zur Arbeit nach Mariestad fuhren.

»Genau die richtige Gelegenheit«, hörte Annika Milla neben sich murmeln.

»Die richtige Gelegenheit wofür?«

»Für Punkt vier meiner Liste.«

»Und der lautet?«

Milla beantwortete die Frage, indem sie aufstand und laut die schwedische Nationalhymne *Du gamla, du fria* anstimmte:

Du gamla, du fria, du fjällhöga nord
Du tysta, du glädjerika sköna!
Jag hälsar dig, vänaste land uppå jord,
Din sol, din himmel, dina ängder gröna,
Din sol, din himmel, dina ängder gröna.

Du alter, du freier, du gebirgiger Norden
Du stiller, du freudenreicher Schöner!
Ich grüße dich, lieblichstes Land der Erde,
Deine Sonne, deinen Himmel, deine grünen Wiesen
Deine Sonne, deinen Himmel, deine grünen Wiesen.

Die Menschen drehten sich verwundert um, um zu sehen, woher der Gesang kam. Gespräche verstummten, und dann begannen die Ersten mitzusingen. Bei der zweiten Strophe stimmten fast alle mit ein:

Du tronar på minnen från fornstora da'r,
då ärat ditt namn flög över jorden.
Jag vet att du är och du blir vad du var.
Ja, jag vill leva, jag vill dö i Norden.
Ja, jag vill leva, jag vill dö i Norden.

Du thronst auf Erinnerungen großer, vergangener Tage,
da dein Name geehrt durch die Welt flog.
Ich weiß, dass du bist und du bleibst, was du warst.
Ja, ich will leben, ich will sterben im Norden.
Ja, ich will leben, ich will sterben im Norden.

Bei den letzten Versen brach Milla unvermittelt in Tränen aus.

Irgendwo ist immer Frühling

07. 04.

Ich habe ein Tattoo! Schade, dass ich es euch nicht zeigen kann. Auch Punkt acht ist somit abgehakt, und jetzt habe ich nur noch wenige unerledigte Punkte auf der Liste. Irgendwie ist das ein komisches Gefühl. Wie ein Abschluss.
Ein Abschluss von was?
Keine Ahnung! Es fühlt sich nur irgendwie seltsam an. Vielleicht bin ich auch einfach nur zu müde, um meine Gefühle richtig zu beschreiben.

Karin S.: Du klingst irgendwie ... depressiv. Ich hoffe, dass mein Eindruck täuscht.

Milla: Diesen Eindruck wollte ich auch auf keinen Fall erwecken, weil ich im Moment sogar eher glücklich bin. Aber eben auf eine seltsame Art, die ich nicht erklären kann.

Ewa B.: Das musst du auch nicht. Hauptsache, du bist glücklich!

Sven B.: Ja, das sehe ich auch so. Und irgendwann wirst du mir dein Tattoo hoffentlich zeigen. Ist es an einer sehr pikanten Stelle deines Körpers?

Milla: An einer der pikantesten Stellen überhaupt, lieber Sven. Nämlich an meinem Oberarm. Es handelt sich übrigens um einen romantischen Totenkopf.

Karin S.: Wie kann ein Totenkopf romantisch sein?

Milla: Indem er sich mit Rosen schmückt.

Seid nicht böse, Leute, aber ich muss mich jetzt ein bisschen ausruhen. Es war ein anstrengender Tag.

Ach ja, Punkt vier meiner Liste ist übrigens auch erledigt. Ich habe in der Öffentlichkeit laut gesungen.

Tschüss, bis demnächst mal wieder!

— 24 —

Annika hatte das Bild noch deutlich vor Augen: Milla, die lautstark die Nationalhymne angestimmt und die Umstehenden mitgerissen hatte und dann plötzlich in Tränen ausgebrochen war. Sie hatte nichts erklärt, weder auf der Heimfahrt noch später. Und Annika hatte nicht nachgefragt, weil sie Milla inzwischen gut genug kannte, um zu wissen, dass sie nicht darüber reden wollte.

Im Blog erwähnte Milla nur ganz beiläufig, dass sie Punkt vier ihrer Liste erledigt hatte. Ohne zu erklären, was sie dabei empfunden hatte.

Milla war gleich nach ihrer Heimkehr nach oben gegangen. Schwerfällig und keuchend hatte sie sich die Stufen hinaufgekämpft. Das erinnerte Annika daran, dass sie Niklas im Danderyds Sjukhus anrufen wollte. Doch es war schon zu spät dafür.

Gleich am nächsten Morgen wählte sie die Nummer der Zentrale des Krankenhauses und ließ sich mit der onkologischen Station verbinden, auf der Niklas arbeitete.

Sie hatte Glück, er hatte nicht nur Dienst, er ging sogar selbst ans Telefon.

»Hier ist Annika«, sagte sie ein wenig atemlos, weil sie nicht genau wusste, wie sie ihm die Information entlocken sollte, die sie von Milla nicht bekam. »Millas Freundin.«

»Ich weiß, wer du bist«, erwiderte er.

»Ich bin gerade mit Milla auf Torsö bei ihrer Familie.«

»Auch das weiß ich.« Niklas blieb freundlich, gab sich aber sehr viel distanzierter, als sie ihn aus dem Krankenhaus kannte. Lag das daran, dass sie miteinander telefonierten, anstatt sich persönlich gegenüberzustehen? Oder vermied er mit Absicht einen allzu vertrauten Umgangston?

Annika hatte keine Ahnung, was sie noch sagen sollte, um das Gespräch in Gang zu halten, ohne direkt auf den Punkt zu kommen. Deshalb stellte sie jetzt genau die Frage, die sie brennend interessierte: »Wann muss Milla wieder ins Krankenhaus?«

»Warum fragst du sie nicht selbst?«

»Das habe ich. Sie behauptet, sie würde angerufen.«

»So ist es auch«, bestätigte Niklas.

Annika hatte den Eindruck, dass er ihr etwas verschwieg. »Niklas, du musst mir sagen, was los ist. Wieso durfte Milla das Krankenhaus verlassen? Wieso wird sie nicht weiter behandelt?«

»Sie wird behandelt«, sagte er. »Das heißt, sie hat Medikamente, die sie einnehmen muss, und Dr. Pålsson wäre es lieber gewesen, wenn sie das Krankenhaus nicht auf eigenen Wunsch und auf eigene Verantwortung verlassen hätte.«

»Sie versucht es zu überspielen, aber es geht ihr sehr schlecht«, sagte Annika.

»Dann solltest du sie überreden, sofort hierherzukommen.«

»Das habe ich bereits«, sagte Annika. Das Gespräch mit Niklas verstärkte ihre Befürchtungen noch. »Aber du kennst Milla doch, sie weigert sich.«

»Und was erwartest du dann von mir?«, wollte Niklas wissen. Er klang jetzt ungeduldig, schien das Gespräch beenden zu wollen.

»Ich möchte genau wissen, wie es um sie steht«, drängte Annika.

»Du weißt, dass ich dir das nicht sagen darf.«

»Aber ich muss doch wissen, wie ich ihr helfen kann.« Annika war nicht bereit, sich einfach so abwimmeln zu lassen.

»Niemand kann ihr helfen!«, entfuhr es Niklas, offenbar spontan und unüberlegt. Unmittelbar danach stöhnte er entsetzt auf. »Vergiss das!«, sagte er hastig.

»Wie sollte ich das vergessen?«, fuhr sie ihn scharf an.

Sie hörte ihn tief durchatmen, wartete gespannt und rechnete mit einer weiteren Abfuhr.

»Also gut«, sagte er schließlich. »Aber du weißt das nicht von mir.«

Eine Tür fiel ins Schloss. Annika vermutete, dass er gerade die Tür zum Schwesternzimmer geschlossen hatte, damit ihn niemand hörte.

Dann sagte er ihr, wie es wirklich um Milla stand. Und das, was er sagte, erschreckte sie zutiefst.

An diesem Tag ging sie Milla aus dem Weg. Sie würde sich nicht so verstellen können, dass ihre Freundin ihr nichts anmerkte.

Eine ganze Weile ging sie unruhig im Zimmer auf und ab. Ihre Gedanken überschlugen sich. Schließlich hielt sie es nicht mehr aus. Sie brauchte dringend frische Luft, um einen klaren Kopf zu bekommen.

Milla war immer noch in ihrem Zimmer. Doch als Annika nach unten kam, saßen Elisabet und Kjell am Esstisch, Christine stand ein Stück von ihnen entfernt. Wütend starrte sie Kjell an.

»... und ich werde nicht ...« Sie brach ab, als sie Annika sah.

»Ich wollte nicht stören«, sagte Annika hastig. Sie konnte die Gegenwart von Millas Familie gerade nicht ertragen. Nicht mit dem Wissen, das ihr so zusetzte.

»Du störst nicht«, sagte Kjell freundlich.

»Doch, tut sie«, widersprach Christine böse. »Wir haben hier etwas Privates zu klären.«

»Ich bin schon weg«, erwiderte Annika. »Ich wollte ohnehin rausgehen.«

Kjell betrachtete sie besorgt. »Ist alles in Ordnung?«

Annika zwang sich zu einem Lächeln und nickte. »Ich möchte nur ein bisschen frische Luft schnappen.«

Kjell und Elisabet nickten ihr freundlich zu, während Christine offensichtlich ungeduldig darauf wartete, dass sie den Raum verließ.

Draußen atmete Annika tief durch, bevor sie sich langsam auf den Weg in Richtung See machte. Alles war so anders auf einmal, und sie wusste nicht, wie sie mit dem, was sie eben von Niklas erfahren hatte, umgehen sollte.

Warten und Hoffen!

Hoffen und Warten!

Sie hatte nicht gewusst, wie viel Schrecken diese beiden Worte beinhalten können. Wie kam Milla nur damit zurecht? Sie wusste ja schon die ganze Zeit Bescheid.

Langsam ging Annika am Seeufer entlang. Sie war so in Gedanken versunken, dass sie Jonas erst bemerkte, als er unmittelbar vor ihr stand.

»Hoppla!«, sagte er lachend.

Es fiel ihr schwer, ihn anzulächeln, und er schien das zu bemerken.

»Ist etwas?«, erkundigte er sich. »Du siehst traurig aus.«

Es wäre so schön, mit jemandem reden zu können! Aber sie durfte Millas Vertrauen nicht missbrauchen. Niemand hier wusste, wie schwer krank sie war. Und sie durfte niemandem verraten, was Niklas ihr anvertraut hatte. Das hatte sie ihm fest versprochen. Inzwischen waren es zu viele Geheimnisse, die sie für sich behalten musste. Zu viel Wissen, das sie belastete.

»Ich war nur in Gedanken«, sagte sie ausweichend.

»Wirklich?« Jonas hob die Hand und strich über ihre Wange. Eine zärtliche, liebevolle Geste, die ihr die Tränen in die Augen trieb.

»Wirklich!« Sie konnte ihn kaum ansehen, ließ aber zu, dass er sie in die Arme schloss und ganz fest an sich zog.

Er legte eine Hand unter ihr Kinn, hob ihren Kopf an, und ihre Blicke versanken ineinander. Er senkte den Kopf, seine Lippen waren weich und warm, sein Kuss sanft und zärtlich.

Annika schlang beide Arme um seinen Hals, schmiegte sich an ihn, und zumindest für diesen Moment vergaß sie alles, was sie belastete.

Aufgewühlt kam sie später ins Haus der Familie Åkerblom zurück. Alles war still, doch dann hörte sie eine Tür schlagen. Kjell kam aus dem Anbau, in dem sich die Praxis befand. Er lächelte sie an.

Es war verrückt, aber Annika hatte in diesem Augenblick das Gefühl, dass sie etwas Verbotenes getan hatte. Jonas' Kuss, süß und zärtlich, schien noch immer auf ihren Lippen zu brennen. Es fiel ihr schwer, Kjells Lächeln zu erwidern.

»Ich habe gute Nachrichten für dich«, sagte er. »Jedenfalls hoffe ich, dass du dich darüber freust.«

Annika schaute ihn fragend an.

»Wenn du möchtest, kann Magnus ins Papageienhaus einziehen.«

»Ist jetzt doch ein Platz frei?«

Kjell wirkte plötzlich bedrückt. »Ich musste heute Morgen einen der Papageien einschläfern. Bevor ich öffentlich bekannt gebe, dass wir einen Vogel aufnehmen, wollte ich dir den Platz für Magnus anbieten.«

Annika wusste nicht, was sie dazu sagen sollte. Es war zu viel, was heute auf sie eingestürmt war. Zuerst das Telefonat mit Niklas und dessen beängstigende Auskunft, dann das Treffen mit Jonas, der Kuss, ...

... und jetzt sollte sie auch noch entscheiden, ob sie sich für immer von Magnus trennen konnte.

Es wäre bestimmt das Beste für ihren Papagei, zusammen mit seinen Artgenossen in der riesigen Flughalle leben zu können, aber Annika war unfähig, sich jetzt darüber Gedanken zu machen.

»Lass dir Zeit mit der Entscheidung. Ihr seid ja noch eine Weile hier.« Kjells Blick wurde durchdringend. »Oder?«

»Ja.« Annika zuckte mit den Schultern. »Ich weiß es nicht.« Milla und sie würden Torsö verlassen, sobald sich das Krankenhaus meldete. Wenn es sich jemals meldete ...

Annika schossen Tränen in die Augen. Wieder einmal! Dieses verzweifelte Warten und Hoffen, dem Milla schon die ganze Zeit ausgesetzt war, empfand sie bereits jetzt als unerträglich.

»Nicht weinen«, sagte Kjell sanft. »Ich will dir Magnus nicht wegnehmen. Du kannst ihn natürlich behalten.«

»Ich würde ihm das Leben in der Flughalle so gönnen.« Annika ließ ihn in dem Glauben, dass es nur um Magnus ging. »Lass mich einfach eine Nacht darüber schlafen.«

»Natürlich!« Kjell strich ihr mitfühlend über den Arm, bevor er sich umwandte und zurück in die Praxis ging.

Annika stieg die Treppe hinauf und klopfte an Millas Tür. Obwohl sie keine Antwort erhielt, betrat sie das Zimmer.

Milla lag auf dem Bett und schlief. Ihr Gesicht wirkte im Schlaf so entspannt wie schon lange nicht mehr, deshalb schloss Annika die Tür leise wieder und ging in ihr eigenes Zimmer. Dort trat sie ans Fenster, öffnete es weit und blickte hinaus.

Sie versuchte, alles andere auszuschalten und sich nur auf Jonas zu konzentrieren. Sie dachte daran, wie er sie geküsst hatte, und spürte wieder dieses warme, zärtliche Gefühl, das sein Kuss in ihr ausgelöst hatte.

»Ich will dich so gerne besser kennenlernen«, hatte er gesagt und sie dabei in den Armen gehalten. »Sehen wir uns heute Abend?«

Annika hatte zugestimmt. In dem Augenblick war ihr das richtig vorgekommen. Jetzt überlegte sie wie beim ersten Mal, ob sie die Verabredung nicht doch lieber absagen sollte. Milla hatte von ihr verlangt, dass sie Jonas küsste. Wegen der Liste ...

»Ich sollte ihn küssen, aber ich soll mich nicht in ihn verlieben«, flüsterte sie vor sich hin. Wie eine Mahnung an sich selbst.

Milla liebte Jonas immer noch, davon war Annika überzeugt. Und auch wenn Milla selbst darauf bestanden hatte, dass Annika ihn küsste, durfte sie sich nicht auf weitere Treffen mit ihm einlassen. Ein Kuss war eine Sache, sich aber in den Mann zu verlieben, den die beste Freundin liebte, eine völlig andere. Doch wenn sie Jonas noch öfter sah und wenn er sie noch öfter so küsste wie heute, dann konnte sie nicht ausschließen, dass sie sich in ihn verliebte.

Kurzentschlossen nahm sie ihr Handy und schickte ihm eine SMS: *Tut mir leid, aber das klappt heute Abend doch nicht. Annika.*

Anrufen wollte sie ihn nicht, weil sie nicht wusste, wie sie ihre Absage erklären sollte. Jonas fragte auch nicht nach.

Schade, schrieb er kurz darauf zurück. *Ich hoffe, wir können das bald nachholen.*

Annika antwortete nicht mehr darauf, weil es keine Antwort gab.

Am nächsten Morgen teilte sie Kjell mit, dass sie den freien Platz im Papageienhaus sehr gerne für Magnus nehmen wollte.

»Eine gute Entscheidung.« Kjell nickte zustimmend.

»Ich weiß.« Annika hatte nicht großartig darüber nachdenken müssen. Gestern war einfach zu viel über sie hereingebrochen. Jetzt, nachdem sie eine Nacht darüber geschlafen hatte, war sie zumindest in diesem Punkt sicher, was sie zu tun hatte.

Kjell schien noch etwas sagen zu wollen. Er öffnete den Mund, aber genau in diesem Moment kam eine der beiden Tierpflegerinnen, die die Papageien versorgten.

»Tut mir leid, Kjell!«, entschuldigte sie sich. »Ich muss sofort nach Göteborg. Meine Mutter ist gestürzt und hat sich ein Bein gebrochen.«

Kjell wirkte bestürzt, zeigte sich aber verständnisvoll. »Natürlich musst du sofort zu deiner Mutter.«

»Ich lasse euch nur ungern im Stich. Glaubst du, ihr kriegt das irgendwie hin?«

Kjell nickte, aber es war ihm anzusehen, dass er nicht wirklich daran glaubte.

»Ich könnte in der Flughalle aushelfen«, schlug Annika spontan vor.

»Wirklich? Ich wäre dir sehr dankbar!« Kjell blickte sie erleichtert an. »Und vielleicht fällt es dir dann leichter, dich von Magnus zu trennen.«

»Das wird mir auf keinen Fall leichtfallen«, widersprach Annika. »Aber ich gönne ihm ein Leben ohne Käfig zusammen mit seinen Artgenossen.«

Kjell schaute ihr direkt in die Augen. »Und vielleicht verliebt er sich sogar. Das soll hier bei uns ganz oft vorkommen.«

Sein Blick war so intensiv, dass Annikas Herz schneller schlug. Was genau meinte er damit? Sprach er von Menschen oder von Papageien? Meinte er vielleicht sogar sich selbst? Oder – bei diesem Gedanken wurde ihr leicht schwindelig – hatte er mitbekommen, was sich zwischen ihr und Jonas abspielte?

Annika war sich nicht sicher, ob ihr dieser letzte Gedanke wirklich gefiel. Bisher wusste sie ja selbst noch nicht, was sie eigentlich empfand. Ob sie überhaupt etwas empfand, außer dieser Sehnsucht nach Liebe und Zärtlichkeit, die sie nicht in Worte fassen konnte.

10. 04.

Ich würde mich gerne öfter melden. Ich wünschte, diese schreckliche Zeit des Krankseins wäre endlich vorbei. Mir fehlt die wunderbare Leichtigkeit meines früheren Lebens. Die Arbeit in meinem Atelier, meine Stoffe, meine Nähmaschine. Ich möchte endlich wieder kreativ sein.
Und ich möchte wieder reisen. Ich vermisse die kleinen Cafés irgendwo auf der Welt, wo ich mit Freunden und Fremden zusammengesessen habe.
Und ganz besonders vermisse ich euch. Sobald ich wieder in Stockholm bin, müssen wir uns unbedingt alle persönlich kennenlernen. Dann treffen wir uns irgendwo und feiern das Leben. Am besten eine ganze Nacht lang! Ich habe so Lust darauf, mit euch zu feiern.

Sven B.: Das machen wir auf jeden Fall. Versprochen!

Karin S.: Klingt so, als geht es dir gerade nicht besonders gut …

Milla: Ich habe ja schon zugegeben, dass dieses nächtliche Bad im See keine ganz so gute Idee gewesen ist. Aber ich bereue es nicht. Es war lustig, und irgendwann ist auch diese blöde Erkältung wieder vorbei. Es dauert eben ein bisschen länger, weil ich vorher schon angeschlagen war.

Karin S.: Das Immunsystem wird durch die Chemo ziemlich angegriffen, da muss man vorsichtig sein. Ich frage mich, warum deine Ärzte dir das nicht gesagt haben.

Milla: Das haben sie mir bestimmt gesagt, aber ich habe wahrscheinlich nicht richtig zugehört. Ich wollte nichts über Krankheiten im Allgemeinen und ganz besonders nichts über meine Krankheit hören.

Ewa B.: Wer will das schon?

Sven B.: Ich jedenfalls nicht. Ich kann dich gut verstehen, Milla.

Milla: Ich wusste immer schon, dass wir beide auf einer Wellenlänge sind, Sven. ☺

Karin S.: Wieso meldet Annika sich hier überhaupt nicht mehr? Wenn ich das richtig verstanden habe, hat sie dich doch nach Torsö begleitet.

Milla: Das musst du sie schon selbst fragen. Ich bin sicher, sie liest hier mit.

Karin S.: Annika? Stimmt das?

Annika D.: Ja, das stimmt. Ich lese mit und warte darauf, dass Milla endlich mit der Wahrheit herausrückt. Wenigstens hier, wenn sie schon ihrer Familie und auch mir gegenüber nichts sagt.

Sven B.: Die Wahrheit über ... was??? Du machst mich gerade ziemlich nervös, Annika.

Annika D.: Die Wahrheit über ihre Krankheit. Warum sie auf Torsö ist und nicht im Danderyds Sjukhus. Die Wahrheit über ihre angebliche Erkältung, die überhaupt keine Erkältung ist, sondern nur das Warten auf ...

Ach, verdammt, das muss euch Milla schon selbst sagen. Genau das ist der Grund, weshalb ich mich zurückgehalten habe. Weil ich Angst habe, hier Dinge zu schreiben, die Milla selbst nicht preisgibt.

— 25 —

Annika zuckte erschrocken zusammen, als die Tür zu ihrem Zimmer aufflog und gegen die Wand knallte.

»Woher weißt du es?« Millas Stimme klang heiser vor unterdrücktem Ärger.

Langsam drehte Annika sich um. Ihr wurde in diesem Moment bewusst, dass sie genau deshalb ihren letzten Beitrag gepostet hatte. Weil sie auf eine Reaktion von Milla gehofft hatte, weil sie endlich Antworten haben wollte.

»Spielt das eine Rolle?«, fragte sie.

Milla trat einen Schritt ins Zimmer. Sie schwankte leicht, stützte sich mit einer Hand an der Wand ab. Ihr Ärger schien verflogen, ihre Stimme klang schwach und hilflos. »Seit wann weißt du es?«

»Seit gestern.«

»Ich will wissen, wer es dir gesagt hat!« Millas Wut schien wieder aufzuflammen. In ihrem weißen Gesicht zeichneten sich hektische rote Flecken ab. »Wer war der Verräter? Es kann doch nur jemand aus dem Danderyds Sjukhus gewesen sein.«

Annika war jetzt selbst aufgebracht. »Du hast mir jedenfalls nicht gesagt, dass dir die Chemotherapie nicht geholfen hat und dein Leben nur durch einen Knochenmarkspender gerettet werden kann!«

»*Was* hast du gesagt?«

In ihrer Gereiztheit hatten sie beide nicht bemerkt, dass Elisabet in der Tür stand. Ihr Gesicht war genauso blass wie Millas.

Sie hielt sich mit einer Hand am Türrahmen fest, die andere hatte sie auf ihr Herz gepresst.

»Chemotherapie? Knochenmarkspender?«

Milla drehte sich zu ihrer Mutter an. »Vergiss, was du gehört hast!«

»Wie könnte ich so etwas vergessen?« Elisabet ging langsam auf ihre Tochter zu und streckte die Arme nach ihr aus.

Milla wich zurück.

»Verdammt, Milla!«, schrie Annika sie unbeherrscht an. »Sag deiner Mutter endlich, was mit dir los ist! Vielleicht kommt sie als Spenderin infrage. Oder Kjell.«

»Du miese Verräterin!«, schleuderte Milla ihr entgegen. »Das verzeihe ich dir nie. Ich will, dass du verschwindest!«

Sie starrten sich an, während Elisabet hilflos dabeistand.

Das meint sie nicht so, sagte Annika sich. Sie beruhigt sich gleich wieder ...

»Heute noch!«, fügte Milla unmissverständlich hinzu.

»Ich will nicht, dass du gehst!«, sagte Kjell.

Er hatte die Hände zu Fäusten geballt und kämpfte mit den Tränen. Dieser große, starke Mann wirkte so hilflos, dass Annika ihn am liebsten in die Arme genommen hätte. Elisabet hatte ihn offensichtlich inzwischen informiert, und es war ihm anzusehen, wie sehr ihm die Nachricht über die schwere Krankheit seiner Schwester zusetzte.

Annika hatte ein schlechtes Gewissen, weil sie ihn im Stich ließ. »Ich weiß, ich hatte dir versprochen, im Papageienhaus zu helfen, aber ...«

»Es geht mir nicht um das verdammte Papageienhaus«, unterbrach er sie. »Es geht mir ausschließlich um dich.«

Seine Worte berührten sie, seinen Blick konnte sie kaum ertragen. »Versuch bitte, mich zu verstehen«, bat sie leise. »Ich kann nicht bleiben. Milla hat mich eine Verräterin genannt, und damit hat sie sogar recht. Ich hätte es deiner Mutter nicht sagen dürfen.«

Kjell kam näher, und jetzt war er es, der sie in die Arme nahm. »Es war genau richtig«, versicherte er. »Milla wird das irgendwann auch einsehen. Sobald sie wieder gesund ist.«

»Wenn sie ...« Annika brach ab, schluchzte leise auf. »Ich habe doch selbst nicht gewusst, dass es so schlimm um sie steht. Dass die Therapie gescheitert ist. Warum hat sie mir nichts gesagt?«

»Weil Milla eben Milla ist. Weil sie alles mit sich selbst ausmacht.« Kjell presste kurz die Lippen aufeinander. »Ich fürchte, daran sind wir alle nicht ganz unschuldig. Meine Mutter, ich, aber ganz besonders mein Vater.«

Kjell hielt sie immer noch in den Armen, aber er blickte über ihren Kopf hinweg. Seine Stimme klang schuldbewusst, als er leise erzählte, was damals passiert war. »Mein Vater wollte, dass Milla und ich gemeinsam seine Tierarztpraxis übernehmen.«

»Milla als Tierärztin?« Annika hatte ihn nicht unterbrechen wollen, aber die Frage sprudelte einfach so aus ihr heraus.

Kjell schaute sie an und lächelte. »Absurd, nicht wahr?«

»Ja«, stimmte Annika ihm sofort zu. »In diesem Beruf hätte Milla niemals ihre Kreativität ausleben können. Außerdem ist sie nicht dazu geschaffen, Entscheidungen zu treffen, die du bestimmt oft treffen musst. Wieso habt ihr das nicht verstanden?«

»Es war vor allem mein Vater, der das nicht verstanden hat«, sagte Kjell. »Versteh mich bitte nicht falsch, ich will ihm nicht die ganze Schuld zuschieben, aber gerade zwischen ihm und

Milla kam es zum Streit. Keiner von ihnen wollte nachgeben, und als mein Vater dann auch noch erfuhr, dass Milla sich in Stockholm bereits für ein Modedesignstudium eingeschrieben hatte, eskalierte die Situation. Er hat sie aus dem Haus geworfen, und sie ist gegangen.«

»Und wie habt ihr reagiert? Deine Mutter und du?«

»Wir haben versucht, mit beiden zu reden, aber es war sinnlos. Heute muss ich ehrlich zugeben, dass wir uns zu wenig für Milla eingesetzt haben. Das hat sie uns nie verziehen. Ich war sehr überrascht, als sie dann plötzlich doch nach Hause kam. Jetzt ahne ich, warum. Sie wollte Abschied nehmen, ohne uns zu sagen, was mit ihr los ist.«

»Das auch«, sagte Annika. »Aber es gibt noch einen anderen Grund.«

Kjell schaute sie fragend an, aber Annika schüttelte den Kopf. »Das darf ich dir wirklich nicht sagen, Kjell. Ich finde es gut, dass ihr endlich über Millas Krankheit Bescheid wisst. Ich hoffe so sehr, dass einer von euch als Spender infrage kommt! Aber das andere, das kann ich nicht verraten. Dann würde ich mich auch selbst als Verräterin fühlen.«

Er nickte, langsam und bedächtig, schaute ihr dabei in die Augen und zog sie fester an sich. »Geh bitte nicht!«, bat er.

»Ich kann nicht bleiben. Vielleicht ... irgendwann ... kann Milla mir doch verzeihen und ...« Ihre Stimme brach, sie konnte nicht weitersprechen.

»Schon gut!« Kjell zog ihren Kopf an seine breite Brust.

Sie hörte sein Herz schlagen. Schnell und heftig, im Einklang mit ihrem eigenen Herzen.

Nichts war gut, das wussten sie beide!

Bevor sie das Haus verließ, klopfte Annika noch einmal an Millas Tür. Milla hatte sich eingeschlossen und angekündigt, das Zimmer bis zu Annikas Abreise nicht mehr zu verlassen.

»Milla, ich reise jetzt ab!«, rief Annika.

Hinter der Tür blieb es still. Hatte Milla sie überhaupt gehört?

»Ich kann verstehen, dass du sauer auf mich bist. Trotz allem bin ich froh, dass deine Mutter und Kjell jetzt Bescheid wissen«, fuhr Annika fort. »Ich hoffe so sehr, dass einer der beiden als Spender infrage kommt.«

Stille.

Annika strich sanft über das Holz der Tür. »Alles Gute«, sagte sie leise.

Dann wandte sie sich um und verließ das Haus.

Irgendwo ist immer Frühling

11.04.

Verrat ist noch schlimmer als Krankheit!
Ihr glaubt das nicht? Dann wünsche ich euch, dass ihr diese Erfahrung auch nie machen müsst.

Karin S.: Tut mir sehr leid für dich, wenn du diese Erfahrung machen musstest. Ich kenne ja die Hintergründe nicht, aber vielleicht war es nur ein Missverständnis.

Milla: Das war ganz bestimmt kein Missverständnis!

Sven B.: Was genau ist denn passiert?

Milla: Tut mir leid, aber ich kann gerade nicht darüber reden.

— 26 —

Seit zwei Tagen war Annika nun wieder in Stockholm. Sie wohnte bei Rasmus, der ihr sofort angeboten hatte, die Wohnung doch selbst zu behalten.

»Ich habe mich noch nicht bei der Hausverwaltung gemeldet, du bist also offiziell immer noch die Mieterin.«

Annika hatte den Kopf geschüttelt. »Es reicht, wenn du mich ein paar Tage hier wohnen lässt. Ich muss nur ein bisschen zur Ruhe kommen und ein paar Entscheidungen treffen.«

»Bleib so lange du willst!«, hatte Rasmus herzlich erwidert. »Du hast mir geholfen, und ich bin froh, wenn ich mich revanchieren kann.«

Annika hatte keine Ahnung, was sie jetzt machen sollte. Die Wohnung, die einmal ihr Zuhause gewesen war, erschien ihr leer. Rasmus war tagsüber meist in der Uni, und wenn er keine Vorlesung hatte, arbeitete er weiterhin als Taxifahrer.

Vor allem aber vermisste Annika Magnus. Seine schrillen Schreie, sein munteres Geplauder. Sie brach in Tränen aus. Magnus fehlte ihr. Milla fehlte ihr. Jonas, Kjell, Torsö …

Sie hielt es nicht mehr aus, verließ beinahe fluchtartig die Wohnung. Nur weg hier! Raus aus der Einsamkeit, die sie früher immer gesucht hatte und die sie jetzt nicht mehr ertragen konnte.

Sie lief ziellos durch die Stadt. Irgendwann wurde ihr flau vor Hunger. Sie musste inzwischen schon stundenlang herumgelaufen sein.

In Gamla Stan, der Altstadt Stockholms, nahm Annika an einem der Bistrotische Platz, die vor einem Café standen. Um sie herum waren vor allem Touristen. Deutsche, Engländer und Franzosen. Eine Gruppe Japaner flanierte vorbei, die unvermeidlichen Kameras in der Hand oder vor der Brust baumelnd.

Annika legte ihre Handtasche auf ihren Schoß, nahm die Speisekarte in die Hand und entschied sich nach kurzem Überlegen für einen pikanten Pfannkuchen. Sie genoss es, einfach hier zu sitzen, inmitten der fremden Menschen. Sie spürte die Sonnenstrahlen auf ihrem Gesicht, den leichten Wind auf ihrer Haut. Es war ein Moment, der ihr zeigte, wie schön das Leben sein konnte, wenn sie es nur zuließ.

Allerdings konnte sie die Schönheit des Lebens gerade nicht so richtig auskosten. Zu sehr quälte sie der Kummer über ihren Streit mit Milla und noch mehr die Angst um das Leben der Freundin.

Annika musste sowieso noch ins Danderyds Sjukhus, um ihre persönlichen Sachen abzuholen. Sie hatte gleich für den nächsten Tag einen Termin vereinbart, um sich als Knochenmarkspenderin testen zu lassen. Wenn Milla nur etwas gesagt hätte, wäre sie schon längst registriert. Vielleicht wäre dann schon ein Spender für Milla gefunden. Vielleicht hatte sie durch ihr Verhalten ihr Leben aufs Spiel gesetzt.

Die Wut ergriff so plötzlich Besitz von Annika, dass es sie selbst überraschte. Kummer und Sorge konnte sie zwar nicht verdrängen, aber auf einmal hatte sie das dringende Bedürfnis, Milla deutlich ihre Meinung zu sagen. Also nahm sie ihr Handy aus der Tasche, um ihrer Freundin eine erboste SMS zu schicken.

Ich bin gerade richtig sauer auf dich! Wir alle hätten uns längst tes-

ten lassen können, wenn du nur gesagt hättest, was los ist! Du spielst mit deinem Leben, weil du ... Ja, warum eigentlich? Wenn du immer noch nicht erkannt hast, dass deine Familie dich liebt, ist dir nicht zu helfen. Ich wünschte, ich hätte so eine Familie wie du!

Annika hielt das Handy minutenlang in der Hand und starrte darauf. In der Hoffnung, dass eine Antwort kam. Aber Milla meldete sich nicht.

Eigentlich hatte Annika genau damit gerechnet. Trotzdem war sie enttäuscht. Sie legte das Handy neben ihren Teller und schaute während des Essens immer wieder darauf.

Nichts!

Schließlich gab sie das Warten auf und steckte das Handy zurück in ihre Handtasche. Sie lehnte sich zurück, schloss die Augen und ließ sich die Sonne ins Gesicht scheinen.

Zwei Minuten später hielt sie es nicht mehr aus. Sie musste einfach nachsehen, ob Milla sich gemeldet hatte. Sie wollte nach ihrer Tasche greifen ...

... und langte ins Leere.

»Meine Tasche!«, rief sie erschrocken aus.

»Bitte?« Die Kellnerin, die gerade mit einem beladenen Tablett an ihrem Tisch vorbeiging, blieb stehen.

»Meine Handtasche ist weg!«, stieß Annika hervor. Sie schaute sich suchend um. Dann stand sie auf und schob den Stuhl beiseite. Vielleicht war die Tasche nur zu Boden gefallen.

Keine Tasche! Sie musste gestohlen worden sein, und Annika hatte es nicht bemerkt.

»Da war meine Geldbörse drin, meine Papiere, mein Handy!«

Die Kellnerin zog missbilligend die Augenbrauen hoch. »Willst du mir damit sagen, dass du nicht bezahlen kannst?«

Daran hatte Annika in ihrer Aufregung noch gar nicht

gedacht. Hilflos schüttelte sie den Kopf. Dann versicherte sie hastig: »Natürlich bezahle ich! Nur nicht sofort.«

Die Kellnerin stellte das Tablett auf den Tisch und trat einen Schritt näher, als wolle sie Annika daran hindern, zu flüchten.

Das hatte Annika ohnehin nicht vor. »Ich gebe dir meine Adresse und unterschreibe, dass ich das Geld so schnell wie möglich vorbeibringe«, schlug sie vor. Beschämt bemerkte sie, dass inzwischen auch die anderen Gäste auf sie aufmerksam geworden waren.

»Ich will deinen Ausweis sehen«, verlangte die Kellnerin.

»Aber der war in meiner Tasche!«

»So lasse ich dich nicht gehen.« Die Kellnerin schüttelte den Kopf. »Ich rufe die Polizei.«

In ihrer Vorstellung sah Annika, wie sie zuerst in Handschellen abgeführt wurde und dann in einer Zelle landete, zusammen mit anderen Kriminellen, während sie vergeblich ihre Unschuld beteuerte ...

»Was ist passiert?«, fragte eine besorgte Stimme neben ihr.

Eine Stimme, die Annika sofort erkannte: Jonas! Hier in Stockholm!

Sie bemerkte, dass die Kellnerin sich ein wenig entspannte. Jonas hatte eine so positive Ausstrahlung, dass sie ihn sogar anlächelte.

Nachdem Annika ihm erzählt hatte, was passiert war, bezahlte Jonas ihre Rechnung, gab der Kellnerin ein großzügiges Trinkgeld und bot Annika an, sie zur Polizei zu begleiten, damit sie wegen des Diebstahls Anzeige erstatten konnte.

Annika sah darin nicht viel Sinn, der Dieb würde sowieso nicht erwischt werden. »Du bekommst das Geld natürlich von mir zurück«, sagte sie, bevor sie endlich die Frage stellte, die sie schon die ganze Zeit beschäftigte: »Was machst du überhaupt hier?«

»Ich schaue mir Gamla Stan an. Ich war schon oft in Stockholm, hatte aber nie Zeit für einen Spaziergang durch die Altstadt.« Er lächelte sein Jonaslächeln und griff nach ihrer Hand. »Okay, das ist natürlich nur die halbe Wahrheit. Ich bin hier, weil ich morgen einen Termin im Krankenhaus habe, und ich bin einen Tag früher angereist, weil ich dich sehen wollte.«

Annikas Herz schlug wild und heftig.

»Ich wollte dich überraschen, deshalb habe ich mich vorher nicht angemeldet.« Er machte eine kurze Pause und gab dann zu: »Ehrlich gesagt, war ich mir nicht sicher, ob du mich überhaupt sehen willst. Auch deshalb habe ich mich nicht angemeldet. Ich war eben bei dir zu Hause, aber da war niemand. Und deshalb habe ich beschlossen, mir ein bisschen die Zeit zu vertreiben, und später noch einmal zu deiner Wohnung zu fahren.«

»Und dann triffst du mich hier in der Altstadt und hilfst mir aus der Klemme«, sagte Annika. »Was für ein Zufall!«

Jonas schüttelte den Kopf. »Ich glaube nicht an Zufälle, sondern an Bestimmung.« Er zog sie zu sich heran. »Du bist einfach verschwunden, ohne dich zu verabschieden.«

»Das tut mir leid«, murmelte Annika schuldbewusst. An Jonas hatte sie in der ganzen Aufregung nicht gedacht.

»Wieso musst du ins Krankenhaus?«, fragte sie. In erster Linie wollte sie so verhindern, dass er Fragen über ihre überstürzte Abreise stellte, die sie nicht beantworten konnte.

Aber offensichtlich hatte Jonas inzwischen einiges erfahren. »Ich bin hier, um mich als Spender testen zu lassen. Elisabet hat mir und einigen anderen Leuten aus Laxhall von Millas Krankheit erzählt. Die anderen lassen sich auch als Spender registrieren.«

»Ich werde morgen auch getestet«, sagte Annika schnell und erweckte damit genau den erwünschten Eindruck. Jonas schien zu glauben, dass sie deshalb nach Stockholm zurückgekehrt war.

»Ich hätte dich im Auto mitnehmen können«, sagte er.

»Ich konnte es dir nicht sagen, das hatte ich Milla versprochen.« Annika warb mit einem Lächeln um Verständnis. »Aber ich bin froh, dass Elisabet dir und auch anderen alles erzählt hat, weil die Liste der möglichen Spender dadurch länger wird.«

Ganz geschickt hatte sie den Streit mit Milla verschwiegen, ohne Jonas anzulügen. Allerdings wusste sie nicht, was sie sagen sollte, als Jonas vorschlug: »Dann können wir ja zusammen zurück nach Torsö fahren.«

Annika verspürte plötzlich eine so starke Sehnsucht nach der Insel, nach Milla und ihrer Familie und nach Magnus, dass es ihr den Atem raubte. Sie musste sich zusammenreißen, um nicht in Tränen auszubrechen, und wusste immer noch nicht, wie sie auf Jonas' Vorschlag reagieren sollte.

»Du kannst nicht mit zurückkommen, nicht wahr?«, kam er ihr zu Hilfe. »Dein Urlaub ist bestimmt vorbei.«

Zuerst nickte sie erleichtert, aber als sie sein verständnisvolles Lächeln sah, wollte sie ihn einfach nicht anlügen. »Eigentlich war alles ganz anders, Jonas. Ich hätte beliebig lange auf Torsö bleiben können, weil ich meinen Job nämlich gekündigt habe. Meine Abreise hatte ganz andere Gründe. Milla ...« Sie schluckte. »Ich kann nicht darüber reden.«

Er schaute sie lange an, lächelte wieder. »Du musst nichts erklären. Ich freue mich so sehr über das Wiedersehen.«

»Ich freue mich auch«, erwiderte Annika aufrichtig.

»Willst du mir Gamla Stan zeigen? Also, wenn du Zeit hast. Du kennst hier doch bestimmt jede Ecke.«

Jonas wirkte verblüfft, als sie laut auflachte. »Mir ist erst heute wieder aufgefallen, dass ich Stockholm überhaupt nicht richtig kenne«, erklärte sie ihm. »Es gibt noch so viel zu erkunden.«

»Dann lass es uns gemeinsam entdecken«, schlug er vor.

Annika ließ sich gerne darauf ein. Mit Jonas schien alles so unbeschwert und leicht zu sein, und er schaffte es, sie trotz ihrer Sorgen immer wieder zum Lachen zu bringen. Er tat ihr einfach gut, und sie war froh, dass sie ihn getroffen hatte.

Abends gingen sie essen und machten anschließend eine Bootsrundfahrt durch die Stadt. Es war bereits dunkel, die Lichter Stockholms spiegelten sich im Wasser.

Annika und Jonas waren allein auf Deck. Sie standen so dicht nebeneinander an der Reling, dass sich ihre Schultern berührten. Im Innern des Schiffes fand eine Feier statt. Gedämpfte Musik drang zu ihnen heraus, und dann wurde ein romantisches Liebeslied gespielt.

Jonas legte einen Arm um Annikas Schulter. »Ich möchte jetzt nirgendwo anders auf der Welt sein als hier bei dir«, flüsterte er dicht an ihrem Ohr.

Sie drehte sich zu ihm um, legte eine Hand auf seine Brust und spürte sein heftig schlagendes Herz. Ihre Hand glitt über seine Schulter. Sie umschlang ihn mit beiden Armen, und er zog sie fest an sich.

»Ist dir kalt?«, fragte er. Er hatte wohl bemerkt, dass sie in seinen Armen zitterte.

Lächelnd schaute sie zu ihm auf, schüttelte leicht den Kopf. »Nein!«

Er verstand, senkte den Kopf und küsste sie.

Irgendwo ist immer Frühling

14.04.

Annika, kannst du mir verzeihen und zurück nach Torsö kommen?
Milla

— 27 —

Fassungslos starrte Annika auf die Worte. Für Milla war es ein großer Schritt, sich öffentlich zu entschuldigen.

»Anders konnte sie mich auch nicht erreichen«, murmelte Annika und dachte an ihr gestohlenes Handy.

Davon wusste Milla natürlich nichts, fiel ihr gleich darauf ein. Vielleicht hatte sie ja versucht, Annika auf dem Handy zu erreichen, und erst dann diesen Weg gewählt.

Eigentlich spielte das keine Rolle. Milla hatte sich entschuldigt und sie gebeten, zurück nach Torsö zu kommen. Nur das zählte.

Jonas holte sie kurz darauf ab, um zusammen mit ihr zum Danderyds Sjukhus zu fahren. Er warf einen überraschten Blick auf die Reisetasche, die sie auf den Rücksitz seines Wagens stellte.

»Nimmst du mich nachher mit nach Torsö?«, fragte sie gut gelaunt.

»Klar!« Jonas war anzusehen, dass er sich freute. Und Annika war ihm dankbar, dass er keine Fragen stellte.

Ausgerechnet Ewonne lief ihnen im Eingangsbereich des Krankenhauses über den Weg. Sie schaute Annika an, stutzte und kam mit ausgestreckter Hand auf sie zu.

»Annika, wie geht es dir?«

»Danke, gut!« Annika erwiderte das Lächeln ihrer früheren Vorgesetzten und machte sie mit Jonas bekannt.

Die beiden begrüßten einander, dann ging Jonas weiter, damit sie ungestört mit Ewonne reden konnte.

»Wir haben dich hier sehr vermisst«, sagte Ewonne.

Diesmal antwortete Annika nur mit einem Lächeln. Sie hatte das Krankenhaus überhaupt nicht vermisst, wollte aber weder unhöflich sein noch aus Höflichkeit lügen.

»Wenn du es dir doch noch anders überlegst, wir haben deine Stelle noch nicht besetzt.«

»Nein, Ewonne!« Annika schüttelte den Kopf. »Ich werde nicht zurückkommen.«

»Was hast du denn vor?«, wollte Ewonne neugierig wissen.

Annika zuckte mit den Schultern. »Ich weiß es noch nicht.«

Ewonne zog die Augenbrauen zusammen und wirkte wieder ein bisschen wie die gestrenge Vorgesetzte, die ihr gleich eine Abmahnung erteilen würde. »Du hast keine neue Stelle? Keine Pläne? Nichts?«

Annika strahlte sie an. »Genau. Ist das nicht herrlich aufregend?«

Ewonne schürzte die Lippen, schüttelte verständnislos den Kopf. »Ich wünsche dir trotzdem alles Gute!«, sagte sie und verabschiedete sich hastig von ihr.

Gleichzeitig kam von der anderen Seite Inger auf sie zugelaufen und umarmte sie. »Wie schön, dich zu sehen! Ich habe dich so vermisst. Kommst du zurück?«

»Auf keinen Fall!« Wieder schüttelte Annika den Kopf.

»Schade, aber ich habe es mir fast gedacht. Ich habe gesehen, dass du mit Ewonne gesprochen hast, und ihr säuerlicher Gesichtsausdruck ist mir nicht entgangen. Dabei hätte ich wetten können, dass sie dich sofort wieder einstellt, wenn du sie darum bittest.«

»Sie hat mich gefragt, ob ich wieder hier anfangen will«,

erklärte Annika. »Und sie konnte gar nicht verstehen, dass ich ihr Angebot ausgeschlagen habe.«

»Ich hätte mich auch gefreut, wenn du wiedergekommen wärst«, sagte Inger. »Es ist langweilig geworden ohne dich. Komisch eigentlich.« Sie neigte den Kopf zur Seite und wirkte nachdenklich. »Du warst immer so still und bescheiden. Trotzdem fehlst du hier. Nicht nur als Mitarbeiterin, sondern du als Mensch.«

»Danke, Inger!« Annika umarmte sie herzlich.

»Lass uns in Kontakt bleiben«, bat Inger. »Auch wenn du nicht mehr hier arbeitest.«

Annika versprach es ihr, und dann folgte sie Jonas ins Labor, um sich testen zu lassen. Vielleicht hatten sie ja längst einen Spender gefunden, der für Milla infrage kam. Sie hoffte es so sehr.

Auf der Rückfahrt nach Torsö dachte Annika an ihre erste Fahrt dorthin. Nur wenige Wochen waren vergangen, aber es war so viel passiert, dass es ihr vorkam, als wären seither Jahre vergangen. Ihr ganzes Leben hatte sich verändert.

Nein, verbesserte sie sich selbst. Nicht nur ihr Leben hatte sich verändert, sondern vor allem sie selbst. Früher hatte sie Angst vor allem gehabt, war in Routine erstarrt, erfüllt von den Schuldgefühlen, die ihre Mutter ihr eingeimpft hatte. Inzwischen hörte sie die Stimme ihrer Mutter nicht mehr, konnte alle Schuldgefühle beiseiteschieben. Angst hatte sie immer noch, aber viel größer war die Neugier, wie sie und ihr Leben sich weiterentwickeln würden.

»Ich finde es schön, wenn du so lächelst«, drang Jonas' Stimme in ihre Gedanken. »Verrätst du mir, woran du gerade denkst?«

»An all das, was passiert ist.«

»Offensichtlich gefällt es dir.« Er lächelte ebenfalls, und sie vermutete, dass er an den vergangenen Abend dachte, an ihren Kuss.

Annika schaute wieder aus dem Fenster und hing erneut ihren Gedanken nach. Sie hatte Angst vor dem, was sie auf Torsö erwartete, und konnte es gleichzeitig kaum erwarten, wieder dort zu sein.

»Hast du Milla in den letzten Tagen gesehen?«, fragte sie Jonas.

Er schüttelte den Kopf, wirkte bedrückt. »Angeblich geht es ihr sehr schlecht.« Er schaute zu ihr herüber, griff nach ihrer Hand und drückte sie kurz. »Aber die Leute reden viel.«

Annika nickte und schwieg. Sie versuchte sich selbst Mut zu machen. Immerhin war Milla noch dazu in der Lage gewesen, sie über ihren Blog um Verzeihung zu bitten. Das war doch bestimmt ein gutes Zeichen.

Es war Jonas, der das Schweigen brach. »Ich war einmal sehr verliebt in Milla. Als ich dann endlich den Mut aufgebracht hatte, sie um ein erstes Date zu bitten, war sie weg. Danach habe ich mir geschworen, nie wieder so lange zu warten.« Wieder schaute er sie kurz an, schien in ihrem Gesicht zu lesen, dass sie über seine Worte erschrocken war, und schüttelte lächelnd den Kopf. »Du musst dir keine Gedanken machen, das ist lange her. Heute ist es nicht mehr Milla, für die mein Herz schlägt.«

Aber Milla liebt dich immer noch, dachte Annika.

Wieder wandte Jonas den Blick von der Straße ab, um sie anzusehen. Er wirkte besorgt. »Du bist jetzt hoffentlich nicht sauer? Vielleicht hätte ich das besser nicht sagen sollen.«

»Ist schon okay«, murmelte Annika, obwohl es überhaupt nicht okay war. Warum war das Schicksal so mies? Warum hatte es zwei Menschen, die sich mochten, nicht zusammenfinden lassen?

»Nicht das Schicksal ist verantwortlich, sondern die Menschen selbst«, erkannte sie plötzlich.

»Was hast du gesagt?«

Erst jetzt wurde Annika bewusst, dass sie ihren Gedanken laut ausgesprochen hatte. Sie konnte Jonas nicht erklären, was sie damit meinte.

Als eine Parkbucht kam, steuerte Jonas den Wagen rechts ran und hielt an. »Es war nur eine Jugendschwärmerei«, versicherte er und sah ihr fest in die Augen. »Es ist vorbei. Mich verbindet nichts mehr mit Milla.«

»Sprich nicht weiter!«, bat Annika. Sie wollte diese Worte nicht hören. Es tat ihr für Milla weh.

»Aber ich muss dir doch erklären ...«

Annika legte eine Hand auf seinen Mund und schüttelte den Kopf. »Du musst mir überhaupt nichts erklären«, sagte sie sanft.

Sie hätte ihm ihrerseits erklären können, was gerade in ihr vorging. Aber das hätte bedeutet, ihm vom letzten Punkt auf Millas Liste zu erzählen, und damit hätte sie Millas Vertrauen auf jeden Fall missbraucht.

Sie zog ihre Hand zurück. »Fahr bitte weiter«, bat sie Jonas. »Ich möchte so schnell wie möglich nach Torsö.«

Kjell öffnete ihr die Tür. Sein Gesicht war blass und ernst.

»Wie geht es ihr?«, fragte Annika.

Er schüttelte den Kopf, presste die Lippen aufeinander. Dann nahm er sie in die Arme. »Schön, dass du wieder da bist! Wir haben dich vermisst.« Dann erschien ein schwaches Lächeln auf seinem Gesicht. »Wir alle, bis auf Magnus, um ganz ehrlich zu sein.«

»Es geht ihm also gut?«

»Du kannst ihn ja morgen in der Flughalle besuchen und dich selbst davon überzeugen.«

Kjell ließ sie los, als Jonas ihr Gepäck ins Haus brachte. Auch er erkundigte sich nach Millas Befinden, dann verabschiedete er sich.

»Ich rufe dich an«, versprach er Annika. Er beugte sich vor und küsste sie sanft auf die Lippen.

Als Annika sich umdrehte, stand Kjell hinter ihr. Mit einem Gesichtsausdruck, den sie noch nie zuvor gesehen hatte. Sie hatte das Gefühl, dass er etwas sagen wollte, doch in diesem Moment kam Elisabet die Treppe herunter.

Sie stieß einen leisen Freudenschrei aus. »Wie schön, dass du wieder da bist! Milla hat mir gesagt, dass sie dich gebeten hat, zurück nach Torsö zu kommen. Sie war sich aber nicht sicher, ob du es einrichten kannst.«

Annika wollte nur noch nach oben und Milla wiedersehen. »Schläft sie?«, fragte sie.

Elisabet schüttelte den Kopf. »Milla ist nicht mehr richtig zur Ruhe gekommen, seit sie dich gebeten hat, zurückzukommen.«

Annika lief die Treppe hinauf. Sie klopfte an Millas Tür, vernahm ihre schwache Stimme und trat ein.

Millas blasses Gesicht schien von innen zu leuchten, als sie Annika erkannte. Sie streckte die Hand nach ihr aus. »Ich hatte so große Angst, dass du mir nicht verzeihst. Dass du nicht mehr kommst.«

Annika eilte zu ihr, legte sich neben sie aufs Bett und umarmte sie. »Inzwischen solltest du mich besser kennen.«
Milla lächelte und schloss die Augen.

Irgendwo ist immer Frühling

15. 04.

Ihr wisst ja, dass ich krank bin, aber bisher habe ich verschwiegen, wie es mir wirklich geht. Jetzt sage ich euch die Wahrheit und bitte euch gleichzeitig um Hilfe.
Die herkömmliche Therapie hat bei mir keine Wirkung gezeigt. Das Einzige, was mir jetzt noch helfen kann, ist eine Knochenmarktransplantation. Ich stehe auf der Liste, aber bisher wurde noch kein Spender gefunden. Es fällt mir nicht leicht, euch darum zu bitten, aber würdet ihr euch bitte testen lassen? Und sagt ihr all euren Bekannten, Freunden und Verwandten Bescheid, dass sie sich ebenfalls als Spender registrieren lassen sollen?
Selbst wenn es mir nicht hilft, so hilft es vielleicht einem anderen Betroffenen, der ebenso auf einen Spender wartet wie ich.
Vielen Dank, dass ihr bis hierher gelesen habt. Und ein dickes Danke an alle, die sich wirklich testen lassen.

Sven B.: Ich lasse mich sofort testen, und in Gedanken bin ich bei dir.

Karin S.: Ich muss mich erst erkundigen, ob ich nach meiner Vorgeschichte als Spenderin infrage komme. Wenn ja, lasse ich mich auch sofort testen, und meine Familie überzeuge ich auch davon.

Ewa B.: Ich auch! Ich habe schon einen Termin gemacht und bin morgen im Danderyds Sjukhus.

Milla: Ich danke euch allen!

Sven B.: Ich glaube, ich spreche jetzt im Namen von uns allen: Halte durch, Milla, wir sind bei dir. Wir denken an dich. Du schaffst das!

Karin S.: Natürlich schafft sie das. Eine dicke Umarmung von mir, Milla.

Ewa B.: Da schließe ich mich an.

— 28 —

Jeden Tag half Annika im Papageienhaus aus. Sie schnippelte Obst und Gemüse, behandelte die beiden Timnehs, die an Arthrose litten, mit einer homöopathischen Salbe und war froh, dass die Arbeit sie von ihrer Sorge um Milla ablenkte.

Sie stand im Eingang der Flughalle und beobachtete Magnus, der sich vorsichtig der humpelnden Henriette näherte und dabei leise Balzlaute ausstieß. Er war noch nicht so geübt im Umgang mit seinen Artgenossen und verhielt sich sehr vorsichtig.

Zum Glück erwies sich Henriette als sehr friedlich. Anfangs sträubte sie zwar noch alle Federn, doch dann ließ sie zu, dass Magnus sich ihr näherte. Sie senkte sogar das Köpfchen, als er dicht vor ihr saß. Als die beiden begannen, sich gegenseitig das Gefieder zu putzen, wusste Annika, dass nun alles gut würde. Magnus war angekommen, er hatte ein neues Zuhause gefunden und würde für immer hierbleiben.

»Fällt es dir sehr schwer?«

Kjell stand hinter ihr. So nah, dass sein Körper den ihren fast berührte. Seine Nähe löste in Annika eine übergroße Sehnsucht nach Zärtlichkeit, nach Leidenschaft aus. So stark, dass es ihr die Luft nahm. Sie drehte sich langsam zu ihm um, ihre Blicke versanken ineinander, sein Gesicht näherte sich dem ihren …

»Verdammt, Kjell, ich suche dich überall!«, rief Christine, die plötzlich hinter ihnen aufgetaucht war.

Kjell und Annika fuhren wie ertappt auseinander.

»Was ist denn?« Kjells ungeduldige Frage war an Christine gerichtet, doch sein Blick ruhte auf Annikas Gesicht.

»Das Wartezimmer ist voll, und du treibst dich hier in der Halle herum. Wenn es nach mir ginge, würde das verdammte Ding endlich abgerissen.«

Kjell lachte nur. »Das wird nie passieren«, prophezeite er. »Ich habe sogar vor, ein weiteres Gewächshaus als Flughalle ausbauen zu lassen, um Amazonen aufzunehmen.«

Christine war sichtlich entsetzt. »Das ist nicht dein Ernst!«

Kjell hatte aufgehört zu lachen. Er wandte sich um. »Mein voller Ernst. Ich will ein richtiges Schutzcenter für Papageien errichten, um Papageienhaltern zu zeigen, wie sie ihren Tieren einen möglichst naturnahen Lebensraum schaffen können. Mein Hauptziel ist es aber, die Menschen zu informieren, damit die Zahl der als Haus- und Zootiere gehaltenen Papageien nicht weiter ansteigt.«

»Du spinnst doch!« Christine tippte sich mit dem Zeigefinger gegen die Stirn. »Muss ich dich daran erinnern, dass die Kunden aus ganz Schweden kommen, um ihre Papageien von dir behandeln zu lassen? Und jetzt willst du dich selbst um diese Einnahmen bringen?«

»Profit ist eben nicht alles«, erwiderte er. »Und es würde mich wirklich freuen, wenn ich zukünftig mehr Hunde und Katzen als Papageien behandeln müsste, auch wenn das weniger Geld bringt.«

Christine schüttelte missbilligend den Kopf, sagte aber nichts mehr und ging.

»Was für eine wundervolle Idee!«, sagte Annika begeistert. Ein Schutzcenter für Papageien aufzubauen wäre eine Aufgabe, die auch ihr gefallen und ihr Leben bereichern würde.

»Bleib doch hier und hilf mir!«, sagte Kjell, als hätte er ihre Gedanken erraten. »Ich habe gesehen, wie viel Freude dir die Arbeit mit den Papageien bereitet.«

»Ja, das wäre schön, aber ...« Annika brach ab.

Sie musste nichts sagen, Kjell verstand sie auch so. »Ich fange erst damit an, wenn ein Spender für Milla gefunden wurde und es ihr wieder besser geht.«

Annika nickte unschlüssig, auch wenn es sie sehr reizte, Kjells Angebot anzunehmen. Aber im Moment beherrschte zu viel anderes ihr ganzes Denken und Fühlen.

»Du musst dich nicht sofort entscheiden«, sagte Kjell. »Ich weiß genau, wie du dich gerade fühlst. Mir geht es ja nicht viel anders.«

»Ich wünschte nur, sie würden endlich einen Spender finden!« Annika ballte verzweifelt die Hände zu Fäusten. »Sie müssen einfach einen Spender finden!«

Kjell legte seine Hände auf ihre Schultern. Er sah ihr in die Augen, dann zog er sie an sich. »Alles wird gut«, sagte er leise. »Wir müssen nur fest daran glauben.«

Viel zu schnell ließ er sie wieder los. »Ich muss jetzt wirklich in die Praxis«, sagte er. »Bis später!« An der Tür wandte er sich noch einmal um. »Und vielen Dank, dass du uns hier hilfst.«

Ein Lächeln, dann war er weg.

Als Annika mittags ins Haus ging, kam Milla die Treppe herunter. Sie schwankte, musste sich mit beiden Händen am Geländer festhalten.

Im ersten Augenblick war Annika wie erstarrt, dann schrie sie ihre Freundin an: »Spinnst du?«

Milla zuckte erschrocken zusammen und verlor fast den Halt. Wütend starrte sie Annika an. »Du hättest mich fast zu Tode erschreckt.«

Ihre Stimme klang überraschend klar, dann fing sie an zu lachen, weil ihr die Doppeldeutigkeit ihrer Worte bewusst wurde. Sie erinnerte Annika so stark an die Milla von früher, dass ihr Tränen in die Augen traten.

Milla hörte auf zu lachen. »Wenn du jetzt heulst, lasse ich mich auf der Stelle einfach so runterfallen.«

»Du bist imstande und machst das wirklich«, schniefte Annika. »Du blöde Ziege! Mann, ich freue mich einfach nur, dass du wieder ein bisschen wie du selbst aussiehst.«

»Ich habe mich lange genug hängen lassen.« Milla kämpfte sich Stufe um Stufe nach unten. »Jetzt wird alles anders.«

Als Annika ihr entgegenkommen wollte, hob sie abwehrend eine Hand. »Lass das!«

Es fiel Annika schwer, ihr nicht zu helfen. Doch Milla schaffte es schließlich, die Treppe allein zu bewältigen, auch wenn ihr die Anstrengung danach deutlich anzusehen war und sie sich auf die unterste Stufe setzen musste, um zu verschnaufen.

Es dauerte eine ganze Weile, bis sie fragte: »Kommst du mit?«

»Wohin?«

»Zum Friedhof!« Milla schaute sie bittend an. »Aber sag den anderen nichts.«

»Was willst du auf dem Friedhof?«

Milla reagierte mit ihrem üblichen Grinsen. »Mir ein Grab aussuchen. Wird ja langsam Zeit.«

»Milla!« Annika starrte sie wütend an.

Milla grinste noch immer. »Wie schön, du hast dich kein bisschen verändert.«

»Du dich auch nicht«, gab Annika prompt zurück.

Das Grinsen verschwand von Millas Gesicht. »Wir wissen beide, dass das nicht stimmt.«

Sie erhob sich und setzte sich langsam in Bewegung. Annika folgte ihr.

Sie hatten die Haustür gerade erreicht, als Elisabet dazukam. »Wo wollt ihr hin?« Ihr besorgter Blick ruhte auf Milla.

»Nur ein bisschen frische Luft schnappen«, behauptete Milla.

»Ich komme mit«, sagte Elisabet.

»Nein!«, rief Milla schnell.

So schnell, dass sich Elisabets Besorgnis in sichtliches Misstrauen wandelte. »Warum nicht? Planst du wieder etwas Verrücktes? So etwas wie dein nächtliches Bad im See? Oder eine neue Tätowierung?«

Milla lachte, schien sich dann aber doch zur Wahrheit zu entschließen. »Ich will zu Papa.« Sie machte eine kurze Pause und fügte dann brutal ehrlich hinzu: »Und da will ich allein hin.«

»Allein?« Elisabet sah schmunzelnd zu Annika.

»Das ist was anderes«, erklärte Milla. »Annika gehört nicht zur Familie.«

»Ein bisschen schon«, widersprach Elisabet. »Jedenfalls empfinde ich es so.«

Annika hätte sie dafür umarmen können. Sie hatte sich noch nie irgendwo so wohl und heimisch gefühlt wie hier im Haus der Familie Åkerblom. »Danke«, sagte sie leise.

»Ja«, bestätigte Milla. »Für mich fühlt es sich auch an, als ob Annika zur Familie gehört, aber es ist trotzdem etwas anderes. Sie war damals nicht dabei und ist deshalb unvoreingenommen.«

»Dein Vater hat euer Zerwürfnis für den Rest seines Lebens bereut«, versicherte Elisabet mit Tränen in den Augen.

Milla nickte mit trauriger Miene. »Ich weiß«, sagte sie und ging zur Tür. Dort wandte sie sich zu Annika um. »Kommst du?«

Am Gartenzaun brach Milla eine voll erblühte Rose ab. Dabei stach sie sich an einer der Dornen. »Aua!«

Ein roter Blutstropfen hing an dem Dorn. Milla steckte den Finger in den Mund und ging schleppend weiter.

Der Friedhof war nicht weit vom Haus der Familie Åkerblom entfernt, aber Milla schien jeder Schritt schwerzufallen. Schließlich hängte sie sich sogar bei Annika ein. Annika stützte sie und sagte kein Wort, bis sie den Friedhof erreicht hatten.

»Willst du hier auf der Bank warten?«, schlug sie dort vor. »Ich suche das Grab deines Vaters und hole dich dann.«

»Ich weiß, wo sein Grab ist.«

Annika warf ihr einen überraschten Blick zu.

»Ich war bei seiner Beerdigung dabei.« Milla wies auf die beiden Birken rechts von ihnen, deren dichtes Blätterdach sich leise im Wind wiegte. »Zwischen den beiden Bäumen da habe ich gestanden. Niemand hat mich gesehen.«

»Sie hätten sich bestimmt gefreut, wenn sie gewusst hätten, dass du deinem Vater verziehen hast.«

»Damals hatte ich ihm noch nicht verziehen, und es lag mir nichts ferner, als meiner Familie eine Freude zu bereiten.«

»Und jetzt kannst du deinem Vater verzeihen?«

Milla sagte nichts mehr. Sie löste ihren Arm aus Annikas und ging weiter. Immer noch schwerfällig, aber den Kopf hoch erhoben. Mit keuchendem Atem blieb sie schließlich vor einem Grab stehen und starrte lange darauf. Schweigend.

Annika sah, dass sich eine Träne aus Millas Augen löste und über ihre Wange rollte. Sie legte die Rose auf das Grab, der Blutstropfen am Dorn funkelte ebenso tiefrot wie die Blüte.

»Ja«, sagte Milla plötzlich. »Ich habe ihm verziehen.«

»Nächste Woche ist Walpurgis!«, verkündete Milla.

Sie lagen nebeneinander auf einer Blumenwiese. Das Wasser des Sees schwappte leise plätschernd gegen das Ufer. Weiße Segelschiffe flogen über den See, und ein paar ebenso weiße Schäfchenwolken zogen über den blauen Himmel und spiegelten sich im Wasser.

Milla lag auf dem Rücken und stützte sich auf beide Ellbogen. Ihre blassen Wangen hatten etwas Farbe bekommen.

Annika lag auf der Seite, den Kopf ebenfalls auf einen Ellbogen gestützt, und betrachtete sie. »Nächstes Jahr feiern wir beide hier auf Torsö.«

Milla lächelte versonnen und schaute über den See, dann wandte sie sich Annika zu. »Ich habe nicht die Absicht, bis nächstes Jahr zu warten. Ich möchte ein schönes Walpurgisfest erleben, so wie früher.«

Annika schwieg. Sie spürte, dass Milla das Bedürfnis hatte, noch mehr zu erzählen, auch wenn sie dazwischen kurze Pausen einlegte.

»Beim letzten Walpurgisfest hier auf Torsö habe ich gehofft, dass Jonas mich endlich zur Kenntnis nehmen würde. Aber er war bei dem Fest nicht einmal dabei.« All die Enttäuschung, die Milla damals empfunden haben musste, lag auch jetzt in ihrer Stimme. »Dann kam der Streit mit meinem Vater, und ich habe die Insel verlassen.«

Annika kämpfte mit sich selbst, ob sie Milla das sagen sollte, was Jonas ihr anvertraut hatte. Streng genommen war das wahrscheinlich ein Vertrauensbruch, auch wenn er sie nicht direkt gebeten hatte, nichts weiterzusagen. Und außerdem stand Milla ihr sehr viel näher als Jonas.

»Weißt du«, sagte Milla nachdenklich, »ich könnte das alles viel besser ertragen, wenn ich wenigstens das Gefühl gehabt hätte, dass er mich mag. Nur mag, mehr nicht ...« Sie brach ab, sichtlich erschöpft vom Reden.

»Aber diese totale Gleichgültigkeit«, fuhr sie kurz darauf fort, »die empfinde ich heute noch als unerträglich.«

Genau das war der Moment, in dem Annika beschloss, ihr Schweigen zu brechen. »Du bist ihm nicht gleichgültig gewesen. Er war sogar ziemlich verliebt in dich.«

Milla starrte sie ungläubig an, dann schüttelte sie den Kopf. »Das sagst du doch nur, um mich aufzumuntern.«

»Nein, Jonas hat es mir selbst gesagt.« Annika sah ihr direkt ins Gesicht. »Und ja, ich sage es, um dich aufzumuntern.«

Milla ließ sich zurückfallen, starrte in den Himmel. »Ich habe nichts davon gewusst, nichts davon geahnt. Und er umgekehrt auch nicht. Vielleicht wäre alles anders gekommen ...«

Sie brach ab, drehte sich jetzt ebenfalls auf die Seite, sodass sie Annika ansehen konnte, und stützte ihren Kopf in die Hand. »Ich werde der Vergangenheit und der verpassten Gelegenheit nicht nachtrauern. Wenn mein Leben genau in diesem Moment zu Ende wäre, könnte ich nur sagen, dass es schön war. Viel zu kurz und mit Abstrichen, aber es war genau das Leben, das ich führen wollte.«

»Es ist noch nicht zu spät«, flüsterte Annika. »Das Danderyds Sjukhus wird ganz bald einen Spender für dich finden, du wirst wieder gesund, und dann startest du erneut durch. Und vielleicht, wenn du und Jonas ...«

Sie brach ab, als Milla laut auflachte und sich wieder auf den Rücken fallen ließ. »Das mit Jonas ist durch«, sagte sie. »So wie er dich ansieht, ist er ziemlich verliebt in dich.«

»Jonas ist tabu für mich«, erklärte Annika bestimmt. »Selbst wenn ich ihn lieben würde.«

»Du liebst ihn also nicht?« Milla sah sie prüfend an.

»Ich weiß es nicht«, gab Annika ehrlich zu. »So vieles, was in letzter Zeit passiert ist, ist neu und ziemlich verwirrend für mich.«

»Bist du jetzt verliebt in ihn oder nicht?« Milla ließ nicht locker.

»Nein ... Ja ... Vielleicht ein bisschen. Er ist nett, er sieht gut aus. Ich bin es nicht gewohnt, von so einem Mann umworben zu werden.«

Milla grinste breit. »Wie hat es sich denn angefühlt, als er dich geküsst hat?«

Annika wandte den Blick ab und sah in den Himmel hinauf. »Woher willst du wissen, dass er mich geküsst hat?«

»Spätestens jetzt hast du dich selbst verraten!«

Annika wusste nicht, was sie darauf sagen sollte.

»Und? Wie war es?«, wollte Milla wissen.

Annika sprang auf. »Ich finde, das solltest du selbst herausfinden.« Sie streckte Milla eine Hand entgegen, um ihr beim Aufstehen zu helfen, aber Milla ergriff sie nicht.

»Es würde dir nichts ausmachen, wenn ich ihn küsse?«

»Ich möchte sogar, dass du es machst«, sagte Annika entschieden. »Dann hast du deine blöde Liste endgültig erfüllt und kannst eine neue Liste aufstellen. Mit all dem, was du machen willst, sobald du wieder gesund bist.«

Milla ergriff Annikas Hand und ließ sich von ihr hochziehen. »Wir erstellen dann eine gemeinsame Liste«, sagte sie.

»Und ganz oben steht, dass wir beide zusammen nach Barcelona fliegen.«

Annika umarmte Milla. »Ich könnte mir nichts Schöneres vorstellen.«

»Wenn ich Jonas küsse, habe ich alle Punkte der alten Liste erfüllt.« Milla lachte. »Und ich freue mich auf die neuen Listen. Auf deine und auf meine!«

Irgendwo ist immer Frühling

23.04.

Ich weiß, man sollte weder in der Vergangenheit noch in der Zukunft leben, sondern nur das Hier und Jetzt genießen. Von Genuss kann in meinem Fall allerdings nicht die Rede sein. Deshalb lebe ich gerade nicht so gerne in der Gegenwart.
Ich habe mit meiner Vergangenheit abgeschlossen, und das war schon ein großer Schritt. Es ist, als wäre mir eine riesige Last abgenommen worden. Es ist ein gutes Gefühl, und ich bin sicher, das wird auch meiner Gesundheit förderlich sein.
Die Gegenwart lässt sich ertragen, weil ich Menschen um mich habe, die mich lieben und sich um mich kümmern. Und ich habe euch! Auch wenn ich mich gerade nicht so oft melde, wie ich gerne möchte, denke ich ganz oft an euch und freue mich darauf, demnächst wieder mehr zu posten und schönere Dinge zu berichten.
Wie ihr seht, plane ich gerade vor allem die Zukunft. Und dafür gibt es eine neue Liste.
Punkt eins: Ich will zusammen mit Annika nach Barcelona fliegen.
Weiter geht meine Zukunftsplanung noch nicht, aber ich finde, das ist schon mal ein guter Anfang.
Danke, dass es euch alle gibt!
Milla

Ewa B.: Du machst das genau richtig, Milla. Optimistisch sein, Pläne für die Zukunft schmieden. So kennen wir dich.

Karin S.: Ich denke jeden Tag an dich.

Sven B.: Hast du etwas vom Danderyds Sjukhus gehört? Wir haben uns alle testen lassen. Ich habe sogar meinen gesamten Freundeskreis dazu gebracht.

Milla: Leider noch nicht. Aber es dauert wahrscheinlich auch ein bisschen, bis die alle Proben ausgewertet haben.

Karin S.: Ich komme als Spenderin nach meiner Krebserkrankung leider nicht infrage. Aber meine ganze Familie hat sich testen lassen, und wir drücken dir alle ganz fest die Daumen.

Milla: Ich werde jetzt erst einmal Walpurgis feiern. Mit meiner Familie und meinen Freunden. Ich freue mich darauf!

— 29 —

Annika beteiligte sich an der Suche nach trockenem Holz und Reisig, um den Scheiterhaufen zu errichten. Milla, die dazu nicht in der Lage war, lag in eine Decke gehüllt auf einem Liegestuhl, sodass sie den See sehen und die Aktivitäten um sie herum beobachten konnte.

Sie war sehr schwach, und trotzdem hatte Annika das Gefühl, dass es ihr besser ging als am Tag ihrer Rückkehr nach Torsö. Milla war optimistisch, schmiedete Pläne und schien wie alle anderen in der Familie zuversichtlich, dass bald ein Spender gefunden wurde.

Auch Annika gab sich zuversichtlich. Und fragte sich gleichzeitig, ob die anderen tief in ihrem Inneren genauso viel Angst hatten wie sie selbst.

Als sie zusammen mit Milla zurück ins Haus ging, trafen sie auf Christine und Kjell, die sich heftig stritten.

»Verdammt, Kjell, ich liebe dich«, sagte Christine gerade. »Warum können wir nicht noch einmal ganz von vorn anfangen?«

»Und weil du mich so liebst, hast du eine Affäre mit Janne angefangen?« Kjells Stimme klang spöttisch.

Annika und Milla waren stehen geblieben und tauschten einen verwunderten Blick.

»Das mit Janne ist längst vorbei. Es war ...« Christine brach ab.

»Ja?« Kjells Stimme klang lauernd.

»Verdammt, Kjell! Du hast doch immer gesagt, dass du mich noch liebst und es noch einmal mit mir versuchen willst.«

»Das ist lange her«, erwiderte er. »Ich glaube auch nicht daran, dass du mich noch liebst. Und ich weiß, dass du das Leben hier auf Torsö verabscheust. Daraus hast du nie ein Hehl gemacht. Was also willst du wirklich?«

Christine schwieg.

Annika fühlte sich unbehaglich auf ihrem Lauschposten und konnte trotzdem nicht anders, als gebannt zuzuhören.

»Sie will die Praxis«, flüsterte Milla ihr zu.

»Ich will, dass du mich ausbezahlst!«, sagte Christine im selben Moment. »Die Hälfte der Praxis gehört mir.«

Milla lachte so laut und spöttisch auf, dass Christine und Kjell herumfuhren und sie bemerkten.

Milla trat einen Schritt vor. »Die Praxis hat mein Vater aufgebaut«, fuhr sie Christine an. »Du hast dich nur ins gemachte Nest gesetzt.«

Christine lief rot an. »Was bildest du dir ein, du ...«

Milla war nicht zu stoppen. »Und jetzt weiß ich auch, mit wem du dich neulich nachts am Seeufer vergnügt hast. Von wegen, das mit Janne ist längst vorbei! Annika und ich haben dich gesehen.«

Christine öffnete den Mund, schloss ihn kurz darauf wieder, ohne etwas zu sagen. Dann wandte sie sich um und ging davon.

»Tut mir leid, Bruderherz.« Milla legte eine Hand auf Kjells Arm. »Ich hoffe, es trifft dich nicht allzu hart.«

»Es trifft mich überhaupt nicht.« Während er sprach, schaute Kjell über Millas Kopf hinweg zu Annika. Ihre Augen trafen sich, ihre Blicke versanken tief ineinander ...

Annika wandte sich ganz schnell ab. »Ich gehe dann mal nach oben«, murmelte sie.

»Die Nacht der Nächte!«

Milla breitete die Arme aus.

Ihre Augen leuchteten vor Vorfreude auf die Feier. Ihre Haare waren noch sehr kurz, aber inzwischen so weit nachgewachsen, dass sie auf ihre Perücke verzichtete. Sie sah zauberhaft aus, obwohl sie sehr blass war und das helle Sommerkleid um ihren mageren Körper schlotterte. Aber sie fühlte sich offensichtlich gut und sprühte vor Lebenslust.

»Hoffentlich bleibt das so, bis diese verdammte Warterei endlich vorbei ist«, sagte Annika zu Elisabet.

Milla unterhielt sich gerade mit Kjell über dessen Vorhaben, eine weitere Flughalle aufzubauen und ein Schutzzentrum für Papageien einzurichten. Sie schien wirklich interessiert an seinen Plänen und ließ sich offensichtlich von Kjells Begeisterung anstecken.

»Wir alle helfen ihr dabei.« Elisabet legte einen Arm um Annikas Schulter und drückte sie an sich. »Du ahnst nicht einmal, wie dankbar ich dir für alles bin, was du für Milla tust.«

Annika schüttelte den Kopf. »Sie ist meine Freundin. Und sie hat sehr viel mehr für mich getan, als ihr alle wisst. Irgendwann, wenn das alles vorbei und Milla wieder ganz gesund ist, erzähle ich dir davon. Ganz ehrlich, Elisabet, ich bin es, die dankbar sein muss.«

»Was tuschelt ihr denn da?«, rief Milla übermütig. »Wenn ihr gerade Verschwörungstheorien entwickelt, um die arme Kranke heute ans Bett zu fesseln, könnt ihr das vergessen. Ich will raus ins Leben!«

Elisabet lächelte ihrer Tochter zu. »Wir haben nichts dergleichen geplant. Lasst uns nach draußen gehen und mit den anderen feiern.«

Elisabet und Milla gingen nebeneinanderher zum Seeufer, während Kjell an Annikas Seite blieb.

»Kommt Christine nicht?«, wollte Annika wissen und ärgerte sich über sich selbst, kaum dass sie die Frage ausgesprochen hatte. Was ging sie Christine an?

Kjell lächelte sie an. »Keine Ahnung«, sagte er. »Es ist mir auch egal. Du bist da, nur das zählt.«

Seine Antwort ließ ihre Knie weich werden und ihr Herz schneller schlagen. Sie suchte noch nach den passenden Worten, da stand Jonas plötzlich neben ihr und griff nach ihrer Hand.

»Schön, dass du da bist!«

Annika entging nicht, wie sich Kjells Miene verfinsterte. Dann fiel ihr Blick auf Milla. Die Enttäuschung in dem schmalen Gesicht tat ihr selbst weh.

»Kommst du mit?« Jonas wollte Annika mit sich ziehen. »Ich habe einen Platz für uns reserviert.« Er wies auf die langen Bänke und Tische, die unweit des Scheiterhaufens aufgestellt worden waren.

Annika schüttelte den Kopf. »Natürlich nicht«, lehnte sie entschieden ab. »Ich bin mit Milla und ihrer Familie hier.«

Als sie Jonas' enttäuschtes Gesicht sah, fragte Annika: »Warum bleibst du nicht bei uns, und wir feiern alle zusammen?«

Kjells Miene verfinsterte sich noch mehr. Es war nicht zu übersehen, dass ihm Annikas Vorschlag überhaupt nicht gefiel.

Jonas hingegen war sofort einverstanden, aber viel mehr

freute Annika sich über Millas dankbares Lächeln. Sie sorgte dafür, dass Jonas und Milla nebeneinandersaßen, und setzte sich selbst neben Elisabet.

Zuerst schienen Milla und Jonas nicht zu wissen, was sie miteinander reden sollten. Sie wirkten beide steif und schienen sich unbehaglich zu fühlen. Doch als es dunkel wurde und jemand das Feuer anzündete, bemerkte Annika plötzlich, dass die beiden sich angeregt unterhielten. Sie stand auf und ging näher ans Feuer. Immer wieder wanderte ihr Blick zu Milla und Jonas.

»Bist du eifersüchtig, oder willst du die beiden miteinander verkuppeln?« Kjell stand plötzlich neben ihr. Seine Nähe, seine körperliche Präsenz raubten ihr fast den Atem.

»Ich will den beiden die Gelegenheit geben, sich richtig kennenzulernen«, sagte sie. »Und nein, ich bin nicht eifersüchtig.«

»Ich dachte, du und Jonas …« Er brach ab, schaute sie fragend an.

»Eine Zeit lang dachte ich das auch«, gab sie ehrlich zu.

Plötzlich erklang laute Musik, und dann zog sie jemand von Kjell weg, um mit ihr zu tanzen. Es herrschte eine ausgelassene Stimmung. Annika kam kaum dazu, Luft zu holen. Auf einen Tanzpartner folgte der nächste. Zu vielen Gesichtern, die sie bereits kannte, erfuhr sie jetzt die Namen. Sie freute sich darüber, wie herzlich die Menschen hier sie in ihren Reihen aufnahmen.

Sie sah Kjell mit Elisabet vorbeitanzen, dann mit der Postbotin. Er winkte ihr zu, gab ihr zu verstehen, dass er auch mit ihr tanzen wollte, aber immer wieder wurden sie auseinandergerissen, sobald sie auch nur versuchten, sich einander zu nähern.

Und dann sah Annika ihre Freundin. Zusammen mit Jonas, der sie zu den Klängen eines Liebesliedes zärtlich in den Armen hielt. Sie hatte ihren Kopf auf seine Schulter gelegt und die Augen geschlossen. Ihr Gesicht wirkte glücklich und gleichzeitig so entrückt, dass heftige Angst in Annika emporschoss.

»Jetzt bin ich dran!« Kjell zog sie in seine Arme.

Sie verrenkte sich den Hals, um weiter nach Milla und Jonas Ausschau zu halten, doch sie sah die beiden nicht mehr.

»Es ist alles in Ordnung«, hörte sie Kjell an ihrer Schläfe murmeln. »Milla ist glücklich.«

Er wusste also, was in ihr vorging. Spürte es, ohne dass sie darüber sprach. Annika sah zu ihm auf, dann schmiegte sie ihren Kopf an seine Brust und ließ sich von ihm führen.

Kjell ließ nicht zu, dass sie wieder auseinandergerissen wurden. Er hielt sie fest im Arm, tanzte mit ihr um das Feuer.

Hin und wieder sah sie Milla und Jonas. Meist saßen sie am Tisch und unterhielten sich, aber zwischendurch tanzten sie auch. Annika fiel auf, dass Milla im Laufe des Abends zunehmend erschöpft wirkte. Am liebsten hätte sie darauf bestanden, mit ihr nach Hause zu gehen, damit sie sich ausruhte. Doch dann waren die beiden plötzlich verschwunden. Vielleicht hatte Jonas sie nach Hause gebracht.

Die Band machte eine Pause. Ein Freund von Kjell kam zu ihnen, und die beiden unterhielten sich. Annika nutzte die Gelegenheit, um sich nach Milla und Jonas umzuschauen. Beide waren nirgendwo zu sehen.

Sie entfernte sich ein paar Schritte, ging vom Feuer weg und sah etwas Helles zwischen den Bäumen schimmern. Als sie näher trat, erkannte sie Milla und Jonas. Sie hatte die Hände auf seine Schultern gelegt, er hielt ihre Taille umfasst. Milla sagte etwas, aber das konnte Annika aus der Entfernung nicht verstehen.

Kurz darauf stellte Milla sich auf die Zehenspitzen und küsste Jonas auf den Mund. Er zog sie fest an sich ...

Annika wandte sich ab. Dieser Moment sollte Milla und Jonas ganz allein gehören. Sie wollte jedoch nicht zurück zu den anderen gehen. Dieser Abend war so besonders, dass sie nicht mehr unter lauten und trinkenden Menschen sein wollte.

Langsam ging sie zurück zum Haus. Der volle Mond stand am Himmel und spiegelte sich im See. Sie dachte an die Nacht, als sie nackt mit Milla im See gebadet hatte. War das wirklich erst vier Wochen her? Da war es noch so kalt gewesen. Heute Nacht dagegen war die Luft mild, ein leichter Wind strich über ihre nackten Arme.

»Ich habe dich gesucht«, sagte Kjell, der auf einmal neben ihr stand.

Annika wandte sich zu ihm um und ließ zu, dass er sie in die Arme nahm.

»Alles ist gut«, sagte er leise. »Milla ist glücklich.«

»Ja.« Sie nickte.

»Und du?«, wollte er wissen. »Bist du auch glücklich?«

War sie glücklich? Annika versuchte, eine Antwort auf diese Frage zu finden. Wenn die schreckliche Angst um Milla nicht wäre, dann könnte sie glücklich sein.

»Wenn sie erst einen Spender gefunden haben ...«

»Nicht irgendwann«, sagte Kjell. »Sondern jetzt in diesem Moment. Bist du glücklich?«

Er zog sie an sich, sie spürte seine Wärme, seine Nähe, fühlte sich so sicher und geborgen wie nie zuvor. In diesem Moment wurde ihr bewusst, was sie wahrscheinlich schon die ganze Zeit tief in sich gespürt hatte.

Wochenlang hatte sie geschwankt, hatte sie sich zu ihm, aber auch zu Jonas hingezogen gefühlt. Aber jetzt wurde ihr klar, dass sie Kjell liebte.

Er schien in ihren Augen zu lesen, was sie fühlte. Seine Arme umfassten sie, sein Mund näherte sich ihren Lippen.

»Ich liebe dich«, sagte er.

»Ich liebe dich auch«, erwiderte sie.

In den nächsten Tagen schwankte Annika ständig zwischen Glück und Angst, zwischen Hoffnung und Mutlosigkeit.

Jonas besuchte Milla täglich, und es sah ganz so aus, als würden ihr seine Besuche guttun. Wenn sie ihn sah, blühte sie förmlich auf.

Doch plötzlich ging es ihr rapide schlechter. Sie schaffte es nicht mehr, das Bett zu verlassen. Ihre Augen wurden glanzlos, ihr Gesicht schien immer mehr einzufallen. Annika hatte das Gefühl, dass sie sich selbst aufgegeben hatte.

»Ich möchte noch einmal raus«, flüsterte Milla. »Ich möchte noch einmal die Sonne auf der Haut spüren, die Luft riechen, den See sehen.«

Kjell erfüllte ihr diesen Wunsch. Er trug sie auf seinen Armen hinaus auf die Wiese, wo Annika bereits eine Decke ausgebreitet hatte. Sie setzten sich, nahmen Milla in ihre Mitte und hielten sie ganz fest.

Sie schwiegen alle drei, Worte waren nicht nötig. Nicht jetzt, nicht in diesem ganz besonderen Moment.

Milla lächelte, wirkte auf eine entrückte Art glücklich.

Annika spürte nichts als Angst, einen dumpfen Druck auf der Brust, der ihr den Atem nahm. Dieses Lächeln, dieses Gesicht verrieten ihr, dass Milla sich mit ihrem bevorstehenden

Tod abgefunden hatte. Sie wollte offensichtlich nicht mehr kämpfen. Vielleicht konnte sie es auch nicht mehr.

»Hier seid ihr!« In höchster Aufregung kam Elisabet aus dem Haus gelaufen. »Es gibt Neuigkeiten.«

Ihre Augen strahlten, ihr Brustkorb hob und senkte sich vor Aufregung. Ihr keuchender Atem war zu hören.

»Das Danderyds Sjukhus hat angerufen, sie haben einen Knochenmarkspender gefunden. Hast du gehört, mein Kind?« Elisabeth beugte sich zu Milla hinunter, griff nach ihrer Hand. »Es wird alles gut.«

Annika und Kjell schauten sich an. Sie erkannte, dass er ebenso mit den Tränen kämpfte wie sie selbst.

»Ja, alles wird gut«, flüsterte Milla. »Ich danke euch für alles. Mama, Kjell, Annika, seid nicht traurig! Ich hatte ein wundervolles Leben.«

Ihre Augen suchten jeden Einzelnen von ihnen, sie schenkte ihnen ein Lächeln, in dem all das zu lesen war, was sie gerade fühlte. »Ich hab euch lieb. Euch alle.«

Annika spürte, wie Millas Körper schwer und weich wurde, als sie die Augen schloss.

Irgendwo ist immer Frühling

01.05.

Ich bin glücklich, dass ich noch einmal lachen, tanzen, lieben durfte. Dass ich mit den Menschen zusammen sein darf, die mir wichtig sind.
Aber auch euch habe ich nicht vergessen, meine lieben Freunde. Verzeiht mir, dass ich gerade nicht mehr schreiben kann. Ich bin so unendlich müde. Aber ich bin sicher, dass es bald besser wird. Ich spüre den Frühling in mir!

Karin S.: Wie schön, von dir zu lesen, liebe Milla. Ich denke jeden Tag an dich.

Sven B.: Genieße den Frühling auf Torsö! Sobald du wieder in Stockholm bist, will ich dich unbedingt persönlich kennenlernen.

Ewa B.: Ich würde dich auch gerne persönlich kennenlernen. Es ist komisch, Milla, obwohl wir uns noch nie begegnet sind, bist du mir vertrauter als viele Leute in meinem direkten Umfeld.

Sven B.: Ist Annika noch bei dir? Grüße an sie ☺

— 30 —

Annika las den letzten Blogeintrag immer wieder. Milla hatte ihn nach Walpurgis geschrieben, und aus jedem Wort klang heraus, wie glücklich sie gewesen war.

Annika weinte lautlos, die Tränen liefen über ihre Wangen.

»Kommst du?« Kjell trat hinter sie. Seine Arme umschlossen sie. »Wir müssen los.«

Annika nickte und schaltete das Notebook aus. Selbst wenn sie die Zeit dazu gehabt hätte, es war ihr gerade unmöglich, etwas in Millas Blog zu schreiben.

Milla sollte heute neben ihrem Vater beigesetzt werden, und Annika hatte Angst, dass sie diesen Tag nicht durchstand.

Elisabet wartete unten auf sie und Kjell. Immer wieder schluchzte sie leise auf, und wenn es so schien, als hätte sie sich beruhigt, begann sie erneut zu weinen. Auf dem Weg zum Friedhof musste sie von Kjell und Annika gestützt werden. Sie kam mit dem Tod ihrer Tochter nicht zurecht. Ihr setzte es besonders zu, dass Milla genau in dem Moment gestorben war, als die Rettung so nahe schien.

Zur Beerdigung waren viele Freunde gekommen. Alle waren traurig und bedrückt, doch niemand wirkte so niedergeschlagen wie Jonas.

Niklas war extra aus Stockholm angereist, um sich von Milla zu verabschieden.

Sogar Christine war gekommen, obwohl sie und Milla sich nie besonders gut verstanden hatten. Ausnahmsweise sparte sie sich jeden zynischen Kommentar. Nach der Beisetzung reiste sie sofort ab. Sie hatte eine Stelle in einer großen Tierklinik in Stockholm angenommen und wollte Torsö für immer verlassen.

Als alle Freunde gegangen waren, zog Elisabet sich zurück. Sie musste erst einmal mit sich und ihrer Trauer allein sein.

»Ich weiß genau, wie sie sich fühlt«, sagte Annika niedergeschlagen. »Ich habe auch die ganze Zeit gehofft, dass ein Spender gefunden wird. Ich konnte mir eine Welt ohne Milla einfach nicht vorstellen. Ich wollte es mir nicht vorstellen.« Sie presste die Lippen zusammen, weil sie sonst schon wieder in Tränen ausgebrochen wäre. Sie hatte so viel geweint in den letzten Tagen.

»Milla hat es gewusst«, sagte Kjell leise. »Sie hat schon eine ganze Weile gewusst, dass es zu spät ist, um noch einen Spender zu finden.«

Überrascht sah Annika ihn an. »Sie hat mit dir darüber gesprochen?«

Kjell lächelte wehmütig. »Wir haben viel miteinander gesprochen in den letzten Tagen. Wir sind uns endlich wieder nahegekommen.« Er verstummte, und sein Blick verlor sich in der Ferne.

Dann schaute er wieder Annika an und lächelte. »Sie hat mit mir vor allem über ihren Tod gesprochen, weil sie wusste, dass du nichts davon wissen wolltest. Und meine Mutter schon gar nicht.«

»Das stimmt.« Annika nickte. »Ich bin froh, dass sie dich hatte.«

Kjell zog sie an sich. »Alles ist im Moment von unserer

Trauer überschattet. Aber ich liebe dich so sehr, Annika. Und wir beide leben. Dass ich dich kennenlernen durfte, verdanke ich meiner kleinen Schwester.«

»Ich liebe dich auch«, sagte Annika. Sie schmiegte sich an ihn, erwiderte seinen Kuss, bis er sie plötzlich losließ.

»Trotzdem werde ich dich gehen lassen«, sagte er.

Annika sah ihn erschrocken an.

Er schüttelte leicht den Kopf. »Nicht für immer, aber Milla meinte, es gibt da etwas, was du unbedingt erledigen musst. Und zwar allein. Und ich finde, dass sie recht hat.«

Annika hatte keine Ahnung, wovon er sprach.

»Ich werde auf dich warten und hoffen, dass du irgendwann zu mir zurückkommst. Aber ich akzeptiere es natürlich auch, wenn du ganz andere Pläne für dein weiteres Leben hast.«

Er zog einen Umschlag aus seiner Tasche und überreichte ihn Annika. Dann ließ er sie allein.

Es waren nur wenige Zeilen, die Milla ihr geschrieben hatte, aber sie reichten, um alles zu erklären.

Annika, liebste und beste Freundin!

Dieses Ticket ist für dich. Du musst nur noch das Datum eintragen lassen und kannst losfliegen, wann immer du willst. Du kannst es aber auch zerreißen und einfach bei meinem Bruder auf Torsö bleiben.

Ich freue mich, dass du dich in ihn verliebt hast. Vor allem freue ich mich für ihn, weil ihm nichts Besseres hätte passieren können, als dich an seiner Seite zu haben. Aber bevor du dich auf ihn einlässt, mache diese Reise. Erfülle dir diesen einen großen Wunsch!

Und wenn du mich auch nicht sehen und nicht hören kannst, ich werde trotzdem bei dir sein und dich begleiten.

Ich hab dich lieb,
deine Milla!

Irgendwo ist immer Frühling

22.05.

Hallo Leute, hier ist Annika.
Ich denke, Milla hätte gewollt, dass ich euch darüber informiere, dass sie auch den letzten noch offenen Punkt auf ihrer Liste erledigen konnte. Wahrscheinlich war dies der wichtigste Punkt von allen.
Sie hat den Menschen, die ihr wichtig waren, gesagt, dass sie sie liebt. Und dann ist sie eingeschlafen. Einfach so. Mit einem glücklichen Lächeln.
Bitte vergesst Milla nicht ganz, denkt manchmal an sie! Sie war so ein besonderer Mensch und hat das Leben der Menschen um sie herum ungemein bereichert. Ich bin der beste Beweis, denn sie hat mir trotz ihrer tödlichen Krankheit gezeigt, was Freude am Leben bedeutet.

Danke, Milla, wo immer du jetzt bist. Ich hab dich lieb, und ich werde dich nie vergessen!

Sven B.: Scheiße, Mann, ich sitze hier heulend vor dem Computer.

Karin S.: Tut mir so leid! Ich sitze hier auch mit Tränen in den Augen. Ich habe Milla nie persönlich kennengelernt und jetzt trotzdem das Gefühl, eine sehr gute Freundin verloren zu haben.

Ewa B.: Ich bin unendlich traurig.

Annika D.: Danke! Ich bin ganz sicher, eure letzten Worte hätten Milla viel bedeutet. Macht es gut. Ich kehre diesem virtuellen Leben jetzt den Rücken, um das reale Leben auszukosten.

– Epilog –

Die Maschine startete pünktlich in Arlanda, Stockholm. Langsam rollte sie über den Flugplatz, dann stand sie wieder.

Dichter Regen erschwerte die Sicht auf die Startbahn. Nur schemenhaft waren die Flugzeuge zu erkennen, die nacheinander langsam anrollten, an Geschwindigkeit zunahmen und sich schwerfällig in die Luft erhoben.

Die Maschine nach Barcelona stand immer noch. Sie rollte im Minutentakt ein Stück weiter, blieb erneut stehen, um nach einer endlos erscheinenden Zeit eine weite Kurve zu fahren, bis zum Beginn der Startbahn.

Alles war so, wie Annika es früher immer wieder auf ihrem Monitor beobachtet hatte – und doch war es ganz anders.

Ihr Handy meldete sich. Eine SMS von Kjell: *Ich denke an dich. Ich liebe dich.*

Ich liebe dich, schrieb sie zurück. Dann musste sie das Handy ausschalten, aber das war nicht schlimm. Sie wusste, dass Kjell auf sie warten würde, und sie wusste auch, dass sie zu ihm zurückkehren würde.

Annika hatte einen Fensterplatz, der Platz neben ihr blieb leer. Sie hörte die Stimmen der anderen Reisenden und blickte durch das kleine runde Fenster nach draußen. Sie fragte sich, wie es wohl war, der Maschine nicht hinterherzusehen, sondern in ihrem Bauch zu sitzen.

Noch stand das Flugzeug am Anfang des Rollfeldes, dann setzte es sich in Bewegung, und Annika spürte, was kein Computer der Welt ihr vermitteln konnte. Die Turbinen wurden lauter, ein Zittern erfasste den Flugzeugkörper und übertrug sich auf sie. Die Maschine wurde schneller und schneller.

Annika spürte ein Kribbeln tief in ihrem Bauch, als sich die Räder vom Boden lösten und die Maschine in die Luft stieg. Sie hätte schreien können vor Glück und Freude. Ihr Blick fiel auf den leeren Platz neben ihr, und sie lächelte.

Das war Millas Platz, und Annika glaubte ganz fest daran, dass sie bei ihr war. Sie schloss die Augen, dachte an ihre Freundin. Trauer, Dankbarkeit und Glück vermischten sich miteinander.

Das Flugzeug tauchte in die graue Regenwand ein, stieg höher und höher. Und dann waren sie über den Wolken.

Annika sah den blauen Himmel. Ein heller Sonnenstrahl fiel durch das runde Fenster. Ein ganz besonderer Gruß?

»Danke, Milla!«, sagte sie leise. »Ich werde dich nie vergessen. Ich hab dich lieb!«

— Danksagung —

Das ist mein fünftes Buch, und an dieser Stelle wird es Zeit, mich endlich einmal zu bedanken.

Vor allem bei meiner Lektorin Lena Schäfer, die immer genau versteht, was ich eigentlich schreiben will, und konfuse Satzwindungen entsprechend ändert.

Danke, Lena, die Zusammenarbeit mit dir ist großartig!

Danke an Mary und Ira, die mir mit ihrem Fachwissen bei medizinischen Fragen so oft zur Seite standen.

Und bei dir, liebe Jenny Schümann, will ich mich auch einmal bedanken, weil du alle meine Bücher liest und mir immer eine Rückmeldung gibst.

Danke an meine Kollegen und Kolleginnen bei DELIA. Schön, dass es euch gibt. Das Autorenleben wäre sehr einsam ohne euch.

Ganz herzlichen Dank an meine Mutter, die sich während meiner eigenen Krebserkrankung so rührend um meine Papageien gekümmert hat.

Magnus und die humpelnde Henriette gibt es nämlich wirklich. Nur dass Magnus in Wirklichkeit auf den Namen Moko hört. Manchmal. Oder eigentlich nie.

Moko und Henriette leben inzwischen im Papageienschutz-Centrum Bremen, das für mich die Vorlage für Kjells Schutzzentrum war. Eine europaweit einzigartige Anlage, in der Papageien so artgerecht und naturnah wie möglich leben können.

So gilt mein Dank Elisabeth Willich-Braune und ihrem

Team, die sich in beeindruckender Weise für den Papageienschutz einsetzen.

Vielen Dank für alle Informationen, für die Führungen außerhalb der Publikumstage, die Recherchehilfen, für die Arbeit, die ihr leistet.

Ihr seid meine Helden!

Und ganz besonders möchte ich dir danken!

Dafür, dass du mein Buch gekauft und bis hierhin gelesen hast.

Ich hoffe, es hat dir gefallen, und ich würde mich sehr freuen, wenn wir uns irgendwann in einer meiner schwedischen Geschichten wiedersehen.

Linnea Holmström lässt im Herbst die Sonne scheinen

Linnea Holmström
IM HIMMEL IST DER HERBST WIE SOMMER
Roman
304 Seiten
ISBN 978-3-404-17265-8

»Opa mochte den Herbst«, sagte Emil. »Opa mochte jede Jahreszeit«, erwiderte Anne-Lis. Ihr Vater hatte immer nur das Schöne, das Positive gesehen. Offenbar hatte Emil diese Fähigkeit von ihm geerbt. »Ja, aber am liebsten mochte er den Sommer«, sagte der Junge.

Emil ist fest entschlossen, die Asche seines verstorbenen Opas mit einer Rakete in den Himmel zu schießen. Dorthin, wo der Herbst wie Sommer ist. Doch die Erwachsenen halten nichts von dieser Idee. Außer Tante Anne-Lis. Aber die ist zu abgelenkt, um sich auf Emils Vorhaben zu konzentrieren. Sie ist frisch verliebt ...

Bastei Lübbe